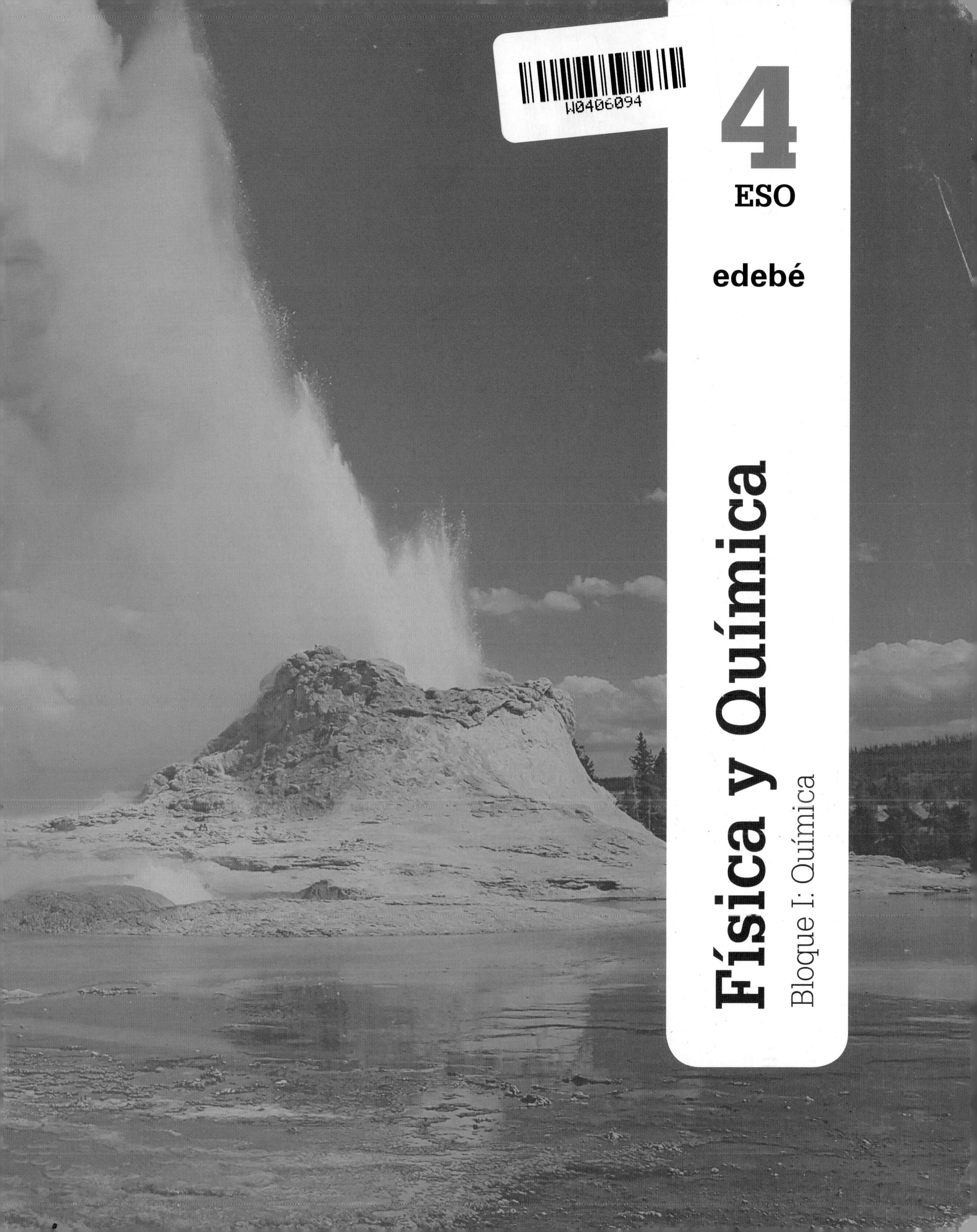

4

ESO

edebé

Física y Química

Bloque I: Química

Índice

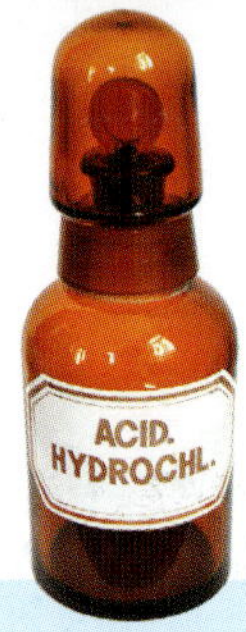

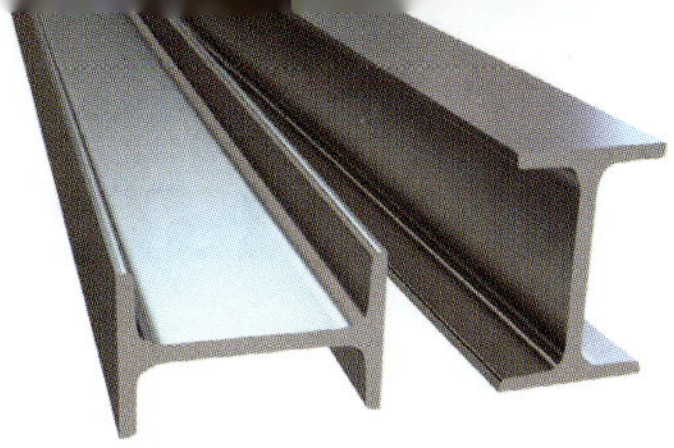

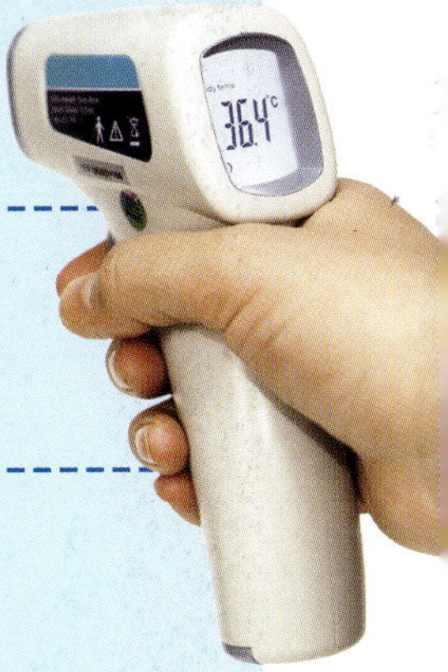
36.4°

Ca
Mn
P
Zn
Co
Cu
Fe

El proyecto de **Física y Química** 4 ESO

PON A PUNTO LA QUÍMICA...

Actividades iniciales para introducir en la asignatura al alumnado que se incorpora al curso y para actualizar los conocimientos previos.

LAS UNIDADES

Imagen inicial relacionada con la unidad, acompañada de los contenidos.

Propuesta de rutina de pensamiento.

DESARROLLO DE LOS CONTENIDOS

Organización de los contenidos en apartados y subapartados, con texto expositivo, ejemplos cotidianos, pequeños experimentos y soporte gráfico.

RECURSOS Y ACTIVIDADES

Gran cantidad de imágenes alusivas al contenido, actividades pensadas para atender a la diversidad, trabajar las competencias y manejar las TIC.

EVALUACIÓN DE COMPETENCIAS

Actividades que permiten valorar los conocimientos y las competencias adquiridos tras haber trabajado un bloque de contenidos.

VAMOS A EMPRENDER

Creatividad, iniciativa, trabajo en equipo... en un proyecto real.

PON A PRUEBA TUS COMPETENCIAS

Actividades integradas y contextualizadas en situaciones reales del entorno del alumno/a para valorar el progreso en la adquisición de las competencias.

edebé On

proyecto global interactivo

Libro digital interactivo

Incorpora los **recursos digitales** (vídeos, presentaciones, actividades interactivas, audios, enlaces...) a fin de que el profesorado gestione de **manera eficaz** el aprendizaje en el **aula digital.**

VISIÓN 360°

Propuesta de un tema científico para investigar fuera del aula. Propuesta TIC para complementar este trabajo en la sección *Cre@ctividad.*

CIENCIA A TU ALCANCE

Propuesta de prácticas de laboratorio o de PBL (*Problem-based learning* / Aprendizaje basado en problemas) con el fin de que el alumnado desarrolle habilidades científicas.

SÍNTESIS

Resumen de los contenidos en forma de esquema. Incluye «Recuerda lo que has aprendido» para asentar el aprendizaje y construir el resumen de las ideas claves de la unidad.

ACTIVIDADES FINALES

Actividades organizadas por apartados y niveles de dificultad. Gran variedad de actividades para trabajar las inteligencias múltiples, las TIC, las destrezas, las técnicas cooperativas y los valores para una nueva sociedad.

RUTINA DE PENSAMIENTO
Para aprender a pensar.

ÁGORA
Un espacio abierto al diálogo y a la reflexión.

PBL
Problem-based learning / Aprendizaje basado en problemas.

VISIÓN 360°
Experiencias para aprender fuera del aula.

CRE@CTIVIDAD
Herramientas TIC para buscar soluciones creativas.

DESTREZAS DE PENSAMIENTO
Para un pensamiento crítico y creativo.

TÉCNICAS COOPERATIVAS
Para mejorar la responsabilidad individual y las relaciones sociales.

INTELIGENCIAS MÚLTIPLES
Porque hay diferentes maneras de aprender y ser inteligente.

Disponible en «Tu espacio personal»: **www.edebe.com**

Multidispositivo

Cuaderno digital interactivo

Organizado en **secuencias temáticas** para promover el **aprendizaje autónomo** por parte del alumnado (bajo la planificación y el control del docente) en un **formato digital amigable** e intuitivo.

Biblioteca de recursos digitales

Un **espacio** fácilmente **accesible** en el que se encuentran recursos para consultar, descubrir y explorar el conocimiento.

Pon a punto la química

La química es la ciencia que estudia la composición, la estructura y las propiedades de la materia, así como las transformaciones que esta experimenta.

1. Observa con atención estas imágenes:

a) 

b) 

c) 

d) 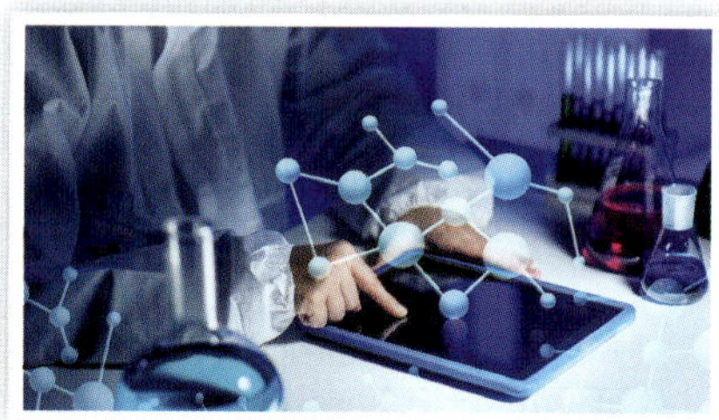

e) 

f) 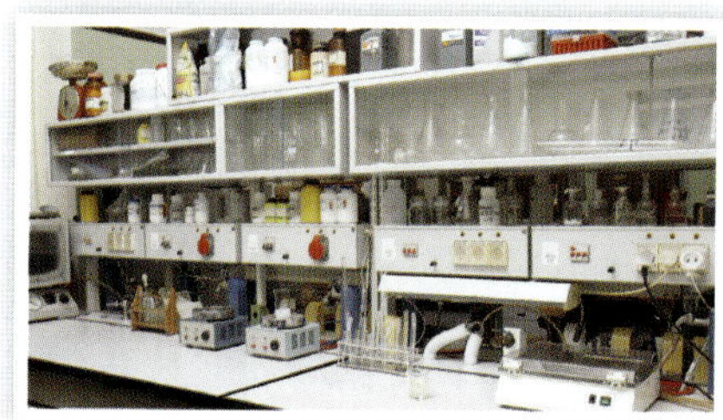

A continuación, selecciona para cada una de las imágenes, de entre las siguientes etiquetas, todas las que tengan relación con su contenido:

Experimentación · Modelo cinético-molecular · Compuestos químicos · Sostenibilidad · Electrones · Reacción química · Elementos químicos · Velocidad de reacción · Masa molecular · Ley · Materia · Hipótesis · Enlace químico · La Tabla Periódica · Estado físico · Número atómico · Nuevos materiales · Corteza atómica · Investigación científica · Laboratorio · Sociedad

Por último, compara tu respuesta con la de tu compañero o compañera de clase más próximo. ¿Habéis coincidido o habéis contestado de distinta forma? Razonad cada uno vuestra respuesta e intentad llegar a una respuesta común.

2. Partiendo de las etiquetas de la actividad anterior, aplicad en clase la **técnica cooperativa** *El juego de las palabras* para desarrollar las ideas que tenéis sobre la química. Para ello, seguid estas instrucciones:

a) Dividid la clase en equipos de cuatro o cinco miembros, y repartid las etiquetas anteriores entre los equipos de forma que todos tengan el mismo número de palabras.

b) En cada uno de los equipos, cada alumno o alumna debe crear una frase con cada una de las etiquetas que le ha correspondido.

c) Una vez que todos los miembros del equipo tengan sus frases formadas, un voluntario o voluntaria completará una tabla con las frases del equipo. Por ejemplo, un equipo de cuatro miembros que tenga cinco etiquetas debe completar una tabla similar a esta:

El juego de las palabras sobre química	
Etiqueta	**Frases**
Experimentación	
Modelo cinético-molecular	
Compuestos químicos	
Electrones	
Reacción química	

d) Por último, cada equipo pone en común con el resto de la clase sus etiquetas y frases para confeccionar una tabla en la pizarra, que debe recoger todas las etiquetas y todas las frases.

¿Qué ideas se han repetido? ¿Qué ideas han surgido sobre la química que tú no tenías? ¿Has aprendido términos nuevos empleados en química?

3. El Día de la Química es una celebración establecida para impulsar la divulgación de esta disciplina y sensibilizar a la sociedad sobre su importante aportación a la mejora de la calidad de vida de las personas, contribuyendo así a su desarrollo. El Día de la Química se celebra el 15 de noviembre.

Imaginad que tenéis que organizar el programa del Día de la Química en vuestro centro educativo. ¿Cómo lo haríais? ¿Qué temática o temáticas elegiríais? Organizaos en grupos y seguid estos pasos:

a) Cada equipo debe seleccionar una de las siguientes temáticas:

La química y la industria

La química y la tecnología

La química y el medio ambiente

La química y la alimentación

La química y la salud

La química y el transporte

b) Informaos sobre el tema que os ha correspondido. Para ello, buscad noticias novedosas sobre el tema en periódicos, revistas, Internet... Puede ser de utilidad que consultéis este enlace:

@ **http://links.edebe.com/ps8b9**

c) Cread un logo y un eslogan que represente vuestra temática.

d) Recopilad imágenes, fotografías, gráficas, tablas, etc. relacionadas con el tema y guardadlas.

e) Poned en común la información recopilada en cada grupo y seleccionadla.

f) Elaborad un póster que contenga la siguiente información:

— Título de la temática

— El logo

— El eslogan

— Imágenes representativas

— Datos de interés

— Otros datos que consideréis importantes

Para ello, podéis emplear recortes de revistas y periódicos, elaborar gráficas propias, hacer dibujos, etc.

¡Sed muy creativos!

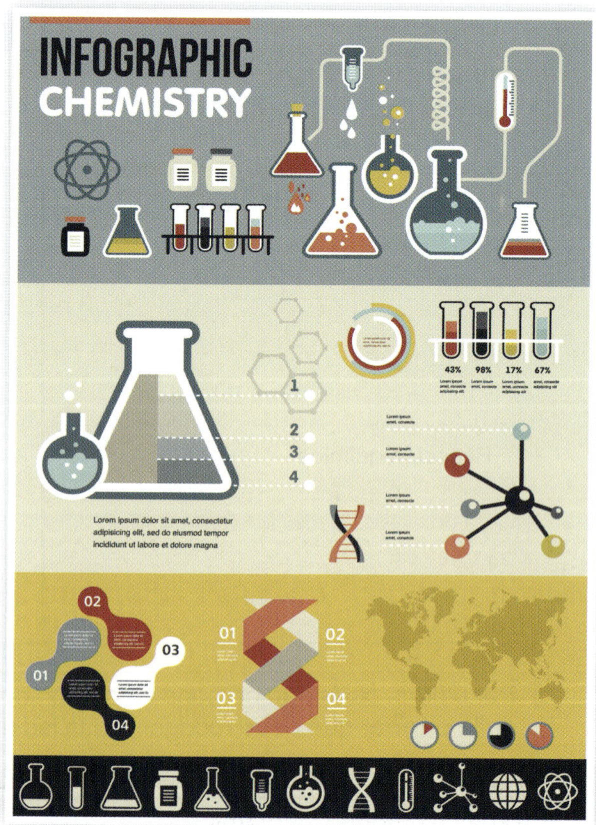

g) Una vez que cada grupo haya confeccionado su póster, lo colgará en la pared de la clase.

h) Cuando todos los pósteres estén colgados, comenzará la sesión del Día de la Química: cada grupo presentará su póster y, al finalizar la exposición, los demás grupos le plantearán preguntas sobre su temática.

i) ¿Qué habéis aprendido sobre las aplicaciones de la química en esta actividad? Completad la siguiente tabla en vuestro cuaderno:

Aplicaciones de la química					
Industria	**Medio ambiente**	**Tecnología**	**Salud**	**Alimentación**	**Transporte**

j) ¿Existen más sectores o campos de aplicación de la química, aparte de los que habéis trabajado? Anotad, entre todos, ejemplos concretos.

BLOQUE 1

La actividad científica

- En este bloque, aprenderás a valorar la importancia de la investigación científica en nuestra sociedad, teniendo en cuenta las repercusiones de diversos descubrimientos históricos y actuales.
- Analizarás con atención el proceso que los investigadores y las investigadoras siguen en su trabajo diario, sabiendo aplicar de forma autónoma todas y cada una de sus etapas a casos reales y concretos.
- Comprenderás el hecho de que toda medida conlleva determinados errores, aprenderás a calcularlos y los tendrás en cuenta en la correcta expresión del resultado de la medida de una magnitud, ya sea escalar o vectorial.
- Utilizarás las TIC para elaborar y defender diversos trabajos de investigación sobre temas de interés y reconocerás la importancia que cobra el trabajo en equipo en toda investigación.

UD 1. La investigación científica

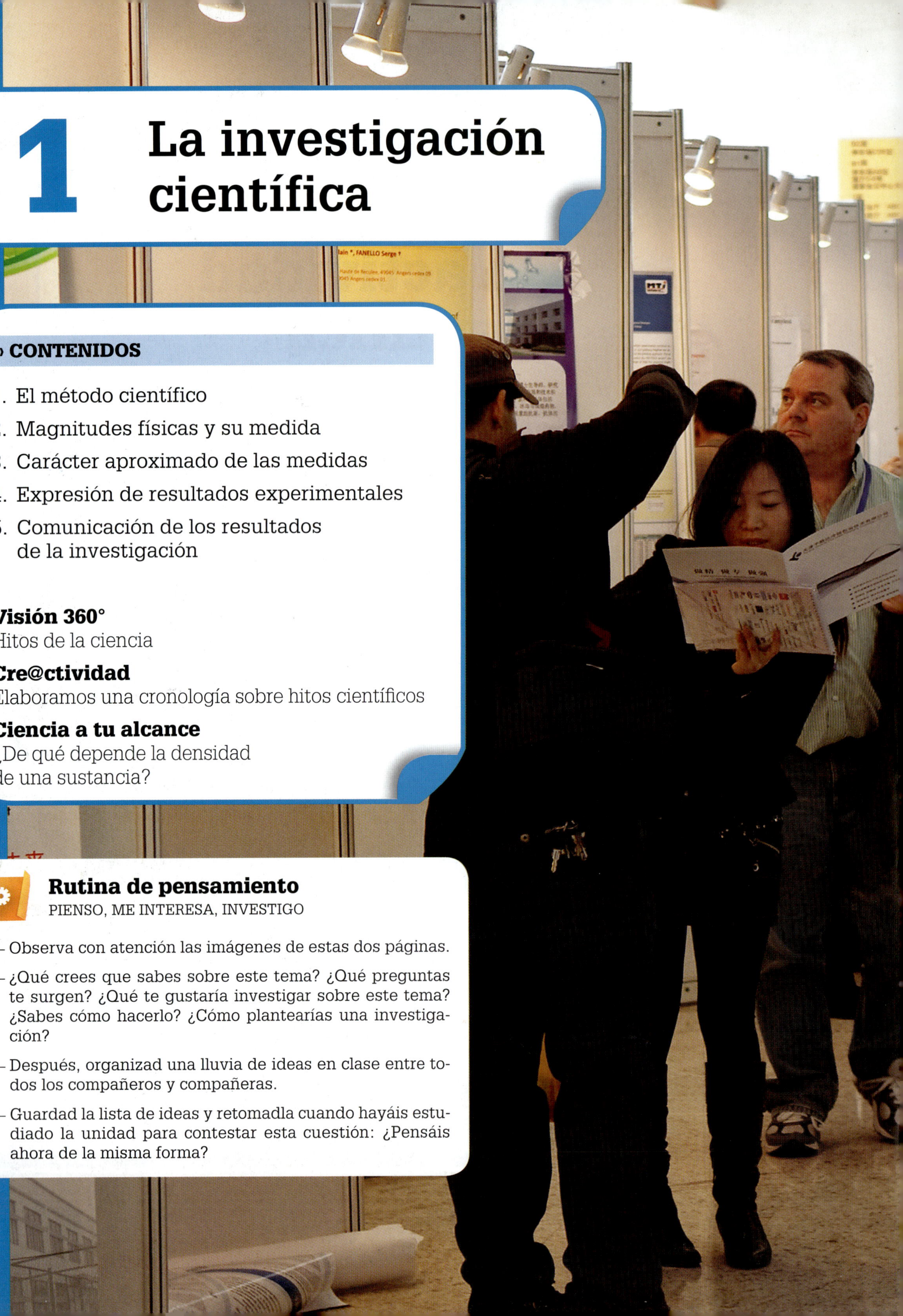

1 La investigación científica

» CONTENIDOS

1. El método científico
2. Magnitudes físicas y su medida
3. Carácter aproximado de las medidas
4. Expresión de resultados experimentales
5. Comunicación de los resultados de la investigación

Visión 360°
Hitos de la ciencia

Cre@ctividad
Elaboramos una cronología sobre hitos científicos

Ciencia a tu alcance
¿De qué depende la densidad de una sustancia?

Rutina de pensamiento

PIENSO, ME INTERESA, INVESTIGO

— Observa con atención las imágenes de estas dos páginas.

— ¿Qué crees que sabes sobre este tema? ¿Qué preguntas te surgen? ¿Qué te gustaría investigar sobre este tema? ¿Sabes cómo hacerlo? ¿Cómo plantearías una investigación?

— Después, organizad una lluvia de ideas en clase entre todos los compañeros y compañeras.

— Guardad la lista de ideas y retomadla cuando hayáis estudiado la unidad para contestar esta cuestión: ¿Pensáis ahora de la misma forma?

Industrietechnik
Salzburg

1. El método científico

Las conclusiones de una investigación científica se pueden articular en:

— **Ley.** Hipótesis confirmada, expresada normalmente en lenguaje matemático.

— **Teoría.** Conjunto de leyes que se enmarcan dentro de un sistema de conocimiento.

La investigación científica es fundamental en nuestra sociedad. Gracias a ella, somos capaces de desarrollar nuevos productos y procesos que dan respuestas a nuestros problemas y mejoran nuestra calidad de vida.

Ya desde la Antigüedad, hemos intentado ofrecer una explicación a los fenómenos que ocurren a nuestro alrededor. A día de hoy, el conocimiento científico ha evolucionado mucho, pero no cabe duda de que aún nos falta mucho por descubrir.

La sistemática de trabajo empleada para llegar a estos descubrimientos se denomina **método científico** y constituye la base de la **ciencia:**

> El **método científico** abarca el conjunto de pasos que siguen los científicos y científicas cuando investigan un hecho o un fenómeno de la naturaleza.

Veamos, a continuación, las etapas del método científico aplicadas a un caso en concreto:

Observación

¿De qué depende el crecimiento de una planta?

Planteamiento del problema

Preguntas

Formulación de hipótesis

Formulamos una **hipótesis** que explique este fenómeno:

El crecimiento de una planta depende de la humedad de la tierra.

Comprobación de hipótesis

Planificamos un experimento con el que poder comprobar si nuestra hipótesis es cierta o no:

- **Objetivo:** comprobar que el crecimiento de una planta depende de la humedad de la tierra.
- **Material:** tres semillas iguales, un saco de tierra y tres macetas.
- **Procedimiento:** plantamos una planta en cada maceta echando la misma cantidad de tierra. No regaremos la primera, regaremos una vez por semana la segunda y todos los días la tercera. Anotamos la cantidad de agua que echamos cada vez y observamos la evolución de las plantas a lo largo de un mes.

Planificación de un experimento

Experimentación

Ejecutamos el procedimiento anterior.

Obtención de datos

Anotamos la altura de la planta una vez al día a la misma hora.

Análisis de datos

Elaboramos una tabla con los datos anteriores y representamos gráficamente la altura de la planta (en mm) en función del volumen de agua recibido (en mL).

Analizamos los datos y confirmamos si nuestra **hipótesis** es **cierta.** Si no lo es, emitimos una **nueva hipótesis.**

Extracción de conclusiones

Tras confirmar la hipótesis, llegamos a la **conclusión** de que el crecimiento de una planta sí que depende de la humedad de la tierra.

Comunicación de resultados

Informe científico

Redactamos un **informe,** estructurado según las etapas del método científico, en el que reflejamos los resultados de la investigación.

Después, divulgamos los resultados de nuestra investigación.

Actividades

1. En grupos, observad a vuestro alrededor y aplicad el método científico a un fenómeno que llame vuestra atención. Utilizad el esquema anterior para no olvidar ninguna etapa. ¿A qué conclusiones habéis llegado? ¿Qué medios emplearías para comunicar tus conclusiones?

   — En grupos, aplicad la **destreza** *Compara y contrasta* para determinar si las conclusiones a las que habéis llegado en esta actividad podrían enunciarse en forma de hipótesis, ley o teoría. Podéis buscar información en Internet.

2. Magnitudes físicas y su medida

La materia que nos rodea se caracteriza por una serie de propiedades. Algunas de ellas son medibles cuantitativamente y otras no.

> Una **magnitud física** es toda propiedad de los cuerpos que se puede medir.

En nuestra vida diaria, en general, y en la experimentación científica, en particular, es necesario medir determinadas magnitudes físicas.

Instrumento de medida

Aparato que se utiliza para determinar el valor de una magnitud.

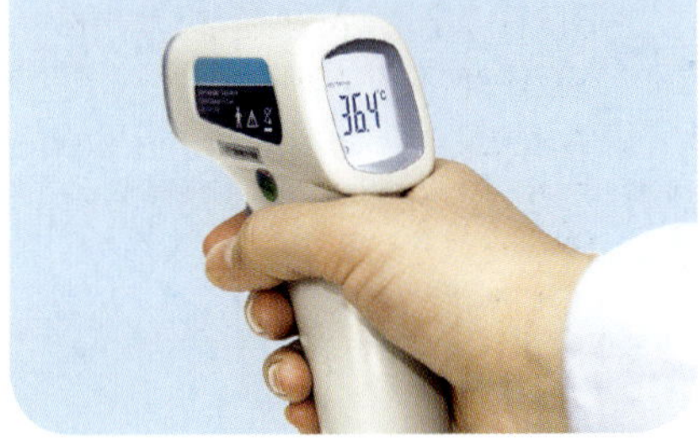

2.1. El Sistema Internacional de Unidades

En 1960, se estableció el **Sistema Internacional de Unidades (SI)** que unifica todas las medidas de las magnitudes y ha sido adoptado por la mayoría de los países.

> El SI consta de **siete magnitudes fundamentales o básicas,** que se pueden medir directamente y, a partir de estas, se obtienen las **magnitudes derivadas.**

Magnitudes fundamentales

Nombre	Unidades SI	
	Nombre	*Símbolo*
Longitud	metro	m
Masa	kilogramo	kg
Tiempo	segundo	s
Intensidad de corriente	amperio	A
Temperatura	kelvin	K
Intensidad luminosa	candela	cd
Cantidad de sustancia	mol	mol

Magnitudes derivadas

Nombre	Unidades SI	
	Nombre	*Símbolo*
Superficie	metro cuadrado	m^2
Volumen	metro cúbico	m^3
Velocidad	metro por segundo	m/s
Aceleración	metro por segundo al cuadrado	m/s^2
Densidad	kilogramo por metro cúbico	kg/m^3
Fuerza	newton	N
Presión	pascal	Pa
Energía	julio	J

Ecuación de dimensiones

La relación que existe entre una magnitud derivada y las magnitudes fundamentales recibe el nombre de **ecuación de dimensión.**

Si queremos comprobar que una expresión matemática es correcta desde el punto de vista dimensional, debemos comprobar que es **homogénea;** es decir, tiene las mismas unidades en ambos miembros. Por ejemplo, para comprobar la homogeneidad de:

$$v = v_0 + a \cdot t$$

$$v = v_0 + a \cdot t \rightarrow \frac{m}{s} = \frac{m}{s} + \frac{m}{s^{\not 2}} \cdot \not s \rightarrow \frac{m}{s} = \frac{m}{s}$$

Como las unidades en ambos miembros son las mismas, la ecuación es homogénea. Por tanto, la ecuación también es correcta dimensionalmente.

MÚLTIPLOS DE LAS UNIDADES DEL SI		
Prefijo	**Símbolo**	**Factor**
tera	T	10^{12}
giga	G	10^{9}
mega	M	10^{6}
kilo	k	10^{3}
hecto	h	10^{2}
deca	da	10

SUBMÚLTIPLOS DE LAS UNIDADES DEL SI		
Prefijo	**Símbolo**	**Factor**
deci	d	10^{-1}
centi	c	10^{-2}
mili	m	10^{-3}
micro	µ	10^{-6}
nano	n	10^{-9}
pico	p	10^{-12}

Para medidas muy grandes o muy pequeñas, siempre utilizaremos la **notación científica.**

Expresamos cada número mediante una parte entera con una sola cifra no nula y tantos decimales como se desee, acompañado de una potencia de 10 de exponente entero.

Por ejemplo:

$2{,}34 \cdot 10^{5}$ nm

$3{,}5 \cdot 10^{-2}$ kg

2.2. Magnitudes escalares y vectoriales

Las magnitudes pueden clasificarse en **escalares** y **vectoriales.**

> Una **magnitud** es **escalar** si queda perfectamente determinada mediante un número y su correspondiente unidad.

Por ejemplo: la masa, el volumen y la temperatura son magnitudes escalares.

> Una **magnitud** es **vectorial** si, para su completa determinación, además del valor numérico y de sus unidades (módulo), debemos especificar su dirección y su sentido.

Las magnitudes vectoriales se definen por medio de **vectores,** que se caracterizan por estos tres elementos:

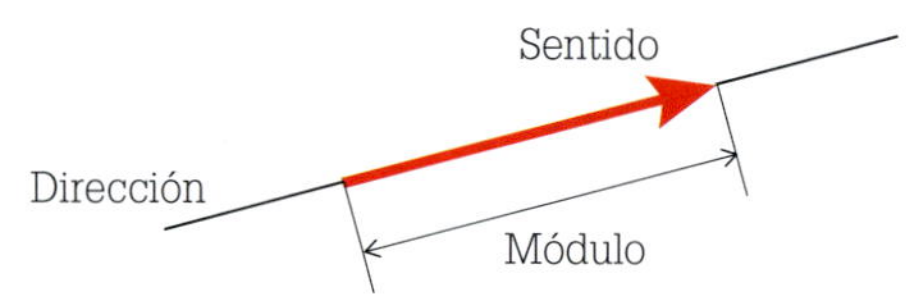

Por ejemplo: la velocidad *($\vec{v}$),* la fuerza *($\vec{F}$),* el peso *()*...

Ejemplo 1

Clasifica las siguientes magnitudes como escalares o vectoriales:

a)

b)

a) La masa es una magnitud escalar, puesto que para determinarla solo necesitamos un valor numérico y su unidad. Por ejemplo, $m = 215$ g.

b) La fuerza es una magnitud vectorial, ya que, además de su valor y de su unidad, debemos especificar su dirección y su sentido para definirla. Por ejemplo, para definir la fuerza no es suficiente decir 25 N, también es necesario aclarar que está aplicada en dirección horizontal y sentido hacia la izquierda o hacia la derecha.

Actividades

2. Expresa las siguientes medidas en unidades del SI. Para ello, aplica factores de conversión y utiliza la notación científica: a) 235 km, b) 0,067 ms, c) 23,5 g/L, d) 35,7 km/h.

3. Escribe la expresión matemática de las siguientes magnitudes derivadas y comprueba su homogeneidad: a) volumen, b) velocidad, c) densidad y d) aceleración.

4. Clasifica las magnitudes de la actividad anterior como escalares o vectoriales.

— Define los elementos que caracterizan a cada una de ellas.

3. Carácter aproximado de las medidas

Al medir cualquier magnitud, siempre se comete un error. Este error puede estar producido por la persona que toma la medida, el aparato de medida o por condiciones externas.

El siguiente enlace te ayudará a comprender los tipos de errores experimentales cometidos en una medida:

http://links.edebe.com/k58msh

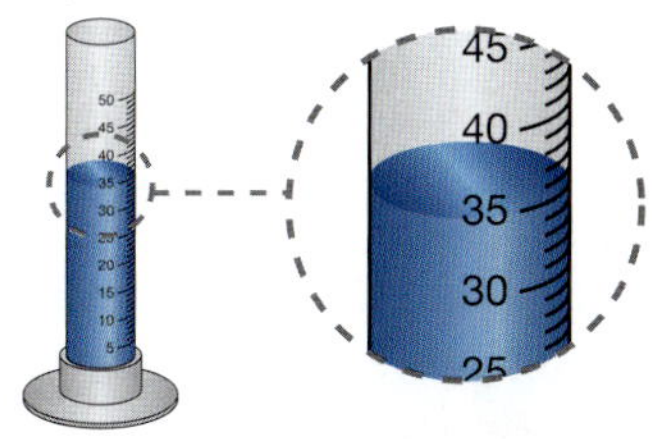

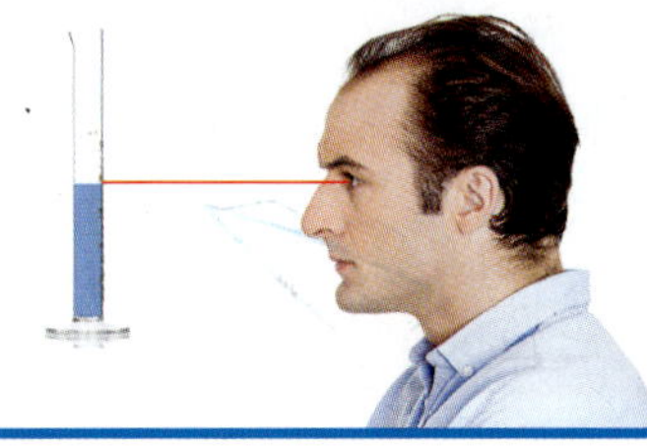

3.1. Error absoluto y error relativo

Distinguimos dos tipos de errores: el **error absoluto** y el **error relativo.**

El **error absoluto (E_a)** de una medida es la diferencia, en valor absoluto, entre el valor aproximado obtenido en la medición y el valor considerado como exacto de la medida.

$$E_a = |\text{Valor aproximado} - \text{Valor exacto}|$$

El **error relativo (E_r)** de una medida es el cociente entre el error absoluto y el valor exacto de la medida.

$$E_r = \frac{E_a}{\text{Valor exacto}}$$

El error absoluto se expresa en las mismas unidades que la magnitud medida. El error relativo no tiene dimensiones y determina el error que se comete por cada unidad de la magnitud medida, y puede expresarse también en porcentaje.

Ejemplo 2

En una balanza del laboratorio pesamos 251,50 g de un reactivo y la balanza muestra un resultado de 251,48 g. Calcula el error absoluto y el error relativo que hemos cometido en esta medición.

COMPRENSIÓN. Debemos calcular el error absoluto y el error relativo aplicando sus fórmulas.

DATOS. Valor exacto = 251,50 g; valor aproximado = 251,48 g

RESOLUCIÓN.

— Hallamos el error absoluto:

$$E_a = |\text{Valor aproximado} - \text{Valor exacto}|$$

$$E_a = |251{,}48 - 251{,}50\ \text{g}| = 0{,}02\ \text{g}$$

— Calculamos el error relativo:

$$E_r = \frac{E_a}{\text{Valor exacto}} = \frac{0{,}02\ \text{g}}{251{,}50\ \text{g}} = 8 \cdot 10^{-5}$$

Expresamos en porcentaje el error relativo: $8 \cdot 10^{-3}$ %.

COMPROBACIÓN. Verificamos que los resultados son correctos y que hemos obtenido las unidades deseadas. De lo contrario, revisamos los cálculos.

3.2. Exactitud y precisión

Una medida es tanto más exacta cuanto menor es su error relativo:

La **exactitud** de una medida es el grado de cercanía entre el valor obtenido y su valor exacto.

Sin embargo, no debemos confundir los términos *exactitud* y *precisión:*

La **precisión** es el grado de aproximación o cercanía entre una serie de medidas de la misma magnitud obtenidas de igual manera.

Actividades

5. Considerando como exacto el valor promedio de las siguientes medidas, calcula el error absoluto y el error relativo: 7,8 s, 8,1 s y 7,7 s.

6. La longitud real de un hilo es de 1,22 mm. Razona si las siguientes parejas de medidas son exactas, precisas o ambas cosas a la vez: a) 1,32 mm; 1,31 mm; b) 1,23 mm; 1,22 mm.

En este *applet* puedes introducir un número y comprobar la cantidad de cifras significativas que tiene:

http://links.edebe.com/smvn7f

4. Expresión de resultados experimentales

En este apartado aprenderemos a expresar el resultado de una medida.

4.1. Cifras significativas

El error de una medida determina el número de **cifras significativas.**

Las **cifras significativas** son los dígitos que se conocen con precisión, más un último dígito, que debe estimarse.

Por ejemplo: las cifras significativas de una longitud de 52,413 m son cinco. De estas, el 5, el 2, el 4 y el 1 se conocen con certeza. El 3 es dudoso.

En la siguiente tabla, se exponen los criterios para identificar las cifras significativas:

CRITERIOS PARA IDENTIFICAR CIFRAS SIGNIFICATIVAS	Ejemplo
— Todas las cifras diferentes de 0 son significativas.	345 tiene tres cifras significativas.
— Los ceros situados entre dos cifras significativas son significativos.	2 047 tiene cuatro cifras significativas.
— Los ceros al final de un número no decimal pueden ser o no cifras significativas.	3 400 tiene de dos a cuatro cifras significativas.
— Los ceros situados a la izquierda no son significativos.	0,02 tiene una cifra significativa.
— Los ceros a la derecha de la coma y detrás de una cifra distinta de cero son cifras significativas.	4,0 tiene dos cifras significativas.
CRITERIOS PARA OPERAR CON CIFRAS SIGNIFICATIVAS	**Ejemplo**
— El resultado de una suma o una resta se debe expresar con la misma cantidad de decimales que el término que tenga menos.	$1,23 + 0,234 = 1,46$; no 1,464
— El resultado de un producto o un cociente no debe tener más cifras significativas que el número que menos tiene.	$2,356 \cdot 1,5 = 3,5$; no 3,534

Una manera de identificar las cifras significativas con facilidad es emplear la **notación científica.** Siempre son significativas todas las cifras que aparecen antes de la potencia de 10.

Fíjate en que, para cumplir el criterio de cifras significativas en los resultados de muchas operaciones, debemos emplear el **redondeo.**

Redondear consiste en despreciar cifras situadas a la derecha de la última cifra que tomamos como significativa, teniendo en cuenta que si la cifra siguiente es superior a 5, sumaremos una unidad a la cifra significativa.

Ejemplo 3

Indica cuántas cifras significativas tienen los siguientes números u operaciones: a) $1,230 \cdot 10^5$; b) 67,02; c) 0,034; d) $2 \cdot 1,45$.

a) $1,230 \cdot 10^5$ tiene cuatro cifras significativas.

b) $67,02 = 6,702 \cdot 10^1$. Tiene cuatro cifras significativas.

c) $0,034 = 3,4 \cdot 10^{-2}$. Tiene dos cifras significativas.

d) $2 \cdot 1,45 = 3$. Tiene una única cifra significativa.

Actividades

7. Efectúa las siguientes operaciones y da los resultados con la cantidad de cifras significativas adecuada:

a) $7,8 + 1,266$; b) $456,78 : 2,34$; c) $2,3 \cdot 102 \cdot 3,4 \cdot 10^3$

8. Redondea estos números a las centésimas:

a) 345,6789 b) 0,01254 c) 12,345

Expresión del resultado de una medida

Una medida queda totalmente determinada mediante el **valor** numérico obtenido, **con todas sus cifras significativas** y, además, el **error absoluto** correspondiente a dicha medida.

A la hora de dar el resultado de una medida experimental, tomaremos como error absoluto la **resolución** del aparato.

La **resolución** de un aparato de medida es la menor cantidad que es capaz de medir.

Por ejemplo, la resolución de esta regla es de 1 mm = 0,001 m.

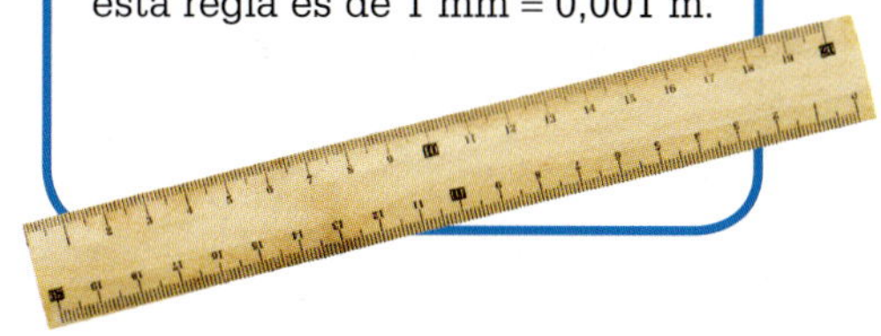

Ejemplo 4

Si obtenemos un valor de 445,7 g en una balanza cuya resolución es de 0,1 g, expresaremos la medida de este modo:

$$(445{,}7 \pm 0{,}1)\ \text{g}$$

4.2. Análisis de los datos experimentales

Una vez que tenemos los datos experimentales de un experimento, debemos analizarlos para comprobar nuestra hipótesis y poder extraer conclusiones.

Una manera de visualizar la tendencia que siguen los datos con facilidad es elaborar **tablas** y, a partir de estas, **gráficas.** A continuación, mostramos algunas de las relaciones entre variables que podemos obtener al representar los datos experimentales.

Proporcionalidad directa	Proporcionalidad inversa	Proporcionalidad cuadrática
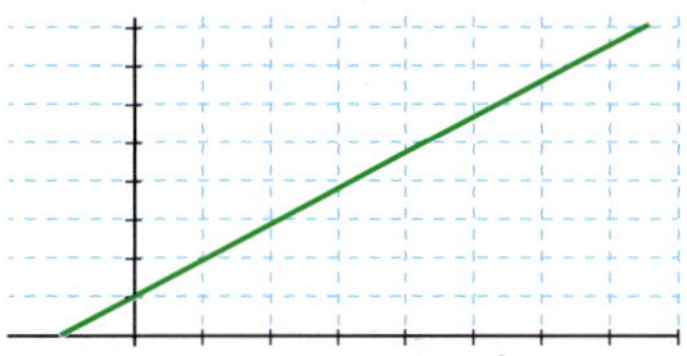	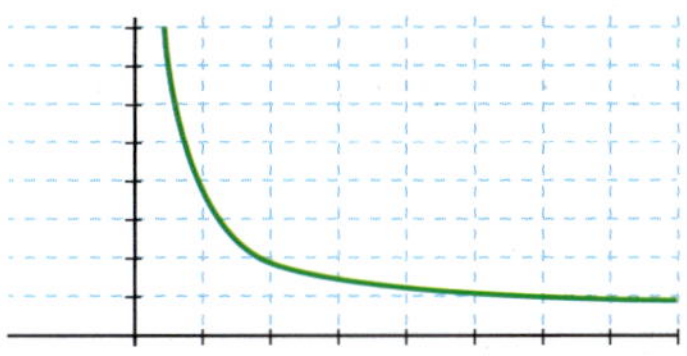	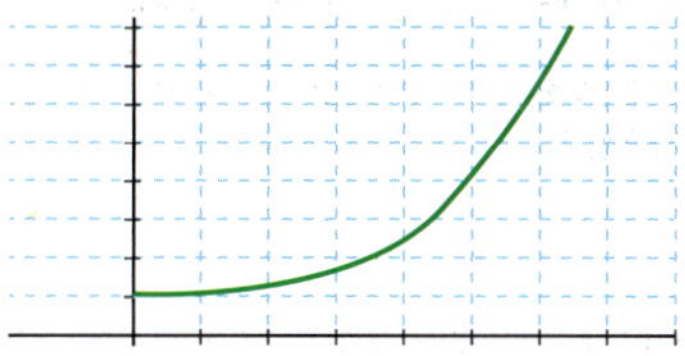
El cociente entre las parejas de valores es una constante: la pendiente de la recta. $y = ax + b$	El producto de las parejas de valores es una constante. La gráfica es una hipérbola. $y = \frac{a}{x}$	Una de las variables varía con el cuadrado del valor de la otra. La gráfica es una parábola. $y = ax^2 + bx + c$

Ejemplo 5

Representa gráficamente los siguientes resultados obtenidos por una científica en un experimento y señala la relación que existe entre ambas magnitudes:

v (m/s)	150	75	50	30
t (s)	2	4	6	10

Representamos la velocidad (v) en función del tiempo (t)

Obtenemos la gráfica correspondiente.

Al analizar la gráfica, nos damos cuenta de que ambas magnitudes son inversamente proporcionales.

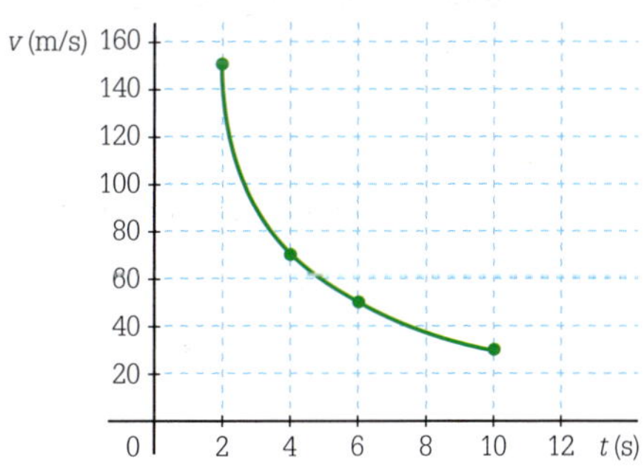

Actividades

9. A partir de los datos del ejemplo anterior y con una hoja de cálculo, representa la gráfica correspondiente. Elige el tipo de gráfico de dispersión e introduce los valores de los ejes X e Y. Observa la gráfica e indica si tiene la misma forma que la del ejemplo. ¿Qué relación existe entre variables?

5. Comunicación de los resultados de la investigación

I + D + i

Investigación, desarrollo e innovación.

La última etapa del método científico es la comunicación de los resultados de la investigación. Esta fase es clave, ya que, gracias a ella, los investigadores y las investigadoras difunden sus descubrimientos al resto de la comunidad científica, y con ello, al mundo exterior.

5.1. El informe científico

Lo primero que deben hacer los científicos para poder comunicar los resultados de sus investigaciones es redactar un **informe científico.**

A continuación, sabremos las partes que debe tener cualquier informe científico:

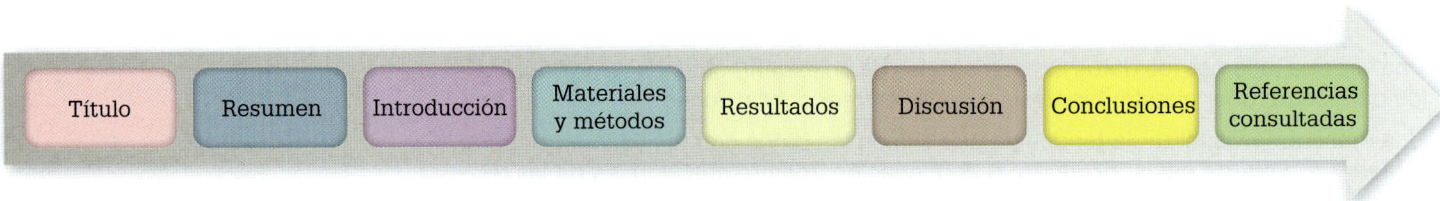

Características del informe científico

— Es el resultado de una investigación con rigor científico.
— Su estructura se basa en el método científico.
— Debe estar redactado de forma clara, precisa y concisa.
— Es original y actual.
— Los resultados tienen que ser reproducibles.

@ En este enlace podrás ver con detalle el contenido que tienes que escribir en cada parte del informe:

http://links.edebe.com/mzgn

Una vez que hemos redactado el informe científico, existen diversas vías para la difusión de los resultados de la investigación.

Divulgación de los resultados de una investigación

— Publicación en revistas especializadas.
— Exposición en conferencias y congresos científicos.
— Asistencia a ferias tecnológicas.
— Organización de jornadas para el público general.
— Publicación en notas de prensa.

Actividades

10. Accede a este enlace y consulta uno de los artículos científicos disponibles:

@ **https://www.plos.org/**

a) ¿De qué área es el artículo que has elegido?

b) ¿Responde a la estructura que hemos estudiado?

c) ¿Qué novedad plantea?

11. Proyecto de investigación (PBL). En grupos de tres o cuatro miembros, investigad qué relación existe entre la masa de un vehículo y su consumo de combustible. ¡Recordad que debéis seguir las etapas del método científico! Os puede resultar de utilidad seguir estos pasos:

a) Entrad en las páginas web de diversos fabricantes de automóviles y consultad la masa y el consumo de diversos modelos. Anotadlos.

b) Completad la siguiente tabla en vuestro cuaderno:

Masa (kg)	Consumo (L/100 km)

c) Elaborad una gráfica con los datos anteriores, representando la masa en el eje *X* y el consumo en el eje *Y*.

d) ¿Qué relación existe entre la masa y el consumo de un vehículo? Redactad un informe y exponed los resultados de vuestra investigación en clase.

5.2. Interpretación de la información científica

Hoy en día, tenemos acceso a multitud de información gracias a Internet y a los medios de comunicación: noticias, artículos, entradas en blog, etc. Sin embargo, no todo lo que se publica tiene rigor científico.

Ejemplo 6

Lee los siguientes titulares de noticias publicados recientemente en diversos medios:

Acupuntura: un efectivo tratamiento para combatir las molestas alergias

Hay más nacimientos en las noches con luna llena

Terapias naturales que curan el cáncer

¿Crees que se trata de artículos científicios? ¿Por qué?

Ágora

Lee esta entrada de un blog sobre los resultados científicos:

http://links.edebe.com/pfb

» **¿Qué opinión te merece?**

En este apartado aprenderemos a analizar con espíritu crítico el rigor científico de una publicación.

La característica esencial de una **publicación con rigor científico** es que responde a las **etapas del método científico.**

Ahora bien:

¿Qué nos sugiere falta de rigor científico en una publicación?

— Titulares sensacionalistas.
— Muestras no representativas o demasiado pequeñas.
— Resultados mal interpretados.
— Resultados parciales e irreproducibles.
— Lenguaje especulativo.
— Conflicto de intereses.
— Fuentes no fiables.

Actividades

12. Formad pequeños grupos para llevar a cabo esta actividad. Acceded a estas dos noticias para evaluar el rigor científico de cada una de ellas:

http://links.edebe.com/rqv5a

http://links.edebe.com/pikh

a) Leed las dos noticias con atención.

b) Buscad información sobre cada uno de los temas.

c) Identifica qué características de cada noticia te hacen pensar que tiene o no rigor científico.

d) Elabora un guion de los argumentos que refuerzan qué noticia es rigurosa científicamente y cuál no.

e) Elegid un portavoz y exponed vuestros argumentos ante el resto de grupos.

f) Debatid qué razones os llevan a clasificar una noticia como no científica.

g) Redactad en un documento las conclusiones a las que habéis llegado.

Hitos de la ciencia

La ciencia es fundamental para el desarrollo de la sociedad. A continuación, destacamos la importancia del trabajo de algunos científicos y científicas que hicieron posible el progreso. Sus aportaciones constituyen hitos, ya que de una forma u otra cambiaron la historia. Aquí analizaremos cinco hitos científicos, pero hay muchos más.

Las flores de Darwin

1859

Charles Darwin (1809-1882) llevó a cabo parte de sus investigaciones en las islas Galápagos, que tienen subespecies únicas que demuestran la adaptación a un entorno único. Algunos de sus estudios se centraron en las orquídeas, con las que Darwin se dio cuenta de que las variedades más complejas buscaban atraer los insectos, y que cada especie atraía a uno en particular. A partir de este descubrimiento, Darwin creó *la teoría de la selección natural.*

El descubrimiento del radio

1898

Marie Curie decidió estudiar los rayos de uranio descritos por primera vez por Henri Becquerel. Curie estaba intrigada por estos misteriosos rayos, descubriendo la radiactividad y la relación entre la cantidad de uranio y los rayos. Además, descubrió que los rayos eran parte de los átomos de un elemento radiactivo. Ganó, junto a su marido, el Premio Nobel de Física en 1903. También consiguió aislar el polonio y el radio, y ganó el Premio Nobel en 1911 por ello.

LA PENICILINA

1959

Aunque generalmente se atribuye a Alexander Fleming (1881-1955) el descubrimiento de la penicilina, muchas culturas diferentes llegaron, mediante la observación y la experiencia, a conocer y emplear las propiedades bactericidas de los mohos. Se utilizaron diferentes variedades en la Antigüedad antes de las vacunas como apósitos.

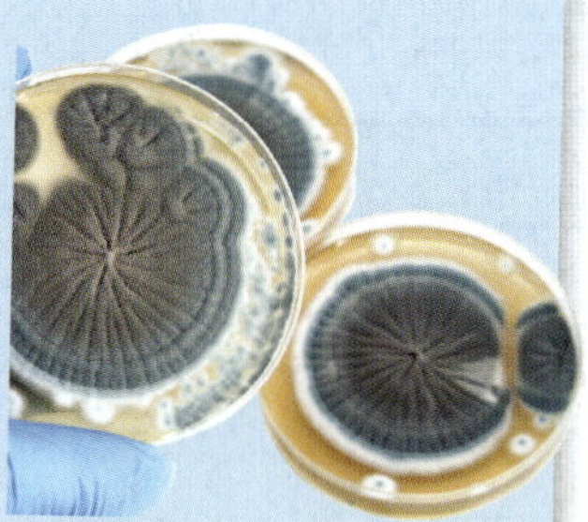

Llegada del hombre a la Luna

1969

Apolo 11 fue una misión espacial tripulada de EE. UU. que consiguió que un ser humano caminara por la superficie de la Luna. La misión despegó el 16 de julio de 1969, llegó a la superficie de la Luna el 20 de julio de ese mismo año y al día siguiente dos de los tres astronautas (Armstrong y Aldrin) caminaron sobre la superficie lunar. El 24 de julio lograron un amerizaje perfecto en el océano Pacífico, poniendo fin a la misión, que está considerada como uno de los momentos más significativos de la historia de la humanidad y la tecnología.

La sonda *New Horizons* sobrevuela Plutón

2015

Nueve años y medio después de partir de la Tierra, y tras recorrer casi 5 000 millones de kilómetros, la nave no tripulada lanzada por la NASA llegó el 14 de julio de 2015 a los confines del sistema solar, sobrevolando por primera vez el planeta enano a una velocidad de 50 000 km/h, la más rápida que haya alcanzado una sonda espacial. La nave se acercó unos 12 500 km a la superficie de Plutón, sin posarse ni detenerse. Lo sobrevoló arrojando luz acerca de este planeta enano, descubierto en 1930 por Clyde Tombaugh.

13. Después de analizar los descubrimientos científicos de la página anterior, responde:

a) ¿Cuál de ellos te parece más importante? ¿En qué basas tu respuesta?

b) Elabora en tu cuaderno una lista con las repercusiones sociales, económicas y políticas que crees que ha tenido o puede tener cada uno de ellos.

c) Pon en común con tus compañeros y compañeras de clase las respuestas a los apartados anteriores. ¿Pensáis todos de la misma manera?

d) Distribuid la clase en cinco grupos. Cada uno de ellos profundizará en uno de los descubrimientos de la página anterior. A continuación, confeccionad en vuestro cuaderno una tabla en la que se reflejen las estrategias empleadas por los investigadores y las investigadoras:

Descubrimiento	Propuesta de preguntas	Observación	Formulación de hipótesis	Registro de datos
Las flores de Darwin				
La penicilina				

14. Consulta el siguiente enlace:

@ http://links.edebe.com/x6jnbx

— Selecciona tres de los hitos anteriores, infórmate sobre ellos y completa en tu cuaderno esta tabla:

Hito	Científico o científica	Año	Descripción

15. ¿Qué influencia han tenido y tienen las mujeres en la comunidad científica?

a) Infórmate en Internet sobre el tema. Te pueden resultar de interés los siguientes enlaces:

@ http://links.edebe.com/e2v

@ http://linkis.com/89AxM

b) Después, organizad un debate en clase en el que tratéis las aportaciones de las mujeres al desarrollo científico y sus repercusiones en los ámbitos social, cultural y laboral.

Cre@ctividad: Elaboramos una cronología sobre hitos científicos

Vamos a organizar toda la información que hemos recabado en esta sección en una cronología o eje cronológico.

— Para ello, utiliza la siguiente herramienta:

@ http://links.edebe.com/tpjdea

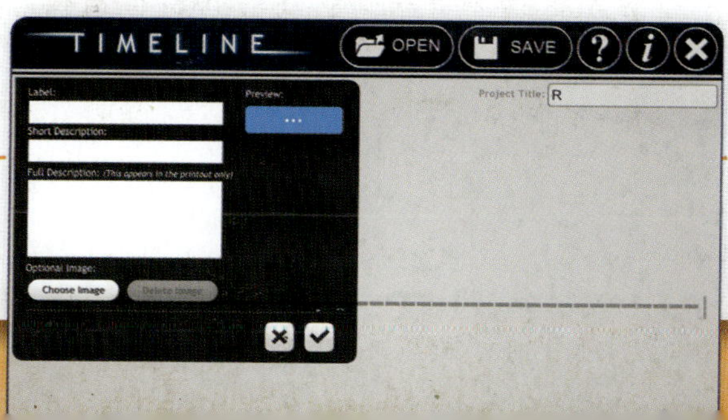

— Introduce tu nombre y el título del proyecto, y haz clic en «Start».

— Clica sobre la línea y escribe cada hito con su título, descripción e imagen.

¡Podrás observar los hitos científicos de un solo vistazo!

En práctica: **¿De qué depende la densidad de una sustancia?**

La densidad es una magnitud derivada cuya expresión matemática es la siguiente:

$$d = \frac{m}{V}$$

Donde:

d es la densidad.

m es la masa.

V es el volumen.

Pero, ¿de qué depende la densidad de una sustancia? En el laboratorio y en grupos, intentaremos dar respuesta a esta cuestión aplicando el método científico.

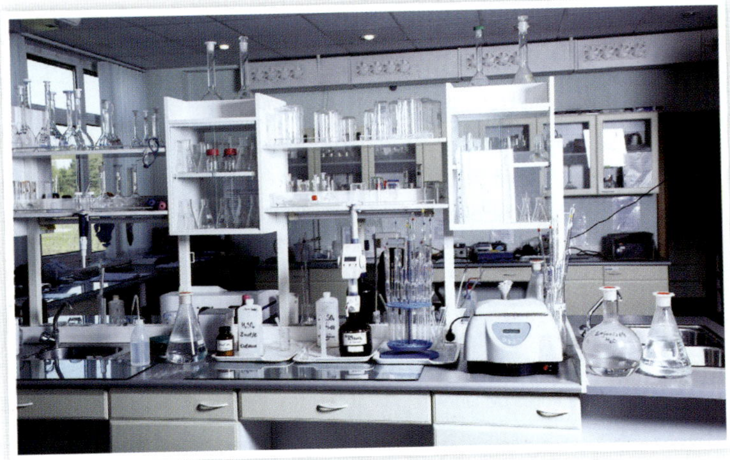

PLANTEAMIENTO DEL PROBLEMA

Observamos las sustancias que nos rodean y nos preguntamos de qué depende la densidad de una sustancia.

FORMULACIÓN DE LA HIPÓTESIS

Entre todos los miembros del grupo, redactamos una hipótesis como, por ejemplo:

«La densidad de una sustancia depende de la temperatura».

COMPROBACIÓN DE LA HIPÓTESIS

Para poder comprobar la hipótesis, debemos **planificar el experimento** que vamos a llevar a cabo:

Objetivo

— Determinar si la densidad de una sustancia depende o no de la temperatura.

— Analizar qué tendencia sigue la densidad de un sólido y de un líquido al aumentar o disminuir la temperatura.

Material

— Una pieza cúbica de metal.

— Agua destilada.

— Probeta de 250 mL.

— Vaso de precipitados.

— Balanza.

— Calibre o cinta métrica.

— Termómetro.

— Crisol.

— Estufa.

— Mechero de Bunsen.

Experimentación

Seguid estos pasos:

Determinación de la densidad del sólido

— Medid la temperatura ambiente del laboratorio con el termómetro y anotadla en el cuaderno.

— Pesad en la balanza la pieza cúbica de metal y anotad el valor en el cuaderno. Tened en cuenta las cifras significativas que debéis utilizar en función de la resolución de la balanza.

— Medid con el calibre o la cinta métrica la longitud del lado de la pieza.

— Depositad la muestra en un crisol y colocadla en la estufa hasta que alcance aproximadamente 50 °C.

— Extraed la muestra de la estufa utilizando guantes. Pesadla de nuevo en la balanza y anotad el valor.

— Volved a medir el lado de la muestra y anotad el resultado.

Determinación de la densidad del líquido

— Medid la temperatura ambiente del laboratorio con el termómetro y anotadla en el cuaderno.

— Pesad en la balanza la probeta de 250 mL vacía y anotad su valor.

— Llenad la probeta con agua destilada, enrasando hasta 100 mL.

— Pesad en la balanza la probeta con agua y anotad el valor que marca la balanza.

— Llenad el vaso de precipitados de agua destilada e introducid la probeta con agua y el termómetro.

— Calentad el conjunto con un mechero de Bunsen hasta que el termómetro marque 50 °C.

— Extraed la probeta del vaso de precipitados utilizando guantes, secadla y pesadla de nuevo en la balanza, una vez que esté seca por fuera.

— Anotad el volumen que marca ahora el agua destilada en la graduación de la probeta.

Obtención de datos

Completad las siguientes tablas en el cuaderno:

Metal	m_{metal} (g)	Medida del lado (mm)	$V_{\text{metal}} = l^3$ (mm³)	d_{metal} (g/mm³)	d_{metal} (kg/m³)
T_{ambiente}					
$T = 50$ °C					

Agua	m_{probeta} (g)	$m_{\text{probeta + agua}}$ (g)	m_{agua} (g)	V_{agua} (mL)	d_{agua} (g/mL)	d_{agua} (kg/m³)
T_{ambiente}						
$T = 50$ °C						

Análisis de datos

Teniendo en cuenta los resultados obtenidos, responded a estas preguntas en vuestro cuaderno:

a) ¿Varía la densidad de una sustancia al cambiar la temperatura?

b) ¿Cómo varía la densidad de un sólido con la temperatura? ¿Y la de un líquido?

c) ¿Vuestra **hipótesis** es **cierta**? En caso **negativo,** formulad una **nueva hipótesis** y repetid el proceso.

EXTRACCIÓN DE CONCLUSIONES

Después de analizar los datos del experimento, elaborad una lista con las conclusiones a las que habéis llegado.

COMUNICACIÓN DE RESULTADOS

Redactad un **informe** de la práctica por grupo en formato digital. Para redactar el informe tened en cuenta lo estudiado en la unidad. Por último, exponed en clase vuestro informe empleando una herramienta TIC y responded a las preguntas que os planteen.

Sigue investigando

¿Varía la densidad de los gases con la temperatura? ¿De qué modo? Redactad una hipótesis y diseñad un experimento para comprobarlo. Buscad información en Internet y elaborad una presentación digital para comunicar los resultados.

SÍNTESIS

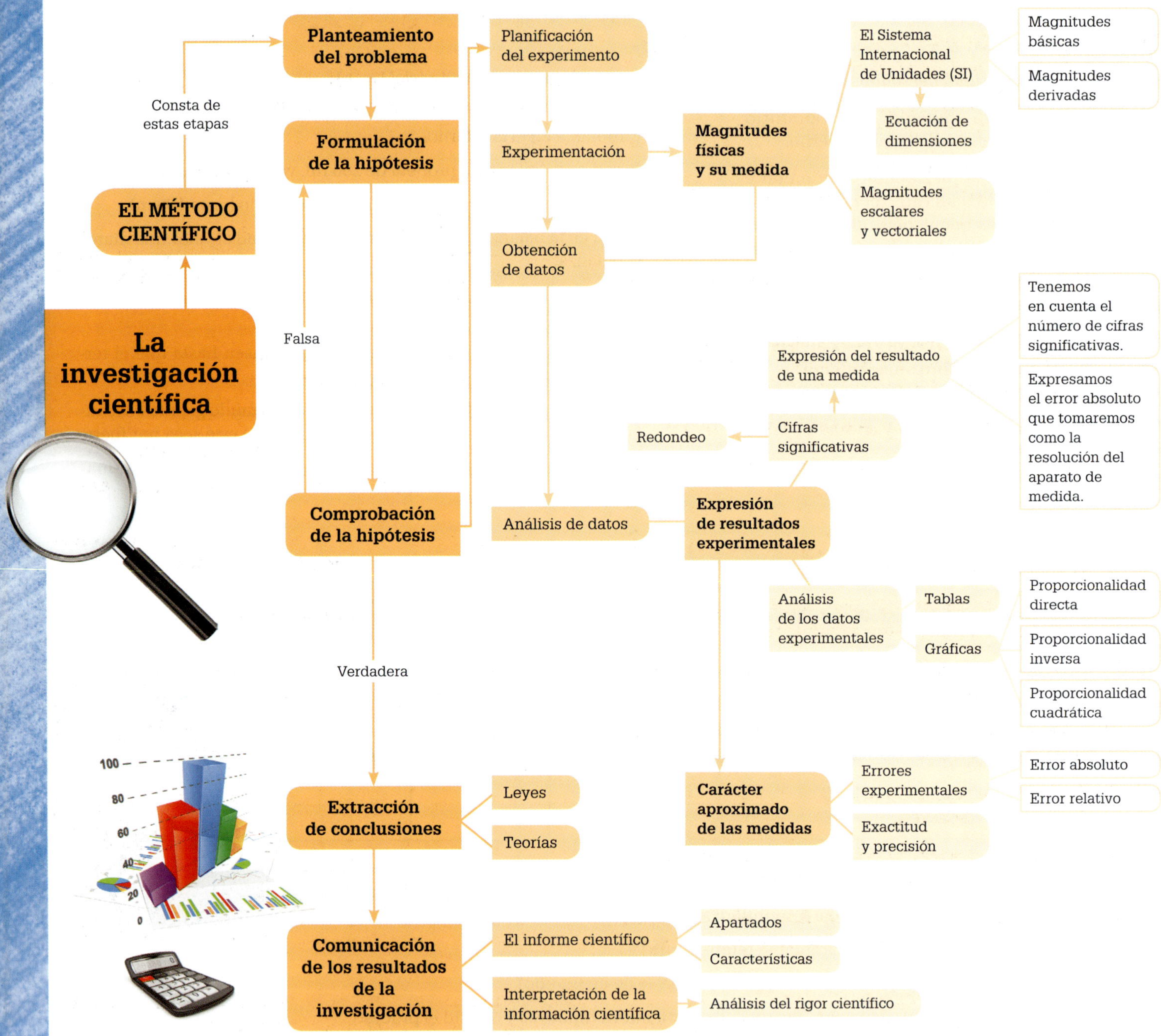

Recuerda lo que has aprendido

16. Describe la sistemática del trabajo de los científicos y científicas, así como las estrategías empleadas en la actividad científica.

17. Clasifica las magnitudes físicas.

18. ¿Cuál es la diferencia entre el error absoluto y el error relativo?

19. ¿Cómo se expresa el resultado de una medida? Explica los factores que debemos tener presentes y pon un ejemplo.

20. Enumera los apartados que debe contener un informe científico. ¿Qué hay que tener en cuenta a la hora de redactarlo?

1. El método científico

21. ★☆☆ Indica a qué etapa del método científico corresponde cada una de las siguientes acciones:

a) Diseño de un experimento para conocer el porcentaje de azúcar en la remolacha.

b) Redacción de un artículo científico sobre los resultados de la investigación de la resistencia de diversos tipos de acero.

c) Un estudiante emite una hipótesis que intenta dar explicación a la formación de los rayos durante una tormenta.

d) El equipo completo de un departamento de I+D+i se reúne para extraer conclusiones del trabajo de investigación que están llevando a cabo.

e) Una niña se pregunta por qué se mueven las nubes.

f) Una investigadora analiza las gráficas generadas a partir de los datos de un experimento.

22. ★★☆ Razona si cada una de las siguientes afirmaciones es una hipótesis, una ley o una teoría:

a) La presión de un gas es inversamente proporcional al volumen del recipiente que lo contiene.

b) La temperatura ambiente depende de la inclinación de los rayos solares.

c) La selección natural explica la evolución biológica de las distintas especies del planeta.

d) El color de un objeto expuesto al sol influye en la variación de su temperatura.

e) La deriva continental describe cómo la dinámica interna del planeta altera las placas de la litosfera.

f) La temperatura de una determinada cantidad de un gas es proporcional al producto de su presión y volumen.

23. ★★★ @ En grupos, aplicad el método científico para analizar cómo varía la temperatura de una sustancia gaseosa al cambiar su presión. Tened en cuenta estas consideraciones:

a) Llevad a cabo la etapa de experimentación en el laboratorio.

b) Elaborad tablas y gráficas con la ayuda de una hoja de cálculo para analizar los datos obtenidos.

c) Redactad un informe científico en formato digital que recoja los resultados de vuestra investigación.

d) Exponed el informe en clase con la ayuda de una herramienta TIC.

2. Magnitudes físicas y su medida

24. ★☆☆ Indica, justificando tus respuestas, cuáles de las siguientes son magnitudes físicas:

a) Energía térmica
b) Color
c) Belleza
d) Presión de un líquido

25. ★☆☆ Clasifica las siguientes magnitudes como fundamentales o derivadas, y escribe su unidad de medida en el SI: a) temperatura; b) superficie; c) fuerza; d) longitud; e) masa; f) presión.

26. ★★☆ Aplica factores de conversión para transformar las unidades de las siguientes medidas al SI:

a) 236 cg
b) $3{,}4 \cdot 10^3$ g/dm^3
c) 2,5 semanas
d) 98 mm/min

— Señala la magnitud que se ha medido en cada caso.

27. ★★☆ Comprueba la homogeneidad de la siguiente expresión aplicando la ecuación de dimensiones:

$$x = x_0 + v_0 \cdot t + \frac{1}{2} \cdot a \cdot t^2$$

28. ★★☆ Indica, justificando tus respuestas, si las siguientes magnitudes son escalares o vectoriales:

a) Temperatura
b) Peso
c) Fuerza
d) Tiempo

29. ★★★ + @ Accede a los siguientes *applets* y aprende a sumar y restar vectores:

@ http://links.edebe.com/5bn

@ http://links.edebe.com/hwh6n

3. Carácter aproximado de las medidas

30. ★☆☆ Indica tres causas que justifiquen que las medidas que tomamos experimentalmente tienen carácter aproximado.

31. ★☆☆ Corrige en tu cuaderno las afirmaciones falsas:

a) El error absoluto se calcula como la resta entre el valor aproximado y el valor exacto.

b) El error relativo se puede expresar en porcentaje.

c) El error absoluto no tiene dimensiones.

d) Una medida es exacta si su valor se aproxima mucho al valor real.

32. ★★☆ El cronómetro del espectador de una carrera marcó un tiempo de 8,42 s para un atleta en una prueba. Si sabemos que la marca real del atleta fue de 8,26 s, calcula:

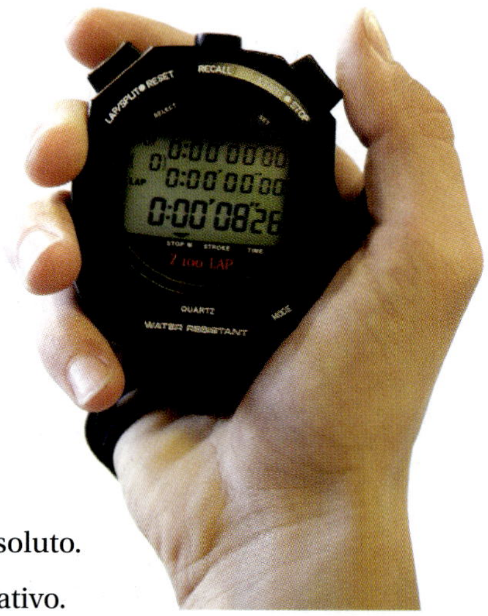

a) El error absoluto.

b) El error relativo.

33. ★★☆ Si sabemos que un determinado aparato de medida es muy preciso, ¿significa que es exacto?

— Razona tu respuesta.

34. ★★★ La siguiente tabla muestra los distintos resultados obtenidos para la medida de la longitud de una tubería por cuatro personas diferentes:

Medida	1	2	3	4
***L* (m)**	35,67	34,98	36,01	34,79

a) Tomando como valor exacto el valor promedio, halla el error absoluto y el error relativo de cada medida.

b) ¿Podríamos decir que las medidas son exactas? ¿Y precisas? Justifica tus respuestas.

4. Expresión de resultados experimentales

35. ★☆☆ Indica el número de cifras significativas que tienen estas medidas:

a) 0,035 m

b) 37,8 °C

c) 305,670 N

d) $1{,}234 \cdot 10^{-2}$ mg

e) 36 700 cm^2

f) $34{,}0 \cdot 10^3$ Pa

36. ★☆☆ Señala si las siguientes expresiones matemáticas expresan una relación de proporcionalidad directa, inversa o cuadrática:

a) $y = 2{,}3x - 6$

b) $y = 2x^2 - 3x + 7$

c) $y = \dfrac{3}{x}$

37. ★★☆ Efectúa las siguientes operaciones expresando los resultados en notación científica y teniendo en cuenta el criterio de cifras significativas:

a) $0{,}135 + 0{,}12$

b) $35\,000 - 456$

c) $2{,}3 \cdot 3456$

d) $0{,}12 : 0{,}2$

— ¿Has tenido que redondear algún resultado? ¿A qué cifra?

38. ★★☆ Para determinar la densidad de un material se ha procedido de la siguiente manera:

1. Se ha medido con una balanza la masa de una muestra con forma cúbica y se ha obtenido un valor de 123,4 g.
2. Se ha medido con un calibre el lado del cubo que forma la muestra y se ha determinado un valor de 32,2 mm.

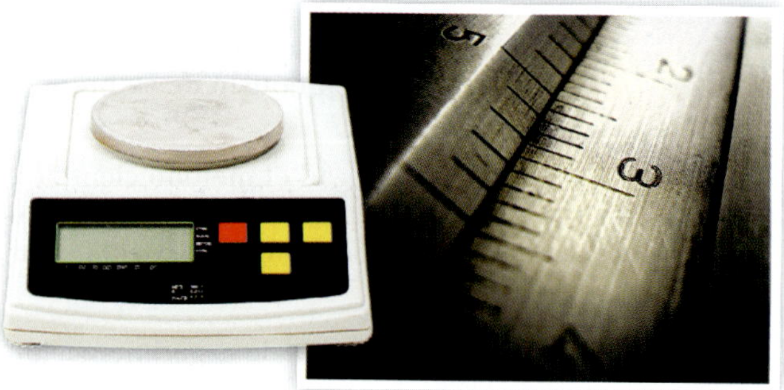

a) Calcula el valor de la densidad expresándolo en unidades del SI y redondeándolo a las cifras significativas adecuadas.

b) Si la resolución de la balanza era de 0,1 g y la del calibre de 0,1 mm, expresa las medidas de la masa y del volumen que se han obtenido sujetas al error correspondiente.

39. ★★★ Un científico estudia la relación entre dos magnitudes. En su experimento ha obtenido estos resultados:

A	3,0	8,0	11	17
B	0	2	3	5

a) Representa gráficamente, utilizando una hoja de cálculo de Excel, la magnitud A en función de B.

b) ¿Qué forma tiene la gráfica? Define la relación que hay entre las dos magnitudes.

c) Haz clic sobre la línea de la gráfica con el botón derecho y selecciona «Agregar línea de tendencia». En las opciones, añade además «Presentar ecuación en el gráfico».

d) ¿Qué ecuación relaciona ambas magnitudes? ¿Coincide esta fórmula con el tipo de proporcionalidad que habías indicado?

5. Comunicación de los resultados de la investigación

40. ★☆☆ Razona por qué motivos es tan importante la etapa de comunicación de resultados dentro del trabajo de los científicos. Pon ejemplos concretos que apoyen tu explicación.

41. ★☆☆ Explica cómo los científicos pueden difundir los resultados de sus investigaciones.

42. ★★☆ Ordena los siguientes apartados que debe contener un informe científico: resumen, conclusiones, materiales y métodos, título, referencias bibliográficas, introducción, discusión y resultados.

43. ★★☆ Completa en tu cuaderno la siguiente tabla con las propiedades que caracterizan a la ciencia y a la seudociencia:

Ciencia	Seudociencia
	Subjetividad
Resultados reproducibles	
Fuentes contrastadas	
	Sensacionalista

44. ★★★ Aplicad en clase la **técnica cooperativa** *Lectura compartida* para analizar el contenido y el rigor científico de la siguiente noticia:

Una misteriosa explosión en una playa desemboca en una lección de física y química

Tras una labor detectivesca, los científicos hallan que un cable sin corriente causó el suceso que hirió a una bañista en Estados Unidos.

a) Formad dos grupos y leed con atención la noticia completa en este enlace:

@ **http://links.edebe.com/3et**

b) ¿Qué hipótesis emitiríais vosotros sobre este curioso suceso?

c) ¿De qué forma llegaron los investigadores a una conclusión?

d) ¿Aplicaron correctamente el método científico? Razonad vuestra respuesta.

e) ¿Tiene esta noticia rigor científico? Antes de responder, buscad la información que necesitéis sobre este tema en fuentes contrastadas.

— Después, redactad un guion con los argumentos que os permitan justificar vuestra postura sobre si la noticia tiene o no rigor científico.

— Por último, organizad un debate en clase. ¿En qué basáis vuestras posturas? ¿A qué conclusión habéis llegado?

45. ★★★ En grupos de tres o cuatro miembros, investigad sobre las reservas de petróleo en el mundo.

a) Informaos sobre la cantidad de reservas en toneladas equivalentes o barriles.

b) Buscad mapas que reflejen la distribución de las reservas por países.

c) ¿Cuánto tiempo se prevé que durarán estas reservas? ¿Qué medidas deberían tomar los países a nivel global?

d) Organizad toda la información en una presentación y exponedla usando esta herramienta:

@ **https://prezi.com**

Pon a prueba tus competencias

La investigación científico-tecnológica tiene un carácter interdisciplinar. Esto quiere decir que, por un lado, se lleva a cabo en todas las áreas de la ciencia, pero, a veces, en un trabajo de investigación determinado es necesario que intervengan profesionales de distintas ramas (matemáticos, físicos, biólogos, químicos...).

Por este motivo, en cualquier tarea de investigación, es muy importante el trabajo en equipo.

46. Un grupo de I+D+i de una universidad se dedica al desarrollo de nuevos materiales. Una de las líneas de investigación que tienen abiertas ahora mismo consiste en el desarrollo de materiales con alta conductividad eléctrica para poder ser incorporados a dispositivos electrónicos.

— Uno de los miembros del grupo está investigando si la temperatura influye en la conductividad eléctrica del material. Ayúdale en su trabajo completando en tu cuaderno la siguiente tabla en la que se describen las fases de su proyecto de investigación:

Etapa del método científico	
Planteamiento del problema	¿Afecta la temperatura a la conductividad eléctrica de un material?
Formulación de la hipótesis	
Planificación de un experimento	
Experimentación	
Obtención de datos	
Análisis de datos	
Extracción de conclusiones	
Comunicación de resultados	

47. En el laboratorio del grupo tienen colgado en la pared un póster científico. En él se distingue la siguiente gráfica:

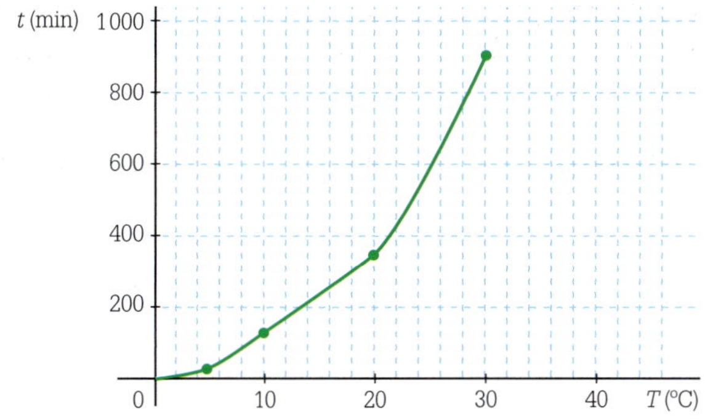

a) ¿Qué describe esta gráfica?

b) Clasifica cada una de las magnitudes que intervienen como fundamental o derivada, y como escalar o vectorial.

c) ¿Están expresadas las magnitudes en unidades del SI? En caso negativo, indica las unidades en las que deberían expresarse.

d) Describe el tipo de proporcionalidad que refleja la gráfica y propón un experimento a partir del cual se pudiesen obtener estos resultados.

e) Suponiendo que la resolución del termómetro fuese de 0,1 °C, expresa el resultado de la medida a los 10 min en forma de intervalo. Ten en cuenta el error absoluto.

48. En un artículo científico que tienen sobre la mesa en el laboratorio aparece esta fórmula:

$$\varepsilon = \frac{l - l_0}{l_0}$$

Donde ε representa el alargamiento del material; *l*, la longitud final y l_0, la longitud inicial.

a) Deduce, aplicando la ecuación de dimensiones, las unidades con las que se expresa el alargamiento.

b) Al medir la longitud inicial de una muestra, uno de los investigadores obtuvo los siguientes resultados: $2{,}34 \cdot 10^{-2}$ m, $2{,}35 \cdot 10^{-2}$ m, $2{,}34 \cdot 10^{-2}$ m, $2{,}32 \cdot 10^{-2}$ m, $2{,}37 \cdot 10^{-2}$ m. ¿Cuántas cifras significativas tiene cada medida?

c) Halla el error absoluto y el error relativo de cada una de las medidas.

d) ¿Por qué podemos decir que las medidas anteriores son precisas? ¿Podríamos decir que son exactas? Razona tu respuesta.

49. Argumenta qué aspectos deben tener en cuenta los componentes del grupo a la hora de buscar información y comunicar los resultados de su investigación.

50. ¿Cuál es la edad de nuestro planeta? Investiga las diferentes hipótesis que han emitido los científicos a lo largo de la @ historia, y justifica si se tratan o no de hipótesis contrastadas.

— Redacta un informe y exponlo en clase ante tus compañeros y compañeras.

Reflexiona

Diario de aprendizaje

— ¿Por qué es importante invertir en investigación y desarrollo en un país y en el mundo en general?

— ¿Cómo valoras las distintas contribuciones de los científicos y científicas a lo largo de la historia? ¿Crees que de algún modo cambiaron nuestro rumbo?

— ¿Crees que en el futuro evolucionará mucho el conocimiento científico? ¿En qué dirección o direcciones?

BLOQUE 2

La materia

- A lo largo de las unidades que componen este bloque, descubrirás la naturaleza, la estructura y la composición de la materia que nos rodea, analizándola tanto a nivel microscópico como macroscópico.
- Valorarás la evolución del conocimiento científico sobre la materia, interpretando las diversas aportaciones de los científicos desde la Antigüedad hasta nuestros días.
- Reconocerás la importancia de la Tabla Periódica y serás capaz de describir las diferentes ordenaciones de los elementos químicos que han surgido a lo largo de la historia, así como su estructura actual.
- Analizarás con interés la forma en que se unen los átomos y aprenderás a predecir las propiedades de las sustancias resultantes en función de su tipo de enlace.
- Las diversas investigaciones y experimentos que llevarás a cabo en este bloque despertarán tu interés científico, ayudándote a afianzar y a adquirir conocimientos.
- Aprenderás a nombrar y formular sustancias cotidianas, tanto inorgánicas como orgánicas, empleando el lenguaje químico apropiado y describiendo las aplicaciones de algunas de ellas.

2 La estructura de la materia

» CONTENIDOS

Rutina de pensamiento

PRINCIPIO, MEDIO, FINAL

— Observa con detenimiento las imágenes de estas dos páginas.

— ¿Sobre qué crees que trata esta unidad?

— En caso de que estas imágenes estuvieran en medio de una historia, ¿qué podría haber ocurrido antes? ¿Y qué podría suceder después?

— Si estas imágenes estuvieran al final de una historia, ¿cuál sería esta?

— Utiliza tu imaginación para responder a estas preguntas y después poned en común vuestras respuestas en clase. ¿Cuántos significados diferentes habéis atribuido a las imágenes?

1. El átomo

En la antigua Grecia surgieron diferentes teorías para explicar la estructura íntima de la materia:

— En el siglo V a. C., **Demócrito** postuló que la materia estaba formada por partículas muy pequeñas e indivisibles a las que llamó **átomos.**

— En el siglo IV a. C., **Aristóteles** negó la idea de átomo y admitió la **teoría de los cuatro elementos:** la materia estaba formada por la combinación de tierra, agua, aire y fuego. Esta teoría fue aceptada durante muchos siglos más.

1.1. Teoría atómica de Dalton

A principios del siglo XIX, el químico inglés **J. Dalton** retomó la idea de los átomos. En 1808 enunció su célebre **teoría atómica,** cuyos postulados recogemos en la siguiente tabla:

Los postulados de Dalton
1. La materia está formada por pequeñas partículas, separadas e indivisibles, llamadas **átomos.**
2. Los átomos de un mismo **elemento** tienen la misma masa y propiedades.
3. Los átomos de diferentes elementos tienen distinta masa y propiedades.
4. Los átomos de elementos distintos pueden unirse en cantidades fijas para originar **compuestos** *(átomos compuestos),* siendo los átomos de un determinado compuesto también iguales en masa y en propiedades.
5. En las **reacciones químicas,** los átomos se intercambian de una a otra sustancia, pero ningún átomo de un elemento desaparece ni se transforma en un átomo de otro elemento.

Descubre la teoría atómica de Dalton de forma interactiva en este enlace:

http://links.edebe.com/9qm

» **En primer lugar, lee la advertencia.**

» **Después recorre las pestañas «BIOGRAFÍA» y «POSTULADOS».**

Ejemplo 1

Observa cómo Dalton clasificaba los compuestos:

ELEMENTOS

COMPUESTOS

Los denominaba binarios, ternarios, cuaternarios, etc., en función del número de átomos que tenía el compuesto.

En la actualidad, utilizamos letras para representar los diferentes elementos. Por ejemplo, el hidrógeno se representa por H o el cloro por Cl.

Esta notación fue introducida por el químico sueco **Berzelius** en 1819.

Actividades

1. Explica la composición y el tipo de compuesto que es una molécula de metano (CH_4) según la teoría atómica de Dalton.

1.2. Las partículas subatómicas

Aunque Dalton contribuyó en gran medida a comprender cómo estaba formada la materia, hoy sabemos que su teoría no es cierta. Los científicos hicieron diferentes descubrimientos que indicaban que el átomo era divisible y estaba constituido por diversas partículas más pequeñas llamadas **partículas subatómicas.**

EL ELECTRÓN

Los experimentos realizados sobre la conducción de la electricidad a través de gases dieron como resultado el descubrimiento de una nueva partícula.

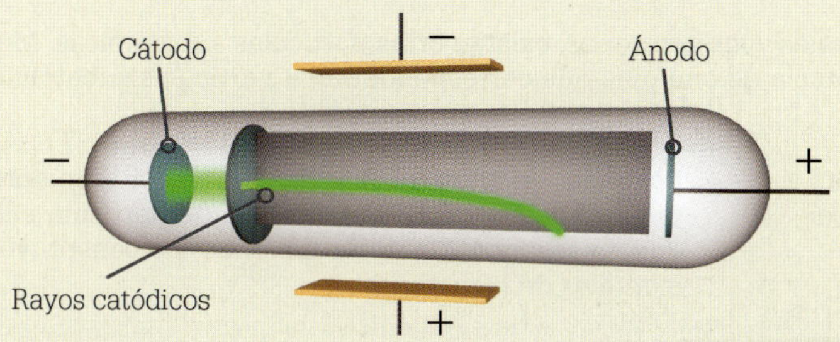

En 1897, el físico británico **J. J. Thomson** comprobó que los **rayos catódicos** que se forman en un tubo de descarga de gases están formados por partículas de carga eléctrica negativa y de muy poca masa.

Al repetir la experiencia con gases distintos, observó que en todos se producían dichos rayos. Por tanto, Thomson dedujo que estas partículas estaban presentes en todos los átomos.

Los **electrones** son partículas de **carga negativa** y de muy poca masa.

EL PROTÓN

En 1886, el físico alemán **E. Goldstein** observó que, cuando se perforaba el cátodo del tubo de descarga, aparecían unos rayos que atravesaban el cátodo en sentido contrario a los rayos catódicos: los **rayos canales.**

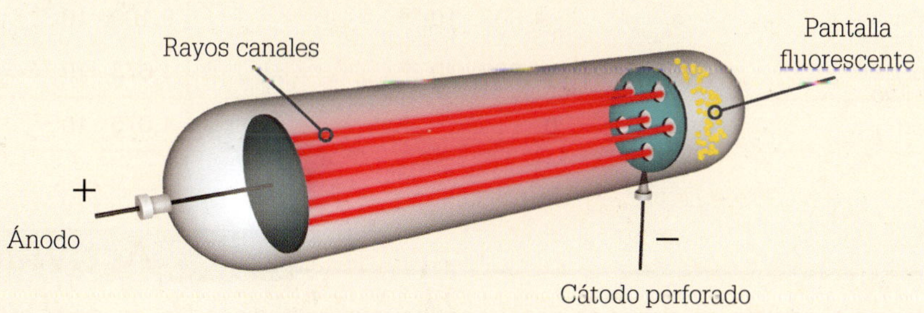

El estudio de los rayos canales determinó que estaban formados por partículas de carga positiva y de masa distinta según el gas encerrado en el tubo. Por tanto, las partículas debían de salir del propio gas y no del electrodo positivo.

Al experimentar con hidrógeno, se consiguió aislar la partícula elemental positiva o protón.

Los **protones** son partículas de **carga positiva** y de masa 1 837 veces mayor que la de los electrones.

EL NEUTRÓN

Con otros experimentos se comprobó que las masas de protones y electrones de un átomo no coincidían con su masa total. En 1932, el físico británico **J. Chadwick** descubrió otra partícula subatómica a la que llamó neutrón.

Los **neutrones** son partículas de masa semejante a la de los protones y **sin carga** eléctrica.

OTRAS PARTÍCULAS SUBATÓMICAS

Hoy en día sabemos que, además de los electrones, los protones y los neutrones, existen otras partículas subatómicas. Mediante la colisión de protones a altas velocidades, se detectó la presencia de energías que corresponderían a partículas subatómicas como los cuarks o el bosón de Higgs.

— **Cuarks:** forman parte de la materia. Por ejemplo, los protones y los neutrones están formados por diferentes tipos de cuarks.

— **Bosones:** transmiten fuerzas. Un descubrimiento reciente es el **bosón de Higgs,** un tipo de partícula subatómica que es responsable de la masa de los constituyentes elementales de la materia.

@ En este *applet* puedes reproducir el experimento de Thomson:

http://links.edebe.com/66xmj4

» **¿De qué color es la descarga de cada gas?**

Las características de las **tres partículas subatómicas fundamentales** se resumen en esta tabla:

Partícula	Símbolo	Carga eléctrica (C)	Masa (kg)
Electrón	e	$-1{,}602 \cdot 10^{-19}$	$9{,}109 \cdot 10^{-31}$
Protón	p^+	$+1{,}602 \cdot 10^{-19}$	$1{,}673 \cdot 10^{-27}$
Neutrón	n^0	0	$1{,}675 \cdot 10^{-27}$

Actividades

2. Indica el sentido en el que se desplazan los rayos catódicos (del ánodo al cátodo, o al revés).

— ¿Es el mismo sentido en el que se mueven los rayos canales?

@ **3.** Investiga en la siguiente web qué otras partículas subatómicas componen el átomo, además de las estudiadas en este apartado:

@ **http://links.edebe.com/ybhuhv**

— Elabora una lista en tu cuaderno.

2. Los modelos atómicos

Los diversos avances en el conocimiento de la estructura atómica han dado lugar a sucesivos **modelos atómicos.**

> Un **modelo atómico** es una representación del átomo que trata de explicar sus propiedades y su comportamiento.

2.1. Modelo atómico de Thomson

En 1904, **Joseph John Thomson** (1856-1940) propuso un modelo muy elemental para describir el átomo. Al ser tan pequeña la masa de los electrones, Thomson supuso que la mayor parte de la masa del átomo correspondería a la carga positiva, que ocuparía gran parte del volumen del átomo.

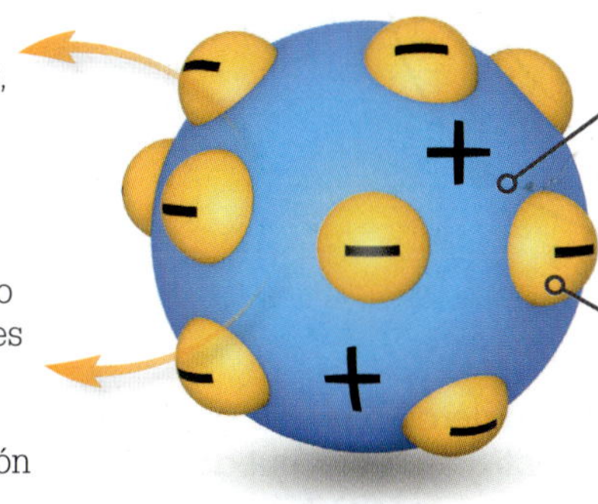

Este modelo tuvo gran éxito y fue aceptado durante varios años, ya que explicaba adecuadamente diversos fenómenos experimentales, como los rayos catódicos, los rayos canales y la electrización de la materia.

2.2. Modelo atómico de Rutherford

En 1911, **Ernest Rutherford** (1871-1937) observó que algunas de las partículas emitidas por una sustancia radiactiva sufrían una desviación significativa en su trayectoria al atravesar una delgada lámina de oro.

Para poder explicar este hecho, propuso el siguiente modelo atómico a partir de los resultados de su experimento:

El experimento de Rutherford

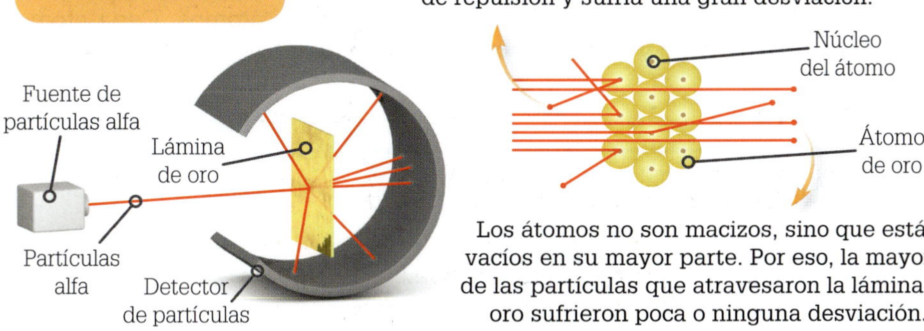

Además, Rutherford ya intuyó la presencia de neutrones en el núcleo.

El modelo de Rutherford

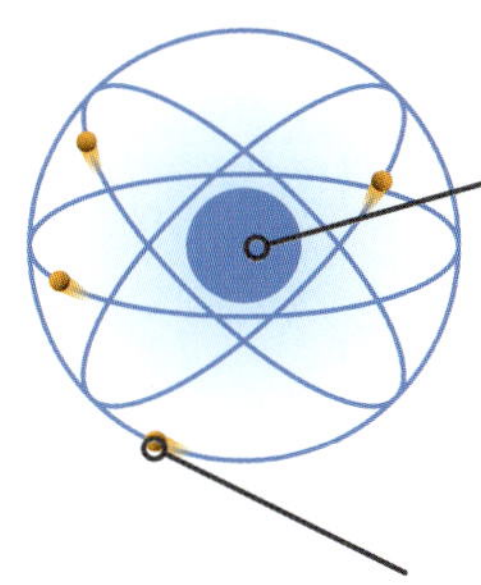

Ágora

Aplicaciones de la investigación atómica

Muchos de los avances en el conocimiento de la estructura atómica tuvieron aplicaciones casi inmediatas, siendo una de las más conocidas la denominada bomba atómica.

Aun así son innegables los avances tecnológicos obtenidos como resultado de este campo de estudio.

» **¿Hasta qué punto es responsabilidad de los científicos las utilizaciones tecnológicas de sus descubrimientos?**

Simula el modelo de Rutherford en este *applet:*

http://links.edebe.com/kw3ns

2.3. Modelo atómico de Bohr

El físico danés **Niels Bohr** (1885-1962) partió del modelo de Rutherford y le incorporó los principios de la *mecánica cuántica* desarrollada por Max Planck y el *efecto fotoeléctrico* descubierto por Albert Einstein años antes.

De este modo y tomando como base el átomo de hidrógeno, Bohr propuso en 1913 un modelo atómico con tres postulados fundamentales:

1. Los electrones giran en torno al núcleo en órbitas circulares de radios definidos. Se trata de órbitas estacionarias en las que no se emite ni absorbe energía.

2. En **cada** una de estas **órbitas** solo puede haber un **número dado de electrones,** con una energía determinada en cada caso. No todas las órbitas son posibles: existen órbitas permitidas y otras prohibidas.

3. Para que un electrón **cambie** de una **órbita** permitida a otra, es necesario que **emita o absorba** una cantidad determinada de **energía.**

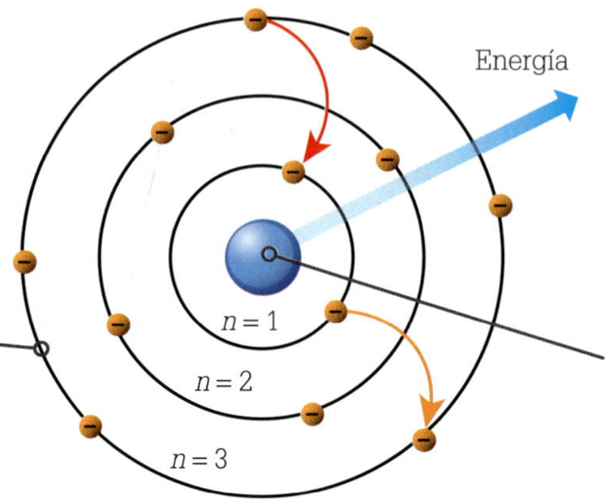

Este enlace te ayudará a comprender de forma interactiva el modelo de Bohr:

http://links.edebe.com/urmkr

Este modelo atómico fue el primero en el que se introdujo la idea de que el átomo está *cuantizado;* es decir, los electrones solo pueden girar alrededor del núcleo en unas determinadas órbitas según su nivel energético. Cuando un electrón pasa de un nivel a otro, absorbe o emite un paquete de energía llamado «quantum». De este modo, explicaba de forma efectiva por qué los electrones pueden tener órbitas estables alrededor del núcleo.

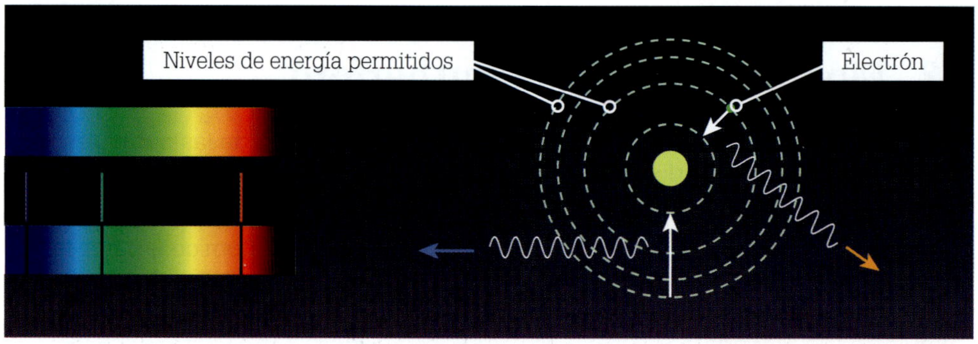

Además, daba respuesta a la existencia de los **espectros atómicos;** esto es, las radiaciones electromagnéticas emitidas o absorbidas por los átomos. Cada átomo tiene un espectro de emisión y de absorción característico.

Actividades

4. Indica a qué modelo atómico hace referencia cada una de las siguientes características:

   a) Existencia de niveles de energía para los electrones.

   b) El átomo tiene núcleo.

   c) Los electrones están repartidos uniformemente en el átomo.

2.4. Modelo atómico actual

El modelo de Bohr tuvo un éxito inmediato, pero los nuevos avances teóricos y experimentales obligaron a introducirle determinadas modificaciones:

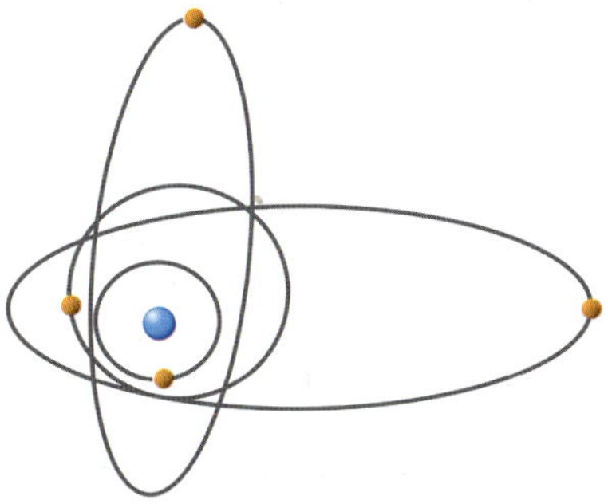

En 1915, el alemán Arnold **Sommerfeld** modificó el modelo introduciendo también **órbitas elípticas.**

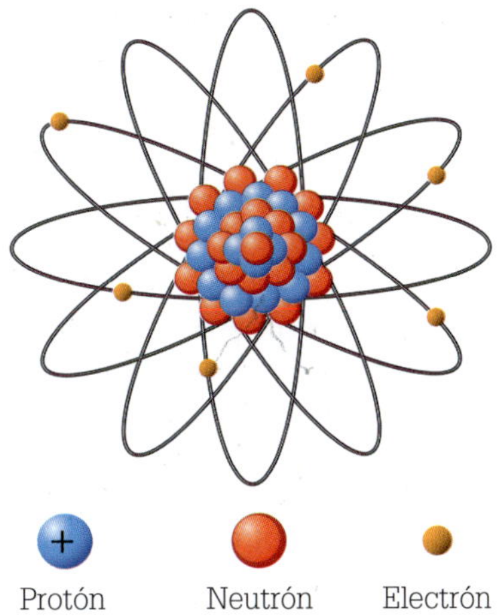

El **descubrimiento del neutrón** en 1932 completó la descripción del modelo atómico. El átomo consta de dos partes bien diferenciadas:

— El **núcleo** es la parte central del átomo y en él se encuentran los **protones** y los **neutrones.**

— La **corteza** es la parte exterior del átomo y contiene los **electrones,** que giran en órbitas elípticas alrededor del núcleo.

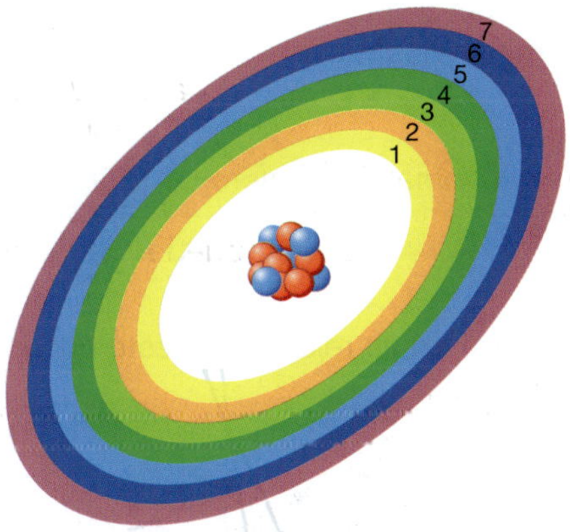

Se **abandonó el concepto de órbita estacionaria,** basado en las leyes de la mecánica clásica, debido a que no se puede determinar con precisión la posición exacta de un electrón en un determinado instante. En el modelo actual, los electrones no describen órbitas definidas en torno al núcleo, sino que se encuentran distribuidos ocupando **orbitales.**

Fueron los nuevos avances en mecánica cuántica de científicos como **Louis De Broglie** (1892-1987), **Werner Heisenberg** (1901-1976), **Erwin Schrödinger** (1887-1961) los que obligaron a proponer el **modelo atómico actual:** *el modelo de orbitales.*

> Los **orbitales** son **regiones** del espacio, en torno al núcleo, donde es muy grande la **probabilidad** de **encontrar** un **electrón** con una determinada energía.

Los orbitales están agrupados en niveles energéticos que se numeran del 1 al 7 por orden creciente de la energía que posee el electrón. Así, el nivel 1 es el menos energético y el 7, el más energético.

Este modelo se aleja más de la realidad cotidiana y responde mejor a lo microscópico (moléculas, átomos y partículas subatómicas).

Actividades

5. Explica la diferencia entre el concepto de *órbita* y el de *orbital.*

— ¿Se puede localizar exactamente la posición de un electrón dentro de un orbital?

3. Identificación de un átomo

Unidad de masa atómica (u)

Se define como la doceava parte de la masa de un átomo de carbono-12 (^{12}C). Equivale aproximadamente a la masa de un protón.

Las características de un átomo están determinadas por el número de protones, neutrones y electrones que contiene.

3.1. El número atómico y el número másico

Lo que distingue los átomos de un elemento químico de los átomos de otro elemento diferente es el número de protones que contienen en su núcleo. Este parámetro se denomina **número atómico.**

> El **número atómico *(Z)*** es el número de protones que tiene un átomo en su núcleo y es característico de cada elemento.

Si un átomo es eléctricamente neutro, su número de protones coincide con su número de electrones.

La mayor parte de la masa de un átomo se concentra en su núcleo, puesto que la masa de los electrones es insignificante en comparación con la de protones y neutrones. Además, como los electrones apenas tienen masa, la masa de un átomo se corresponde básicamente con la suma de la masa de los protones y los neutrones del núcleo. Por ello, definimos el **número másico.**

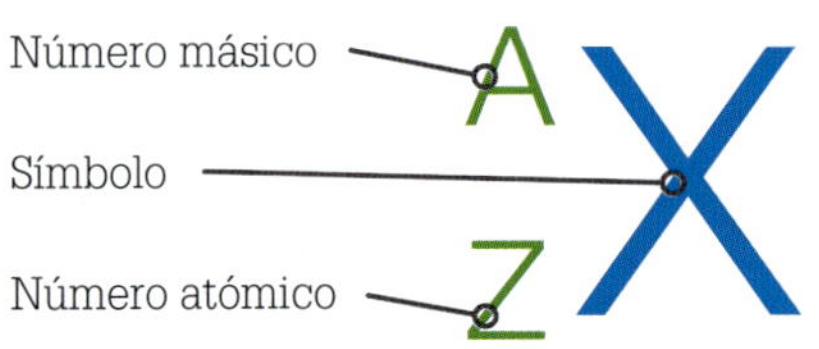

Representación del número atómico y del número másico de un átomo.

> El **número másico *(A)*** indica la suma del número de protones y de neutrones que tiene el núcleo de un átomo.

Si llamamos ***N*** al **número de neutrones,** la relación de este con el número atómico y el número másico es la siguiente:

$$A = Z + N$$

Ejemplo 2

Determina el número de protones, neutrones y electrones de los siguientes átomos: $^{18}_{8}O$; $^{23}_{11}Na$; $^{59}_{27}Co$

COMPRENSIÓN.

— Identificamos el número atómico *(Z)* y el número másico *(A)* de cada átomo.

— El número atómico indica el número de protones de cada átomo.

— Como los átomos son neutros, el número de electrones coincidirá con el de protones.

— Hallamos el número de neutrones, en cada caso, mediante esta expresión: $N = A - Z$.

RESOLUCIÓN. Completamos una tabla:

Átomo	*Z*	*A*	N.º p^+	N.º e^-	N.º n^0
$^{18}_{8}O$	8	18	8	8	10
$^{23}_{11}Na$	11	23	11	11	12
$^{59}_{27}Co$	27	59	27	27	32

Actividades

6. El número atómico del litio (Li) es 3 y su número másico, 7:

a) Representa en tu cuaderno el átomo de litio.

b) ¿Cuántos protones, neutrones y electrones tiene un átomo de litio?

3.2. La configuración electrónica

Como hemos visto, según el modelo actual del átomo, los electrones se encuentran en **orbitales:**

— Los orbitales se agrupan en **siete niveles energéticos.**

— En cada nivel hay un número determinado de subniveles, que se denominan **s, p, d** y **f.**

— A su vez, en cada subnivel existe un número determinado de orbitales que pueden contener, como máximo, dos electrones cada uno.

Orbital tipo s

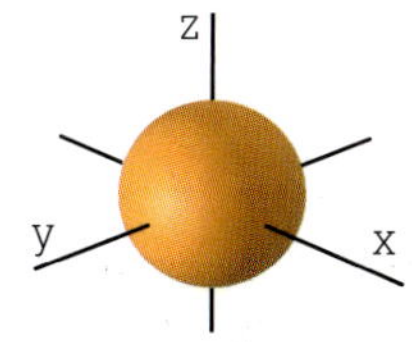

Orbital tipo p

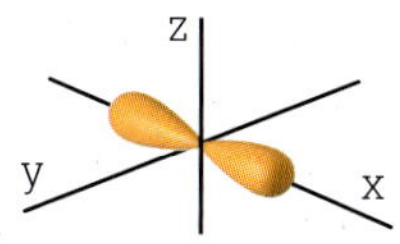

Orbital tipo d

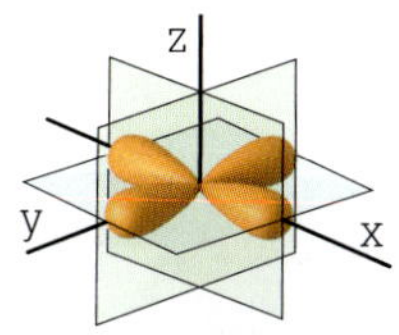

Orbital tipo f

Niveles de energía	1	2		3			4			
Subniveles	s	s	p	s	p	d	s	p	d	f
Número de orbitales	1	1	3	1	3	5	1	3	5	7
Denominación de orbitales	1s	2s	2p	3s	3p	3d	4s	4p	4d	4f
Número máximo de electrones por subnivel	2	2	6	2	6	10	2	6	10	14
Número máximo de electrones por nivel	2	8		18			32			

Seguiremos estos criterios para establecer la **configuración electrónica** de un átomo; es decir, para situar todos los electrones de un átomo en los orbitales de los distintos niveles de energía:

— El número de electrones de un átomo neutro es igual al de protones del núcleo, que viene dado por el **número atómico** del elemento.

— Los electrones se colocan en los átomos siguiendo el orden de energía ascendente que viene dado por el **diagrama de Moeller,** que podemos ver en el margen.

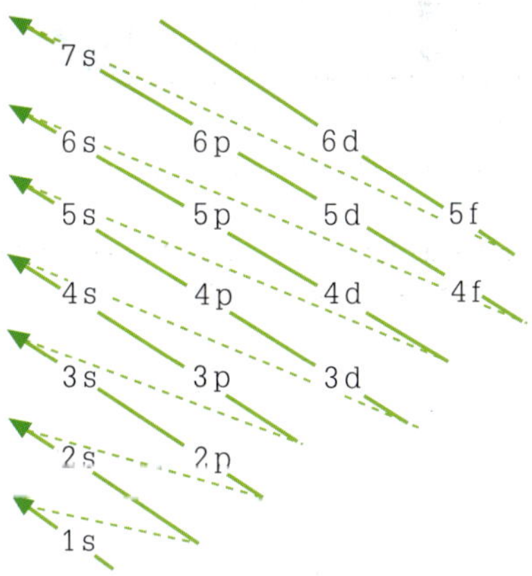

Diagrama de Moeller.

Ejemplo 3

Escribe la configuración electrónica del flúor y representa un átomo de este elemento según el modelo actual: $^{19}_{9}F$

COMPRENSIÓN. Como Z = 9, debemos colocar 9 electrones. Seguimos el orden de llenado indicado por el diagrama de Moeller, y completamos orbitales hasta alcanzar el número de 9 electrones. Indicamos, mediante un superíndice, el número de electrones de cada orbital.

RESOLUCIÓN.

— La configuración electrónica del flúor es la siguiente:

$$F\ (Z = 9){:}\ 1\,s^2\ 2\,s^2\ 2\,p^5$$

— Representamos un átomo de flúor según el modelo actual:

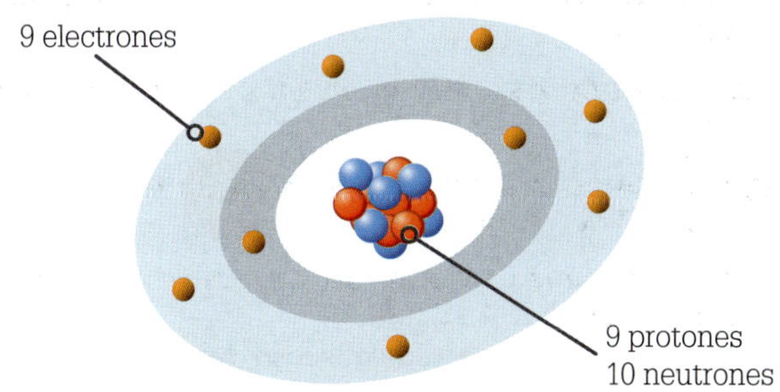

Actividades

7. Escribe la configuración electrónica del calcio, el hierro, la plata y el yodo: Ca (Z = 20); Fe (Z = 26); Ag (Z = 47); I (Z = 53).

Visión 360°

Los espectros atómicos

Cuando la luz blanca, proveniente del Sol o de un cuerpo negro, pasa a través de un prisma, se descompone en los colores del arcoíris. Se obtiene un **espectro continuo,** que contiene radiaciones de todas las longitudes de onda, desde el rojo al violeta.

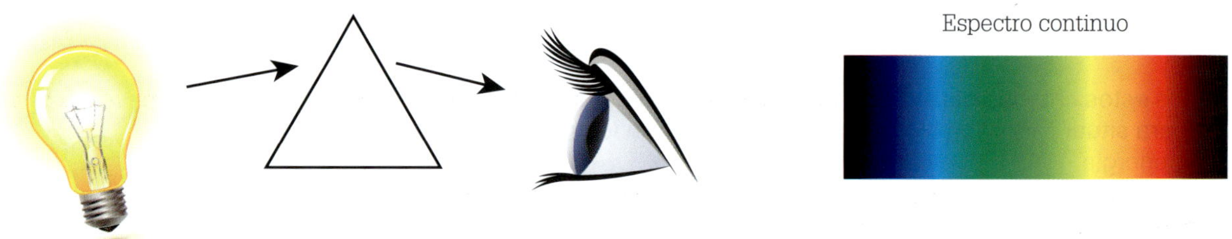

Cada átomo es capaz de emitir o absorber radiación electromagnética en unas frecuencias determinadas que son características de cada elemento químico:

Si se excita un elemento químico en estado gaseoso mediante calor o corriente eléctrica, sus átomos emiten un conjunto de radiaciones electromagnéticas que vemos como rayas luminosas y que constituyen su **espectro de emisión.**

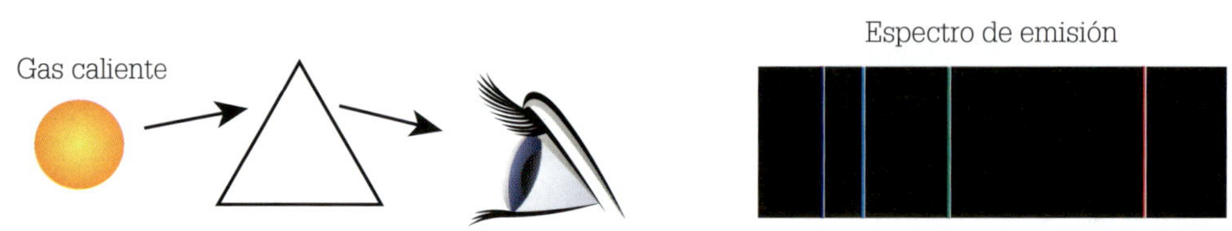

Si el mismo elemento en estado gaseoso, recibe radiación electromagnética, absorbe ciertas radiaciones que aparecerán como rayas negras en el **espectro de absorción.** Estas radiaciones son precisamente las mismas que emite cuando se excita.

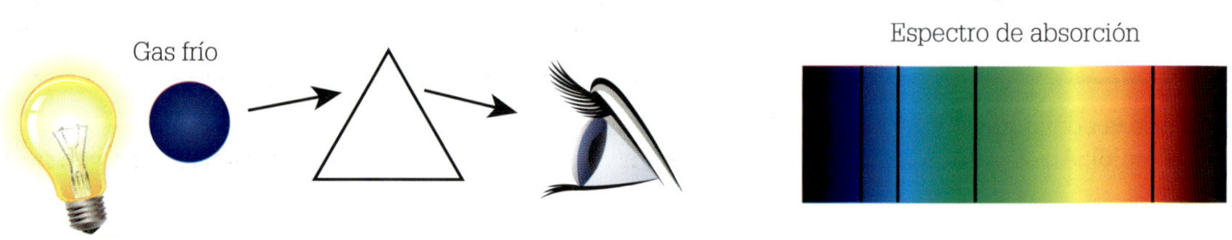

Actividades

8. Después de leer y analizar las imágenes de la página anterior, responde a estas cuestiones:

a) ¿Por qué crees que el espectro que genera la luz solar al atravesar un prisma se denomina continuo?

b) ¿Qué diferencias encuentras entre el espectro de emisión y de absorción de un elemento? ¿Y qué similitudes?

c) Razona por qué se dice que el espectro atómico de un elemento constituye una radiografía de este.

9. El modelo de Rutherford no ofrece una explicación a los espectros atómicos, pero el modelo de Bohr sí que lo hace. Fíjate en esta figura:

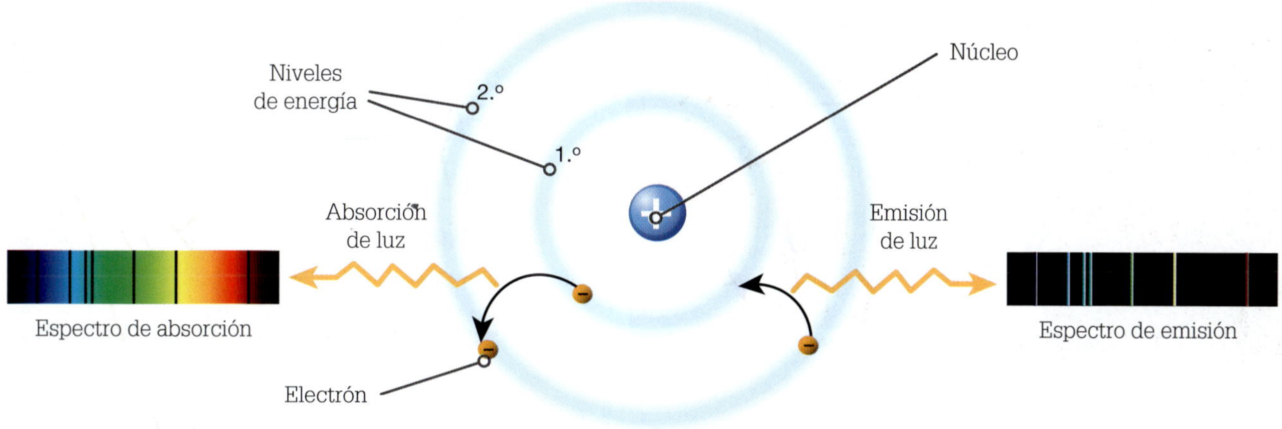

— Organizad un debate en clase y redactad entre todos una explicación a la existencia de espectros atómicos según el modelo de Bohr.

10. ¿De qué forma han servido los espectros atómicos para estudiar la estructura de la materia?

a) Busca en Internet en qué consiste un espectrómetro y sus aplicaciones.

b) ¿Cómo podrías identificar un determinado elemento químico en una muestra de composición desconocida?

c) ¿Cómo saben los científicos que el Sol está formado, sobre todo, por helio e hidrógeno sin haber podido tomar nunca una muestra?

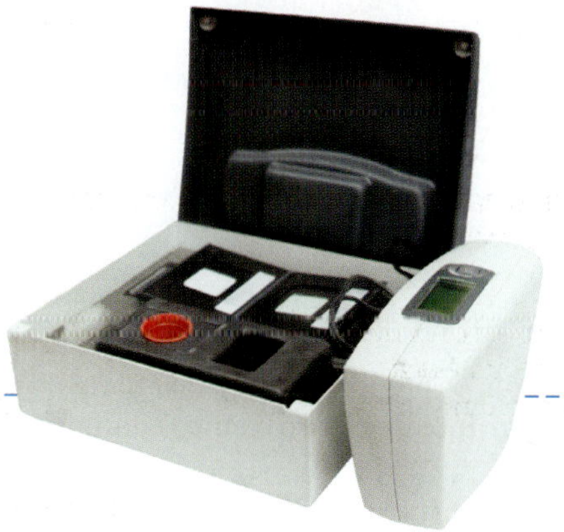

Cre@ctividad: Generamos espectros atómicos de forma virtual

— Entra en el siguiente *applet:*

http://links.edebe.com/irhqq

Genera los espectros atómicos de emisión del hidrógeno (H), del helio (He) y del neón (Ne).

¿Cuántas líneas de emisión tiene cada uno?

— Accede ahora a este otro *applet:*

http://links.edebe.com/nmsux

Genera los espectros atómicos de absorción de los tres elementos anteriores.

¿Cuántas líneas de absorción tiene cada uno?

CIENCIA A TU ALCANCE

PBL: Ciencia a nivel atómico

¿Es posible manipular la materia a escala de los átomos? Los científicos y las científicas que trabajan en nanotecnología así lo hacen, y crean materiales con propiedades únicas: los *nanomateriales*.

La nanotecnología tiene infinidad de aplicaciones en campos como la física, la química, la ingeniería, la medicina, la biología...

En esta sección, os proponemos formar parte de un grupo de investigación de nanotecnología. ¿Tenéis curiosidad por conocer vuestro día a día? En grupos de cuatro o cinco componentes, seguid estos pasos:

— Cada grupo participará en un proyecto distinto. Asignad un número a cada grupo y sortead los siguientes proyectos aparecidos en la prensa recientemente:

1. **Recubrimientos nanotecnológicos que protegen automóviles, telas y paneles solares**
2. **Fabrican un transistor con una molécula y un puñado de átomos**
3. **Un nanocalentador ofrece aplicaciones contra el cáncer**
4. **La lámpara eléctrica de incandescencia más delgada del mundo**
5. **Hacia un nuevo y eficiente diodo de una sola molécula**
6. **Catalizador nanométrico para purificar el aire de salas donde se ha fumado**

¿Cuál os ha correspondido?

— Informaos sobre vuestro grupo de investigación y sobre vuestro proyecto entrando en el enlace correspondiente. Leed con atención la noticia completa:

@ http://links.edebe.com/ee

@ http://links.edebe.com/enrm

@ http://links.edebe.com/re9pu

@ http://links.edebe.com/v62zh

@ http://links.edebe.com/j3v

@ http://links.edebe.com/39m7

Tomad nota de todos los datos relevantes en el cuaderno.

— Ahora debéis investigar sobre el proyecto y organizar la información. Podéis introducir el nombre del grupo de investigación o del proyecto en un buscador de Internet y comprobar si tiene página web en la que recabar más información. Repartíos el trabajo entre todos los componentes del grupo y completad la siguiente tabla:

INFORMACIÓN SOBRE EL PROYECTO DE INVESTIGACIÓN	
Descripción del proyecto (Definid el objetivo, las tareas...)	
Grupo o grupos de investigación (País, universidad, centro o empresa, localidad...)	
Producto o técnica que se está desarrollando	
Experimentos realizados	
Logros conseguidos	
Aplicaciones (Clasificadlas por campo: medicina, tecnología, industria...)	
Retos futuros	
Otros datos de interés	

— Imaginad que tenéis que presentar vuestro proyecto en un congreso científico. Para ello, elaborad una presentación en formato digital (PowerPoint, Prezi...) con los siguientes apartados:

- Título del proyecto
- Objetivos
- Tareas realizadas
- Resultados obtenidos
- Conclusiones

Añadid figuras, imágenes, vídeos, etc., que puedan facilitar la comprensión de vuestro proyecto a los asistentes al congreso.

— Por último, cada grupo expondrá en clase su presentación como lo haría en el congreso. Debe haber un turno de preguntas en el que el resto de los investigadores e investigadoras de otros grupos puedan planteaaros las preguntas que les hayan surgido.

SÍNTESIS

La estructura de la materia

- **EL ÁTOMO**
  - Teoría atómica de Dalton
    - El átomo es indivisible
  - Las partículas subatómicas
    - Electrones
    - Protones
    - Neutrones
    - Otras: cuarks y bosones
- **LOS MODELOS ATÓMICOS**
  - Thomson → Rutherford → Bohr → Modelo actual

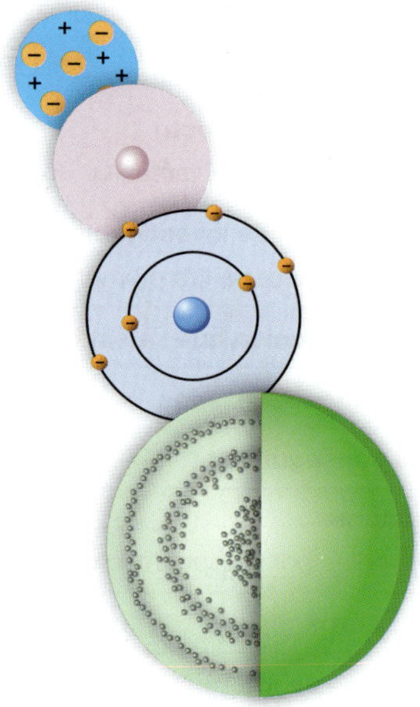

- **IDENTIFICACIÓN DE UN ÁTOMO**
  - Número atómico *(Z)* y número másico *(A)*
  - Configuración electrónica

Recuerda lo que has aprendido

11. ¿Qué es un átomo? ¿Qué parámetro diferencia un átomo de un elemento de otro elemento diferente?

12. Haz en tu cuaderno una clasificación de las partículas subatómicas que forman parte del átomo.

13. Describe de forma cronológica los diferentes modelos atómicos, desde Dalton hasta el modelo actual.

14. Explica los criterios que debes seguir para determinar la configuración electrónica de un átomo.

Actividades finales

1. El átomo

15. ★☆☆ ¿Qué teorías había en la antigua Grecia para explicar la estructura interna de la materia?

— Explica brevemente cada una.

16. ★☆☆ De acuerdo con la teoría de Dalton, indica si las siguientes afirmaciones son verdaderas o falsas:

a) Los átomos son partículas indivisibles.

b) Los átomos de cobre son distintos a los átomos de plata.

c) Los átomos de un mismo elemento tienen las mismas propiedades, pero no tienen por qué tener la misma masa.

d) Los átomos de los compuestos tienen las mismas propiedades que los átomos de los elementos de los que provienen.

17. ★☆☆ ¿Qué partículas subatómicas componen el átomo? Completa en tu cuaderno la siguiente tabla:

Partícula subatómica	Características

18. ★★☆ Razona por qué la teoría de Dalton no ofrece una explicación completa a la estructura microscópica de la materia.

— ¿En qué acertó Dalton y en qué se equivocó?

19. ★★☆ Interpreta el siguiente esquema según la teoría de Dalton:

4 átomos de plomo — 4 átomos de azufre — 4 unidades de sulfuro de plomo

20. ★★☆ Completa en tu cuaderno la siguiente tabla sobre el descubrimiento de las tres partículas subatómicas fundamentales:

	Electrón	Protón	Neutrón
Científico autor del descubrimiento			
Año del descubrimiento			
Tipo de experimento			
Conclusiones del experimento			

21. ★★☆ Completa las siguientes actividades interactivas sobre las partículas elementales:

@ http://links.edebe.com/abmta

— ¿Has fallado alguna pregunta? En caso afirmativo, explica por qué.

22. ★★★ Visionad en clase el siguiente vídeo sobre el bosón de Higgs:

@ http://links.edebe.com/zcfn3

Después, debatid entre todos las respuestas a estas preguntas:

a) ¿Tienen masa los bosones? ¿Y los cuarks?

b) Según estos científicos, ¿por qué las partículas tienen masa?

c) ¿Qué función crees que tiene el acelerador de partículas LHC en la reciente demostración de la existencia del bosón de Higgs?

d) ¿Qué os parece que los científicos sean capaces de predecir la existencia de una partícula subatómica antes de demostrar su existencia?

e) Por último, leed la siguiente noticia y completad vuestras respuestas a las preguntas anteriores:

@ http://links.edebe.com/qzi

2. Los modelos atómicos

23. ★☆☆ Razona si las siguientes afirmaciones son verdaderas o falsas:

a) En el modelo de Thomson, los protones están distribuidos por todo el átomo.

b) En un orbital atómico, existe la certeza de encontrar un electrón.

c) Según el modelo de Bohr, la energía de un electrón es mayor cuanto más cerca está del núcleo.

d) El experimento de Rutherford confirmó que el núcleo de los átomos ocupa gran volumen en comparación con la corteza.

24. ★★☆ Señala a qué modelo atómico corresponde cada una de las siguientes representaciones:

a)

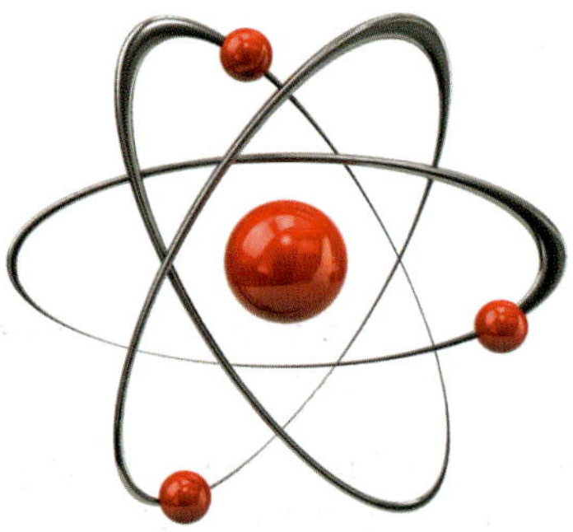

b)

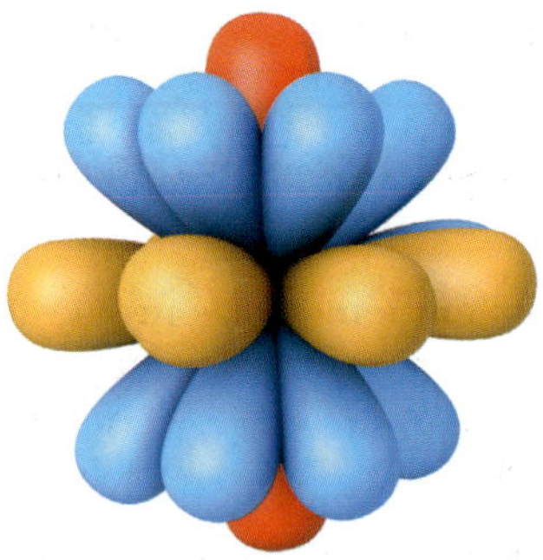

c)

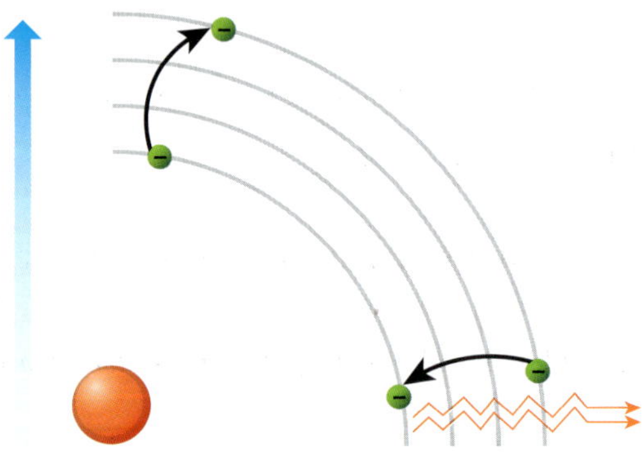

— Explica brevemente cada uno de ellos.

25. ★★☆ Completa el siguiente test interactivo sobre los modelos atómicos:

@ **http://links.edebe.com/gaan**

— ¿Qué puntuación has obtenido?

26. ★★★ Aplica la **destreza** *Metáfora y analogía* para identificar las similitudes entre el modelo atómico de Rutherford y la estructura del sistema solar. Para ello, completa en tu cuaderno una tabla como esta:

METÁFORA Y ANALOGÍA	
Modelo de Rutherford	**Sistema solar**
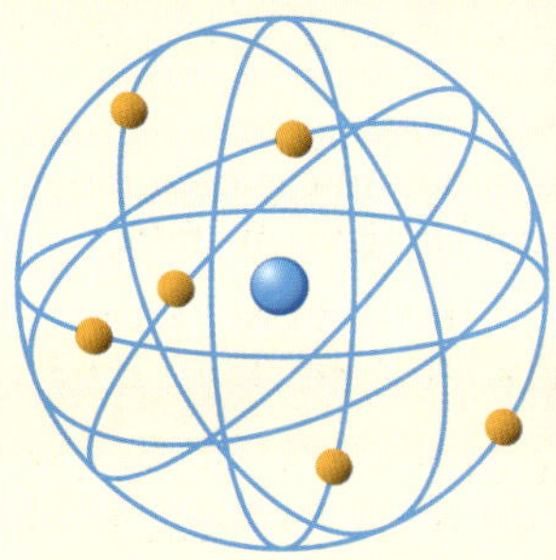	
¿En qué se parecen?	
— El _____ del átomo es como _____ del sistema solar.	
— ______________________	
— ______________________	
Núcleo ⟷	______
______ ⟷	______
______ ⟷	______
______ ⟷	______

— Después, desarrollad una puesta en común en clase.

27. ★★★ En grupos, investigad sobre Niels Bohr, Premio Nobel de Física en 1922.

a) Redactad un breve informe en Word en el que plasméis su biografía y sus principales descubrimientos.

b) Entre sus trabajos, encontraréis que lideró un proyecto alemán para construir la bomba atómica. ¿Os parece ético emplear los avances científicos con fines bélicos? Debatidlo entre todos los componentes del grupo.

3. Identificación de un átomo

28. ★☆☆ Un átomo de carbono (C) tiene seis protones y seis neutrones.

a) Determina su número atómico y su número másico.

b) Si el átomo es eléctricamente neutro, ¿cuántos electrones tendrá?

c) Representa este átomo de forma simbólica.

29. ★☆☆ Indica si las siguientes afirmaciones son verdaderas o falsas. A continuación, corrige las que sean erróneas.

a) Todos los electrones que se encuentran en un nivel tienen la misma energía.

b) Los orbitales se agrupan en siete niveles de energía.

c) En cada nivel hay orbitales s, p, d y f.

d) Cada nivel electrónico admite dos electrones.

e) Un nivel electrónico no puede contener electrones hasta que todos los orbitales del nivel inferior estén llenos.

f) Los electrones que se encuentran en un nivel superior tienen más energía que los que se encuentran en un nivel inferior.

g) El número másico y el número atómico de un átomo pueden coincidir.

30. ★★☆ Completa en tu cuaderno esta tabla:

Símbolo	*Z*	*A*	N.º p^+	N.º e^-	N.º n^0
$^{...}_{...}B$	5				6
$^{56}_{26}Fe$					
$^{27}_{...}Al$			13		
$^{...}_{10}Ne$		20			

Observa que en algunos casos también debes completar el símbolo del átomo.

31. ★★☆ Entra en el siguiente *applet,* lee las instrucciones y construye los átomos que se indican:

@ **http://links.edebe.com/wjd45**

— ¿Qué puntuación has obtenido?

32. ★★☆ El siguiente esquema representa un átomo de estaño (Sn) según el modelo atómico actual:

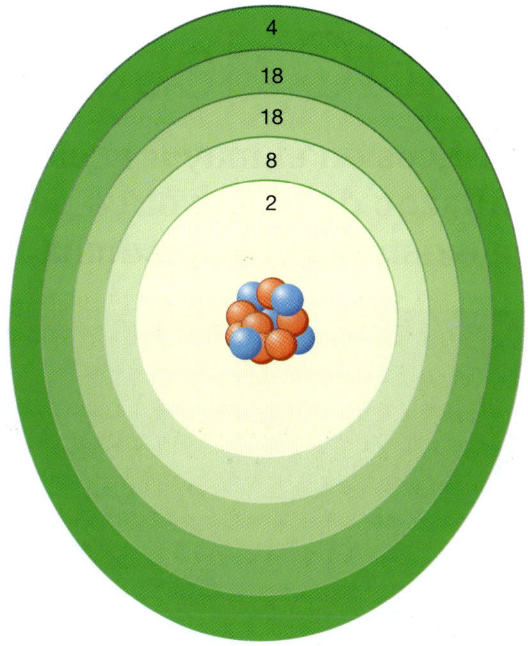

a) Escribe la configuración electrónica del estaño sabiendo que su número atómico es 50.

b) Copia el esquema anterior en tu cuaderno y sitúa los electrones de un átomo neutro de estaño.

33. ★★★ Accede al siguiente enlace (está en inglés):

@ **http://links.edebe.com/q5aw**

— Observa cómo se representan los niveles, los subniveles y los orbitales de cada átomo, y representa en tu cuaderno un átomo de hidrógeno, otro de carbono y un tercero de calcio.

— En el caso del calcio, ¿están completos todos los orbitales del segundo nivel? Razona tu respuesta.

34. ★★★ ¿Recuerdas lo que eran los iones y los isótopos?

a) Repásalo en este enlace:

@ **http://links.edebe.com/bk5qra**

b) Completa los ejercicios propuestos en el simulador de iones.

c) Pon ejemplos de isótopos. Puedes buscar información en Internet.

Pon a prueba tus competencias

Es domingo por la mañana. Lola ojea la sección de ciencia del periódico cuando descubre en ella la siguiente noticia:

El LHC descubre el *pentaquark*

Científicos en el mayor acelerador de partículas del mundo anuncian el hallazgo de una exótica partícula compuesta de cinco *quarks* cuya existencia fue predicha hace medio siglo

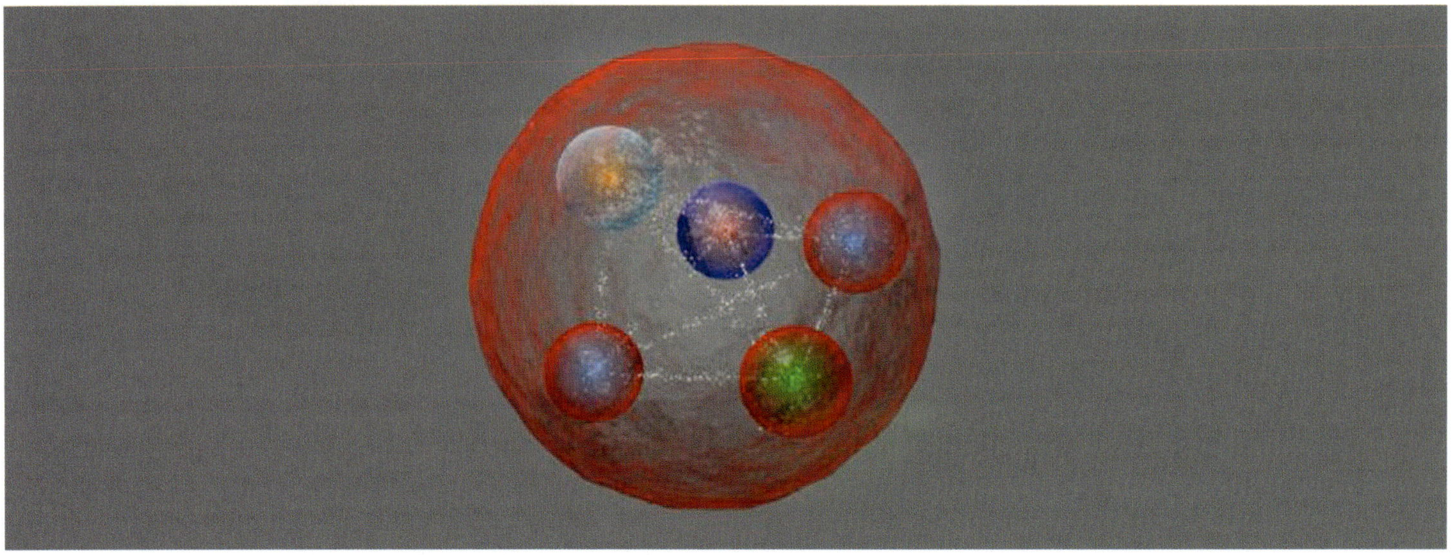

Una posible estructura del *pentaquark* / CERN

Los científicos del mayor acelerador de partículas del mundo, el LHC de Ginebra, han descubierto una nueva partícula: el *pentaquark*.

El hallazgo, anunciado hoy por el laboratorio europeo de física de partículas CERN, lo ha hecho el equipo del experimento LHCb y confirma la existencia de una nueva forma de organizar la materia a nivel subatómico. El *pentaquark* recibe su nombre porque está compuesto de cinco partículas fundamentales.

Toda la materia que conocemos se organiza a nivel subatómico de diferentes maneras. Los protones y los neutrones, por ejemplo, están formados por tres *quarks*. Otro tipo de ensamblaje lo componen los mesones, formados por pares de *quarks* hechos de materia y antimateria. Más allá de estas dos categorías, se sabía que la materia podía componer otras variantes más exóticas que, sin embargo, nunca habían sido observadas.

El *pentaquark* ha sido descubierto observando los productos de colisiones entre bariones y estudiando las partículas resultantes. El experimento LHCb ha permitido ahora encontrar una nueva variante formada de cuatro *quarks* de materia convencional y un *antiquark*, hecho de antimateria.

«Vimos un pico en las gráficas muy parecido al que se veía cuando el bosón de Higgs fue descubierto», explica Guy Wilkinson, portavoz del experimento, uno de los cuatro grandes del CERN.

Curiosamente los datos aparecieron en la primera ronda de experimentos en el CERN, que terminó hace dos años. No fue hasta hace tres o cuatro meses que los científicos se toparon con esos datos. Hasta hace muy poco se estuvo comprobando que lo que veían no podía deberse a otra cosa sino a la existencia de una nueva partícula, explica Wilkinson. Ahora, el nivel de confianza está alrededor de nueve sigma, muy por encima de los cinco que se necesitan en física para reclamar un descubrimiento, resalta.

El primero en proponer la existencia de mesones y bariones hace más de medio siglo fue Murray Gell-Mann en 1964, lo que le valió el Nobel de Física en 1969. Su modelo también predecía la existencia de partículas compuestas más exóticas, como la recién descubierta. Esta nueva partícula «nos puede permitir entender de qué está compuesta la materia ordinaria, los protones y neutrones de los que estamos hechos», dice Wilkinson. Probablemente, añade, no haya solo un tipo de *pentaquark* sino varios, y ahora toca buscarlos durante la presente ronda de experimentos en el LHC.

El País, 15-7-2015 (adaptación).

35. Lee detenidamente la noticia y responde a las siguientes cuestiones:

a) ¿Qué es el *pentaquark?*

b) Describe el experimento que se ha desarrollado para descubrir el *pentaquark*.

c) ¿Qué avances supone este nuevo descubrimiento?

36. Fíjate en la figura de la página anterior:

a) ¿Qué crees que representa cada esfera?

b) Busca en Internet por qué se le otorgó a Murray Gell-Mann el Premio Nobel de Física en 1969.

37. Como en el caso del bosón de Higgs, los científicos ya habían predicho la existencia de esta partícula hace medio siglo. ¿Qué modelos se han propuesto a lo largo de la historia para interpretar la estructura interna de la materia?

— Elabora en tu cuaderno un **mapa mental** sobre los modelos atómicos. Para ello, ordena los distintos modelos en orden cronológico mediante flechas, y representa gráficamente cada modelo. Además, añade las predicciones, los experimentos y las evidencias en los que se basa la evolución de estos.

38. Los científicos descubren nuevos elementos, que no se encuentran de forma natural en la naturaleza, fusionando núcleos de otros elementos hasta conseguir los nuevos, que se desintegran inmediatamente. Estos experimentos se llevan a cabo en aceleradores de partículas.

De este modo, en 1996 se creó el copernicio (Cn), de número atómico 112 y número másico 285. Se bombardeó un núcleo de cinc-70 contra un blanco de plomo-208 en un acelerador de iones pesados.

a) Representa de forma simbólica un átomo de copernicio.

b) Determina su número de protones, neutrones y electrones.

c) Escribe en tu cuaderno su configuración electrónica.

d) Elabora un esquema del átomo de copernicio según el modelo atómico actual.

Reflexiona

Diario de aprendizaje

— ¿Por qué es necesario que conozcamos la estructura de la materia a nivel microscópico?

— ¿Cómo ha evolucionado el conocimiento científico en los últimos siglos? ¿De qué modo ha repercutido en nuestra sociedad?

— ¿Te gustaría trabajar en el futuro en el campo de la física de partículas?

3 La Tabla Periódica

» CONTENIDOS

Rutina de pensamiento

3-2-1 PUENTE

— Escribe 3 ideas sobre las imágenes de estas dos páginas, hazte 2 preguntas y formula 1 analogía.

— Por parejas, poned en común vuestro 3-2-1.

— Ahora completa de nuevo tu 3-2-1.

— ¿Cómo ha cambiado tu pensamiento inicial? ¿Por qué?

100ml

1. Los elementos

Los elementos químicos que conocemos hoy en día se han ido descubriendo de forma progresiva a lo largo de la historia.

Metales como el oro, la plata, el cobre, el hierro, el plomo, el estaño y el mercurio eran ya conocidos y utilizados en la Antigüedad. Sin embargo, el primer elemento químico descubierto científicamente fue el fósforo, obtenido por el alquimista alemán **Hennig Brandt** en 1669.

Ejemplo 1

El fósforo es un elemento esencial para los seres vivos. Se encuentra en la naturaleza combinado en fosfatos inorgánicos en minerales como la apatita.

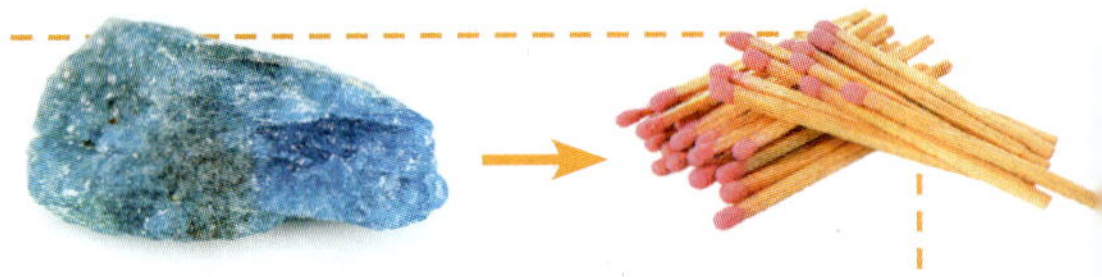

¿Cómo se incorpora el fósforo a los seres vivos? ¿Cómo vuelve a formar parte de la materia inorgánica? Observa el ciclo del fósforo:

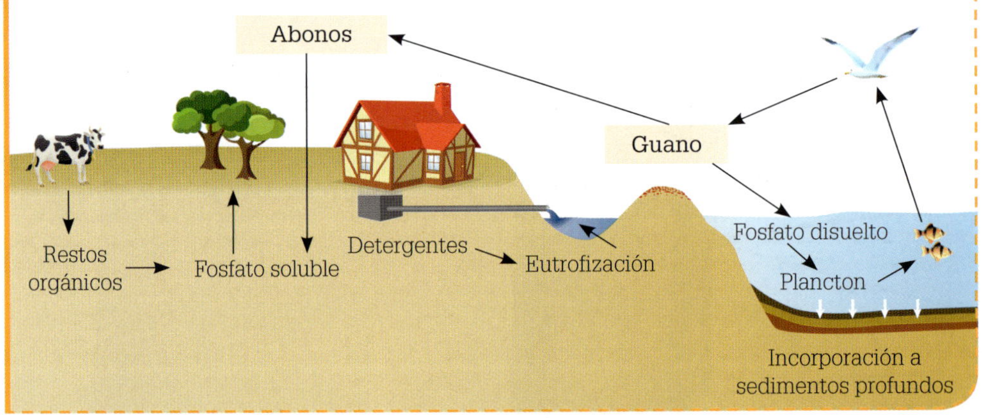

Fíjate en la abundancia en masa de los elementos en la corteza terrestre:

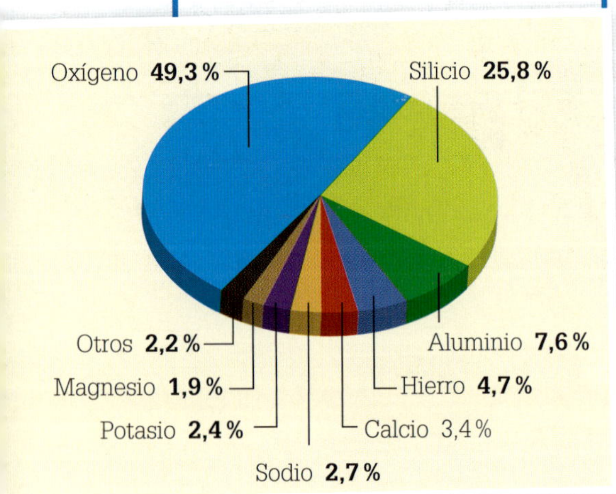

Robert Boyle, en el siglo XVII, estableció la siguiente definición de elemento químico:

> Un **elemento químico** es aquella sustancia que no puede ser descompuesta en otras sustancias más simples por métodos químicos.

Hoy sabemos que el signo de identidad de un elemento químico es un **número atómico *(Z)*,** y que cada elemento tiene unas propiedades características que lo diferencian de otro.

A mediados del siglo XIX se conocían unos 60 elementos. Actualmente se conocen **118 elementos,** de los cuales **92** son **naturales.** Los **26** restantes han sido producidos de forma **artificial** y no están presentes en la naturaleza.

Actividades

1. Infórmate sobre el descubrimiento del wolframio, W. ¿De qué forma contribuyeron los hermanos Elhuyar?
2. Busca en Internet cómo descubrió Hennig Brandt el fósforo.
   — ¿Por qué crees que quiso mantener su descubrimiento en secreto?

2. La clasificación de los elementos

Según se iban descubriendo nuevos elementos y se comparaban con los ya existentes, era fácil identificar que algunos tenían propiedades similares entre sí. Sin embargo, otros eran muy diferentes.

Ejemplo 2

Observa los siguientes elementos químicos:

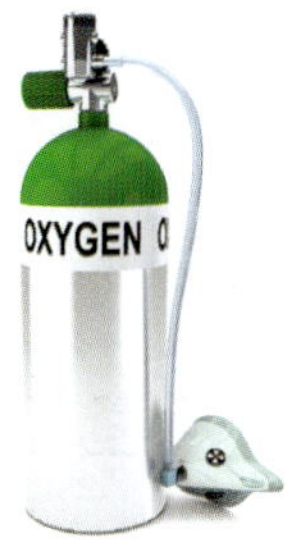

Se trata de oro, plata, oxígeno y nitrógeno. ¿Cuáles tienen propiedades parecidas?

— A simple vista podemos ver que la plata y el oro son sólidos a temperatura ambiente, tienen brillo metálico y aspecto de duros.

— Sin embargo, el oxígeno y el nitrógeno son gaseosos a temperatura ambiente, son incoloros, y para almacenarlos en estado líquido hay que disminuir mucho la temperatura o aumentar la presión.

La primera clasificación de los elementos fue hecha por Lavoisier (1743-1794) y los dividió en **metales** y **no metales:**

Elementos metálicos	Elementos no metálicos
— Tienen brillo metálico.	— No tienen brillo metálico.
— Son sólidos a temperatura ambiente (excepto el mercurio).	— Pueden ser sólidos, líquidos o gaseosos a temperatura ambiente.
— Son buenos conductores del calor y de la electricidad.	— Son malos conductores del calor y de la electricidad.
— Son duros.	— Son frágiles.

Actividades

3. Indica cuáles de los siguientes elementos son metales y cuáles no:

Elemento	Propiedades
A	Líquido rojo a temperatura ambiente. No conduce la electricidad.
B	Sustancia grisácea con una temperatura de fusión de 1 535 °C. Es conductor térmico.
C	Sólido opaco a temperatura ambiente. Es de color amarillo.
D	Sustancia amarilla que tiene un brillo característico. Funde a una temperatura de 1 064 °C.

2.1. La Tabla Periódica actual

Antes de la Tabla Periódica actual, hubo diversos intentos de clasificación de los elementos. Como durante el siglo XIX aumentó espectacularmente el número de elementos conocidos, los científicos buscaron la forma de ordenarlos según sus propiedades.

1814 Berzelius
Clasificó los elementos según su electronegatividad.

1820 Döbereiner
Propuso el ordenamiento basándose en las tríadas.

1869 Mendeléiev y 1870 Meyer
Clasificaron los elementos a partir de sus propiedades químicas.

1815 Proust
Propuso el ordenamiento a partir del hidrógeno.

1864 Newlands
Propuso el ordenamiento según sus masas atómicas.

1914 Moseley
Ordenó los elementos según su número atómico.

— El químico alemán **Johann Döbereiner** (1780-1849) propuso que en la naturaleza existían grupos de tres elementos, de forma que el central tenía propiedades que eran una media de los otros dos. Denominó **tríada** a cada uno de estos grupos.

— En 1864, el químico inglés **John Newlands** (1837-1898) clasificó los elementos en once grupos, en orden creciente a sus masas atómicas. Observó que un elemento dado presentaría unas propiedades análogas al octavo elemento siguiendo la tabla. Esta clasificación recibió el nombre de **ley de las octavas,** dada su analogía con la escala musical.

— Casi simultáneamente, pero de forma independiente, el científico ruso **Dimitri Mendeléiev** (1834-1907) en 1869 y el alemán **Lothar Meyer** (1830-1895) en 1870 presentaron su célebre Tabla Periódica.

En ella, los elementos aparecían agrupados por **familias** y clasificados por **orden creciente de masa atómica.** Sin embargo, para que algunos elementos quedaran agrupados en la familia que les correspondía según sus propiedades, era necesario invertir el orden en algunos casos y dejar huecos en otros.

— El problema se resolvió en 1914 cuando el científico británico **Henry Moseley** (1887-1915) encontró una manera experimental de determinar el número atómico. Colocó los elementos en **orden creciente de número atómico** y observó que todos quedaban en el lugar adecuado según sus propiedades.

Metales ligeros — Gases nobles

Metales de transición

Períodos / Grupos	1	2	3	4	5	6	7	8	9	10	11	12	13	14	15	16	17	18
1	1 1,01 H Hidrógeno																	2 4,00 He Helio
2	3 6,94 Li Litio	4 9,01 Be Berilio											5 10,81 B Boro	6 12,01 C Carbono	7 14,01 N Nitrógeno	8 16,00 O Oxígeno	9 19,00 F Flúor	10 20,18 Ne Neón
3	11 22,99 Na Sodio	12 24,31 Mg Magnesio											13 26,98 Al Aluminio	14 28,09 Si Silicio	15 30,97 P Fósforo	16 32,07 S Azufre	17 35,45 Cl Cloro	18 39,95 Ar Argón
4	19 39,10 K Potasio	20 40,08 Ca Calcio	21 44,96 Sc Escandio	22 47,87 Ti Titanio	23 50,94 V Vanadio	24 52,00 Cr Cromo	25 54,94 Mn Manganeso	26 55,85 Fe Hierro	27 58,93 Co Cobalto	28 58,69 Ni Níquel	29 63,55 Cu Cobre	30 65,38 Zn Cinc	31 69,72 Ga Galio	32 72,64 Ge Germanio	33 74,92 As Arsénico	34 78,96 Se Selenio	35 79,90 Br Bromo	36 83,80 Kr Criptón
5	37 85,47 Rb Rubidio	38 87,62 Sr Estroncio	39 88,91 Y Itrio	40 91,22 Zr Circonio	41 92,91 Nb Niobio	42 95,94 Mo Molibdeno	43 — Tc Tecnecio	44 101,07 Ru Rutenio	45 102,91 Rh Rodio	46 106,42 Pd Paladio	47 107,87 Ag Plata	48 112,41 Cd Cadmio	49 114,82 In Indio	50 118,71 Sn Estaño	51 121,76 Sb Antimonio	52 127,60 Te Teluro	53 126,90 I Yodo	54 131,29 Xe Xenón
6	55 132,91 Cs Cesio	56 137,33 Ba Bario	57 138,91 La Lantano	72 178,49 Hf Hafnio	73 180,95 Ta Tantalio	74 183,84 W Volframio	75 186,21 Re Renio	76 190,23 Os Osmio	77 192,22 Ir Iridio	78 195,08 Pt Platino	79 196,97 Au Oro	80 200,59 Hg Mercurio	81 204,38 Tl Talio	82 207,20 Pb Plomo	83 208,98 Bi Bismuto	84 — Po Polonio	85 — At Astato	86 — Rn Radón
7	87 — Fr Francio	88 — Ra Radio	89 — Ac Actinio	104 — Rf Rutherfordio	105 — Db Dubnio	106 — Sg Seaborgio	107 — Bh Bohrio	108 — Hs Hassio	109 — Mt Meitnerio	110 — Ds Darmstadtio	111 — Rg Roentgenio	112 — Cn Copernicio	113 — Uut Ununtrio	114 — Fl Flerovio	115 — Uup Ununpentio	116 — Lv Livermorio	117 — Uus Ununseptio	118 — Uuo Ununoctio

Na	Hg
Sólidos	Líquidos
O	Uus
Gases	Sintéticos

Metales alcalinos · Metales alcalinotérreos · Metales de transición · Metales · No metales · Gases nobles · Actínidos · Lantánidos

Metales de transición interna

58 140,12 Ce Cerio	59 140,91 Pr Praseodimio	60 144,24 Nd Neodimio	61 — Pm Prometio	62 150,36 Sm Samario	63 151,96 Eu Europio	64 157,25 Gd Gadolinio	65 158,93 Tb Terbio	66 162,50 Dy Disprosio	67 164,93 Ho Holmio	68 167,26 Er Erbio	69 168,93 Tm Tulio	70 173,04 Yb Iterbio	71 174,97 Lu Lutecio
90 232,04 Th Torio	91 231,04 Pa Protactinio	92 238,03 U Uranio	93 — Np Neptunio	94 — Pu Plutonio	95 — Am Americio	96 — Cm Curio	97 — Bk Berquelio	98 — Cf Californio	99 — Es Einstenio	100 — Fm Fermio	101 — Md Mendelevio	102 — No Nobelio	103 — Lr Laurencio

CLAVE

Número atómico — 20 40,08 — Masa atómica
Ca — Símbolo
Calcio — Nombre

Todos los elementos químicos conocidos hasta la actualidad se clasifican en la Tabla Periódica o Sistema Periódico.

En la **Tabla Periódica** los elementos se disponen en **orden creciente** a su número atómico ***(Z)***.

La Tabla Periódica permite establecer relaciones entre los diferentes elementos, así como aporta información muy valiosa sobre sus propiedades y su comportamiento químico.

En el siguiente apartado, analizaremos la estructura de la Tabla Periódica actual.

Ágora

¿Qué requisitos tiene que cumplir un elemento químico para ser incluido en la Tabla Periódica?

» **Informaos sobre los requisitos para incluir un elemento en la Tabla Periódica y organizad un debate en clase.**

Actividades

@ **4.** Busca en Internet los elementos que formaban parte de las tríadas de Döbereiner. Observa la Tabla Periódica actual y fíjate en cómo encajan en ella. ¿Qué deduces?

5. Localiza en la Tabla Periódica los siguientes elementos y escribe en tu cuaderno su símbolo y su número atómico:

Sodio Hierro Azufre Plata Oro Aluminio Cesio

— Disponlos en orden creciente a su número atómico.

2.2. Estructura de la Tabla Periódica actual

En la Tabla Periódica, los elementos se colocan de izquierda a derecha y de arriba abajo en orden creciente a su número atómico *(Z)*. Es decir, la posición que ocupa cada elemento depende de su número de protones y, por tanto, también de su número de electrones.

Por esta razón, es precisamente la **configuración electrónica** de cada elemento la que determina su comportamiento y sus propiedades químicas.

Grupos y períodos

Los elementos están ordenados de la siguiente forma:

— **Siete** filas horizontales llamadas **períodos.**

> Los elementos de un **mismo período** tienen el **mismo número de niveles electrónicos,** completos o no.

El número de niveles electrónicos coincide con el número del período.

Ejemplo 3

Determina la configuración electrónica de los elementos del período 3:

Configuraciones electrónicas de los elementos del período 3

11 22,99 **Na** Sodio	Na (Z = 11)	$1s^2\ 2s^2\ 2p^6\ \mathbf{3s^1}$	15 30,97 **P** Fósforo	P (Z = 15)	$1s^2\ 2s^2\ 2p^6\ \mathbf{3s^2\ 3p^3}$
12 24,31 **Mg** Magnesio	Mg (Z = 12)	$1s^2\ 2s^2\ 2p^6\ \mathbf{3s^2}$	16 32,07 **S** Azufre	S (Z = 16)	$1s^2\ 2s^2\ 2p^6\ \mathbf{3s^2\ 3p^4}$
13 26,98 **Al** Aluminio	Al (Z = 13)	$1s^2\ 2s^2\ 2p^6\ \mathbf{3s^2\ 3p^1}$	17 35,45 **Cl** Cloro	Cl (Z = 17)	$1s^2\ 2s^2\ 2p^6\ \mathbf{3s^2\ 3p^5}$
14 28,09 **Si** Silicio	Si (Z = 14)	$1s^2\ 2s^2\ 2p^6\ \mathbf{3s^2\ 3p^2}$	18 39,95 **Ar** Argón	Ar (Z = 18)	$1s^2\ 2s^2\ 2p^6\ \mathbf{3s^2\ 3p^6}$

Los elementos del período 3 presentan tres niveles electrónicos. Sus electrones más externos se encuentran en el nivel tres.

— **Dieciocho** columnas verticales denominadas **grupos.**

> Los elementos de un **mismo grupo** tienen la **misma estructura electrónica** en su **nivel más externo** y, por tanto, sus propiedades químicas son semejantes.

Ejemplo 4

Determina la configuración electrónica de los elementos del grupo 15:

Configuraciones electrónicas de los elementos del grupo 15

7 14,01 **N** Nitrógeno	N (Z = 7)	$1s^2\ \mathbf{2s^2\ 2p^3}$
15 30,97 **P** Fósforo	P (Z = 15)	$1s^2\ 2s^2\ 2p^6\ \mathbf{3s^2\ 3p^3}$
33 74,92 **As** Arsénico	As (Z = 33)	$1s^2\ 2s^2\ 2p^6\ 3s^2\ 3p^6\ \mathbf{4s^2}\ 3d^{10}\ \mathbf{4p^3}$
51 121,76 **Sb** Antimonio	Sb (Z = 51)	$1s^2\ 2s^2\ 2p^6\ 3s^2\ 3p^6\ 4s^2\ 3d^{10}\ 4p^6\ \mathbf{5s^2}\ 4d^{10}\ \mathbf{5p^3}$
83 208,98 **Bi** Bismuto	Bi (Z = 83)	$1s^2\ 2s^2\ 2p^6\ 3s^2\ 3p^6\ 4s^2\ 3d^{10}\ 4p^6\ 5s^2\ 4d^{10}\ 5p^6\ \mathbf{6s^2}\ 4f^{14}\ 5d^{10}\ \mathbf{6p^3}$

Los elementos del grupo 15 contienen cinco electrones en su nivel más externo.

+

Los nombres de los elementos químicos suelen proceder del griego, del latín o del inglés. Sin embargo, en algunos casos proceden del nombre de su descubridor o de un científico importante, o bien de la ciudad en la que se descubrieron.

Por ejemplo:

— Mendelevio (Md): en honor al químico ruso Mendeléiev, precursor de la actual Tabla Periódica.

— Galio (Ga): de *Gallia,* Francia.

Familias de elementos

Algunos grupos de elementos químicos reciben un nombre característico: son los **elementos representativos** y los **elementos de transición.**

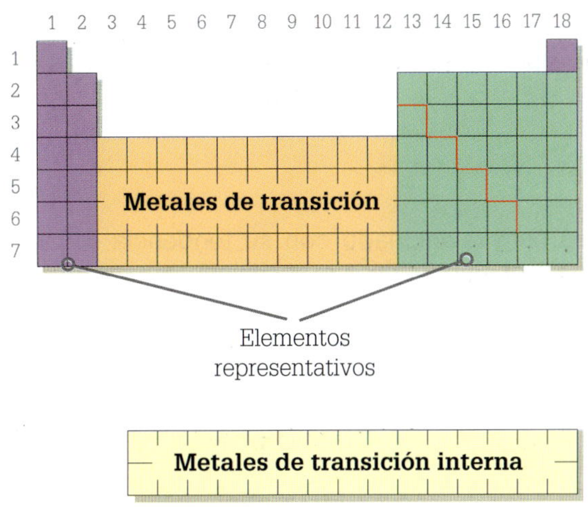

Los elementos representativos de las columnas 1 y 2 y el helio tienen un orbital de valencia tipo s.

Los elementos representativos de las columnas 13 a 18 tienen orbitales de valencia tipo p.

Los metales de transición tienen orbitales de valencia tipo d.

Los metales de transición interna tienen orbitales de valencia tipo f.

Ejemplo 5

Escribe la configuración electrónica de los gases nobles y observa el número de electrones que tienen en su nivel más externo.

Los gases nobles son los elementos del grupo 18.

Gas noble	*Z*	Configuración electrónica
He	2	**$1s^2$**
Ne	10	$1s^2$ **$2s^2$ $2p^6$**
Ar	18	$1s^2$ $2s^2$ $2p^6$ **$3s^2$ $3p^6$**
Kr	36	$1s^2$ $2s^2$ $2p^6$ $3s^2$ $3p^6$ **$4s^2$** $3d^{10}$ **$4p^6$**
Xe	54	$1s^2$ $2s^2$ $2p^6$ $3s^2$ $3p^6$ $4s^2$ $3d^{10}$ $4p^6$ **$5s^2$** $4d^{10}$ **$5p^6$**
Rn	86	$1s^2$ $2s^2$ $2p^6$ $3s^2$ $3p^6$ $4s^2$ $3d^{10}$ $4p^6$ $5s^2$ $4d^{10}$ $5p^6$ **$6s^2$** $4f^{14}$ $5d^{10}$ **$6p^6$**
UUo	118	$1s^2$ $2s^2$ $2p^6$ $3s^2$ $3p^6$ $4s^2$ $3d^{10}$ $4p^6$ $5s^2$ $4d^{10}$ $5p^6$ $6s^2$ $4f^{14}$ $5d^{10}$ $6p^6$ **$7s^2$** $5f^{14}$ $6d^{10}$ **$7p^6$**

La particularidad de los gases nobles es que tienen su nivel más externo completo, lo que les confiere gran estabilidad. Esta configuración electrónica se denomina **configuración electrónica del gas noble.** Los átomos de los elementos ganan, pierden o comparten electrones para lograr esta configuración.

Actividades

6. Escribe en tu cuaderno la configuración electrónica del oxígeno, del magnesio y del bromo, y señala el período y el grupo al que pertenece cada uno. Razona en qué criterio o criterios basas tu respuesta.

7. Responde a las siguientes cuestiones:

a) ¿Cuántos electrones tienen en su nivel más externo los elementos del grupo 17? ¿Y los alcalinotérreos?

b) Pon el ejemplo de dos elementos que puedas predecir que tienen propiedades semejantes.

Orbital de valencia

El orbital de valencia de un elemento consiste en el orbital de mayor nivel energético en el que el elemento presenta un electrón.

NOMBRES ESPECIALES DE ALGUNOS GRUPOS	
Grupo 1	Alcalinos.
Grupo 2	Alcalinotérreos.
Grupo 13	Térreos o boroideos.
Grupo 14	Carbonoideos.
Grupo 15	Nitrogenoideos.
Grupo 16	Calcógenos o anfígenos.
Grupo 17	Halógenos.
Grupo 18	Gases nobles.

Accede a la siguiente Tabla Periódica interactiva y haz clic en cada elemento:

http://links.edebe.com/cb9v5h

Observa que la configuración electrónica está expresada según la del gas noble más cercano. Así evitamos configuraciones extensas.

Por ejemplo:

Ba ($Z = 56$): $1s^2$ $2s^2$ $2p^6$ $3s^2$ $3p^6$ $4s^2$ $4p^6$ $3\ d^{10}$ $4p^6$ $5s^2$ $4\ d^{10}$ $5p^6$ $6s^2$

↓

Ba: [Xe] $6s^2$

3. Las propiedades periódicas

Algunas propiedades de los elementos varían regularmente a lo largo de los grupos y de los períodos de la Tabla Periódica. Estas propiedades reciben el nombre de **propiedades periódicas.**

Analicemos a continuación algunas de ellas.

3.1. Carácter metálico

El carácter metálico de los elementos está relacionado con su tendencia a ganar o perder electrones y, por tanto, a formar iones negativos o positivos.

El **carácter metálico** aumenta al desplazarnos hacia la izquierda en un período y descender hacia abajo en un grupo.

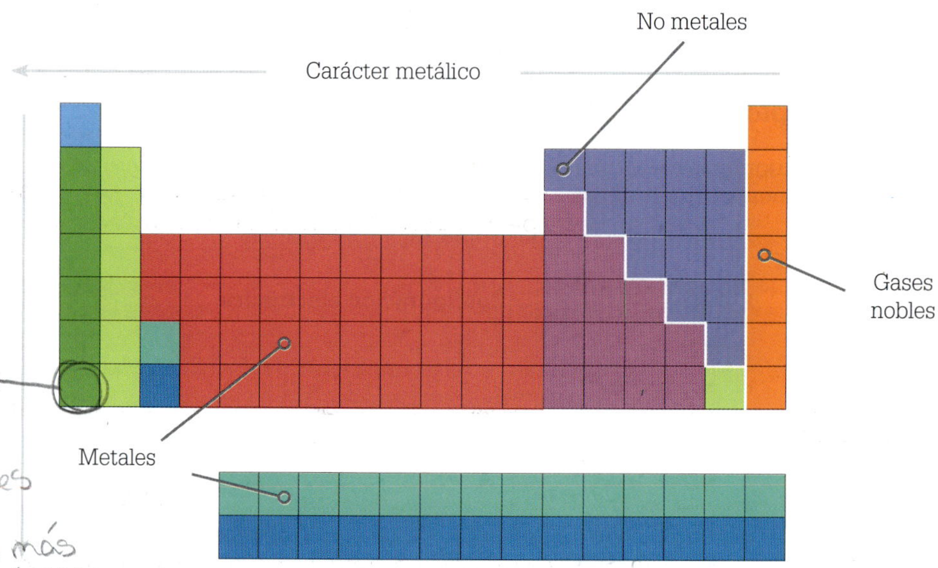

el francio el que más carácter metálico tiene ↓ que este es el que tiene más carácter metálico

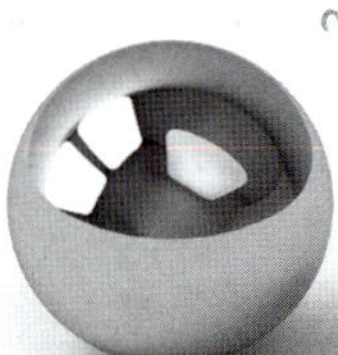

Así, podemos clasificar los elementos de la siguiente forma:

— **Metales:** son los elementos situados más a la izquierda, que tienen, en general, mayor tendencia a perder los electrones de su nivel más externo.

— **No metales:** son los elementos situados más a la derecha, que tienen mayor tendencia a capturar electrones e incorporarlos a su nivel más externo.

— **Gases nobles:** son un grupo especial de elementos que, aunque se podrían considerar no metales, en realidad no tienen tendencia a ganar ni a perder electrones.

+

Algunos elementos presentan propiedades intermedias entre los metales y los no metales. Por eso, a veces los veremos con el nombre de **semimetales.**

Se encuentran en la zona limítrofe entre metales y no metales, y son los siguientes: B, Si, Ge, As, Sb, Te, Po y At.

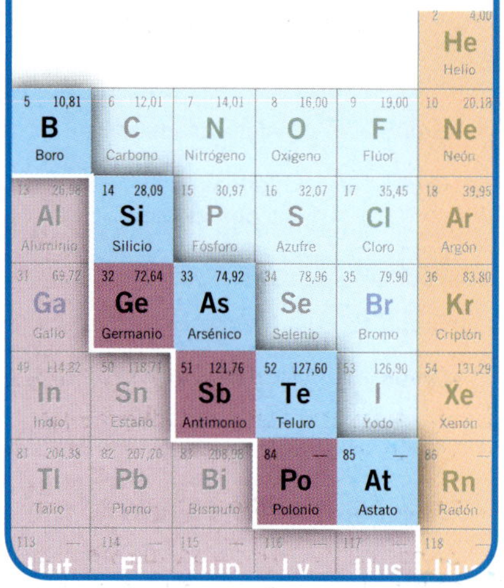

@

Entra en este *applet* e identifica de forma sencilla los aspectos básicos de la Tabla Periódica:

http://links.edebe.com/pkd3i

Actividades

8. Indica cuáles de los siguientes elementos son metales y cuáles son no metales: bario, azufre, titanio, aluminio, fósforo, cloro, hierro y litio.

— ¿Cuáles de ellos tendrán tendencia a captar electrones? Escribe la configuración electrónica de cada uno y razona tu respuesta.

3.2. Radio atómico

Como los átomos no tienen límites definidos, para conocer el tamaño de los átomos de un elemento nos fijamos en la distancia que hay entre los núcleos de dos átomos enlazados. Este parámetro se denomina *radio atómico*.

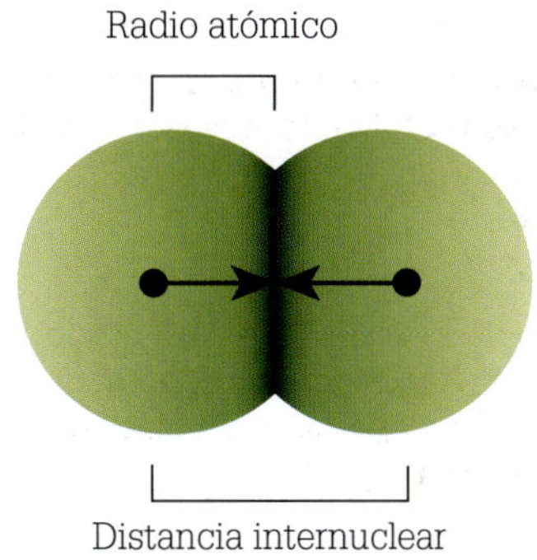

El **radio atómico** aumenta al desplazarnos hacia la izquierda en un período y descender hacia abajo en un grupo.

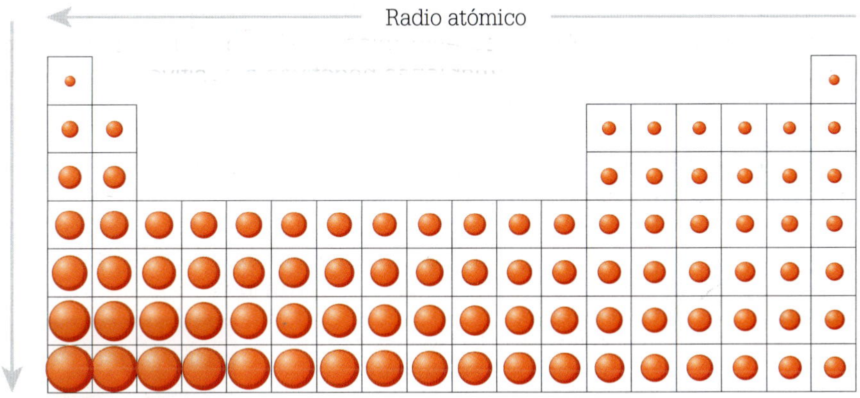

En un período, al aumentar el número atómico, disminuye el radio. Esto es debido a que se incrementa la carga positiva del núcleo, manteniéndose constante el número de niveles electrónicos. De este modo, crece la fuerza atractiva sobre estos niveles y disminuye el tamaño del átomo.

Ejemplo 6

Consulta la Tabla Periódica y ordena los siguientes elementos en orden creciente a su radio atómico:

Carbono | Silicio | Potasio | Calcio

— El carbono (C) y el silicio (Si) se encuentran en el mismo grupo. Como el radio atómico aumenta al descender en un grupo, el silicio tendrá mayor radio atómico que el carbono.

— El potasio (K) y el calcio (Ca) se encuentran en el mismo período. Como el radio atómico aumenta hacia la izquierda en un período, el potasio tendrá mayor radio atómico que el calcio.

— Además, tenemos en cuenta que el potasio y el calcio están más hacia abajo y hacia la izquierda de la Tabla Periódica que el carbono y el silicio. Por tanto, el radio de sus átomos será mayor.

De esta forma, podemos ordenar ya los cuatro elementos en orden creciente a su radio atómico:

$$K > Ca > Si > C$$

@ Entra en este enlace y selecciona «tabla»:

http://links.edebe.com/ydxz

Si haces clic sobre un elemento, obtendrás el valor de su radio atómico.

» **¿En qué unidad están expresados estos valores? Investiga su equivalencia en metros.**

@ Selecciona cada elemento de la Tabla Periódica y consulta su historia, estructura, propiedades, usos, etc.

http://links.edebe.com/ihxm3

Actividades

9. Ordena los siguientes elementos de mayor a menor radio atómico:

Aluminio | Azufre | Estroncio | Bario

@ **10.** Construye la Tabla Periódica teniendo en cuenta el radio atómico de sus elementos en esta actividad interactiva:

@ **http://links.edebe.com/sktxr**

Elementos radiactivos

La radiactividad es un fenómeno que tiene lugar en el núcleo de algunos átomos. Los núcleos de los átomos de determinados elementos pueden sufrir una degeneración espontánea, emitiendo partículas alfa, partículas beta o rayos gamma. Estos elementos se denominan **radiactivos.**

Actualmente, sabemos que todos aquellos elementos con número atómico superior a 83 son radiactivos, además de otros como el tecnecio o el prometio.

Veamos a continuación las características de algunos de ellos:

95 — **Am** Americio

AMERICIO: un gramo de este elemento puede producir tres millones de detectores de humo

Los investigadores Seaborg, James, Morgan y Ghiorso crearon el americio bombardeándolo con neutrones en un reactor nuclear. Se refirieron inicialmente al americio como «caos», debido a las dificultades que presentaba aislar el nuevo elemento.

Aplicaciones

— Se utiliza en los detectores de humo.

— Se emplea en sondas neutrónicas para medir la humedad del suelo.

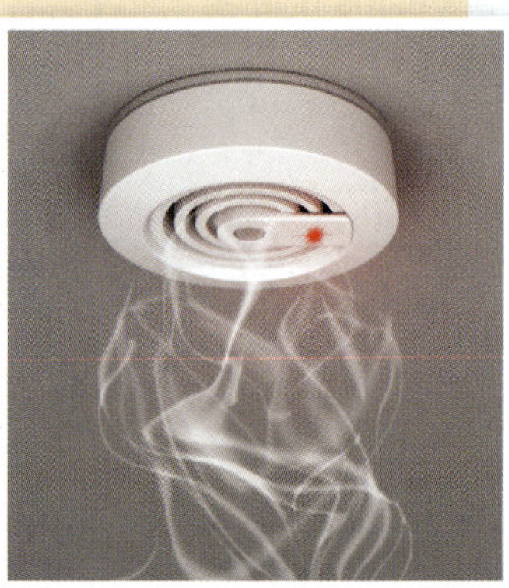

43 — **Tc** Tecnecio

TECNECIO: el elemento que ilumina los huesos

Fue el primer elemento producido sintéticamente. En 1937, los investigadores Carlo Perrier y Emilio Segrè descubrieron este elemento bombardeando una muestra de molibdeno con núcleos de deuterio (isótopo del hidrógeno).

Aplicaciones

— En medicina se emplea como trazador radiactivo para detectar ciertas enfermedades y para controlar las funciones corporales.

— En la industria se utiliza para calibrar equipos científicos.

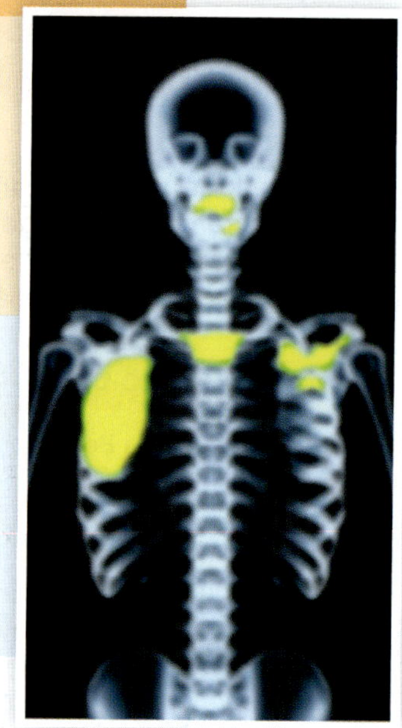

94 — **Pu** Plutonio

PLUTONIO: el elemento que salvó a la tripulación del *Apolo 13*

«Houston, tenemos un problema». Uno de los tanques de oxígeno había explotado, lo que causó un descenso de temperatura y un aumento de los niveles de dióxido de carbono en la nave. La tripulación se replegó en el módulo lunar, alimentado por una batería de plutonio.

Al bombardear los núcleos de los átomos de plutonio con neutrones, tiene lugar una reacción de fisión en cadena, que libera una cantidad increíble de energía.

Aplicaciones

— Producción de electricidad en las centrales nucleares.

— Fuente de energía en sondas y naves espaciales.

11. Observa el esquema de la página anterior y completa en tu cuaderno la siguiente tabla:

Elemento	Símbolo	Número atómico *(Z)*	Descubrimiento	Aplicaciones
Tecnecio				
Plutonio				
Americio				

12. Busca en Internet otros elementos radiactivos y añade más filas a la tabla de la actividad anterior.

— Después, haced una puesta en común en clase. ¿Cuántos elementos radiactivos habéis identificado?

13. Entra en este enlace e infórmate sobre la radiactividad:

http://links.edebe.com/5ydwzy

a) ¿En qué unidad se mide el nivel de radiación?

b) ¿Qué efectos tiene la radiactividad sobre la salud?

c) ¿Qué función cumplen las pastillas de yodo?

d) ¿Qué importancia tiene que los operadores de aparatos que funcionan con radiación o con radiactividad sigan las normas de seguridad de forma rigurosa?

Cre@ctividad: Elaboramos una infografía sobre la radiactividad

Una infografía es una representación de la información de manera gráfica y visual. Para ello, se incluyen imágenes, textos descriptivos, mapas, tablas, etc. Con un simple golpe de vista, se puede interpretar y comprender el contenido de la infografía. Además, suelen ser fáciles de recordar.

Crea una infografía sobre la radiactividad o algún aspecto relacionado con ella. Para ello, sigue estos dos pasos:

— Entra en este enlace y haz clic en «Start fresh»:

http://www.easel.ly/

— Ya estás en la interfaz del programa. Verás que puedes añadir fondos, textos, gráficos, etc.

¡Comienza a crear!

¿Qué cantidad de radiación recibimos en nuestra vida cotidiana?

El *sievert* es la unidad que mide la dosis de radiación:

1 mSv = $1 \cdot 10^{-3}$ Sv

1 μSv = $1 \cdot 10^{-6}$ Sv

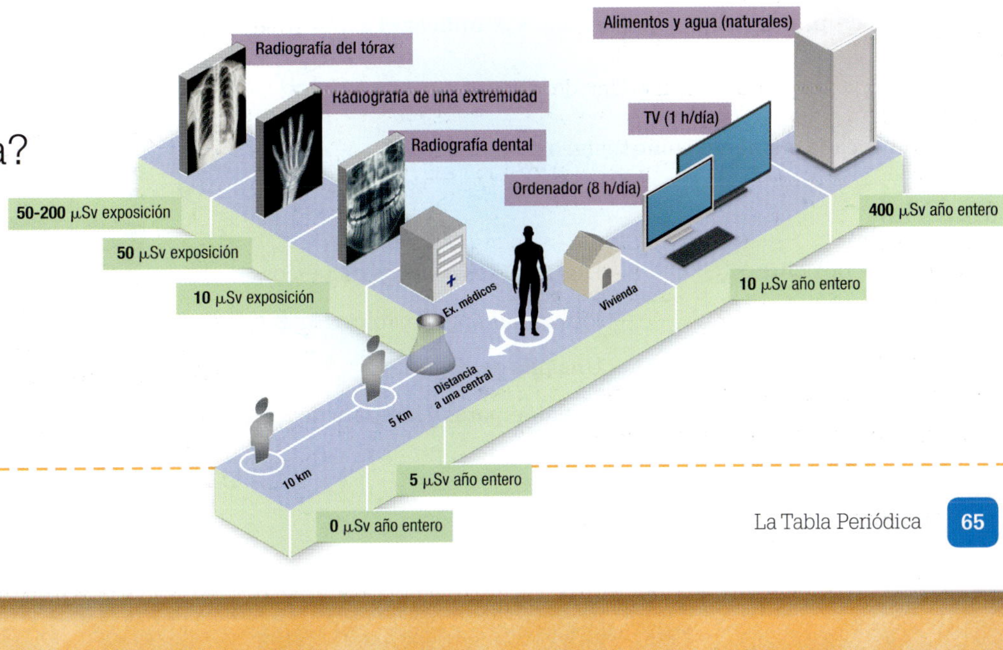

CIENCIA A TU ALCANCE

En práctica: **Identificación de elementos por sus propiedades**

En general, los elementos químicos se pueden clasificar en metales y no metales. Pero ¿sabríais identificar un elemento por sus propiedades? Os proponemos un reto: clasificar tres elementos desconocidos en metales y no metales.

Organizaos por grupos. El profesor o profesora facilitará a cada grupo tres muestras sin decir de qué elemento están fabricados. Vosotros debéis investigar si están compuestos por un metal o un no metal.

PLANTEAMIENTO DEL PROBLEMA

Nos preguntamos qué propiedades diferencian los elementos metálicos de los no metálicos.

FORMULACIÓN DE HIPÓTESIS

Entre todos los miembros del grupo redactamos una hipótesis. Por ejemplo:

«Si la muestra tiene brillo metálico y conduce la electricidad, es un metal».

COMPROBACIÓN DE LA HIPÓTESIS

Para poder comprobar la hipótesis, debemos **planificar el experimento** que vamos a realizar:

Objetivos

— Clasificar cada elemento como metal o no metal.

Material

— Una pieza de cobre.
— Una pieza de aluminio.
— Una pieza de carbono.
— Pinzas.
— Cable conductor.
— Dos tornillos o clavos metálicos.
— Pinzas para pelar cables.
— Una pila de petaca.
— Portalámparas y lámpara de 3,5 V.

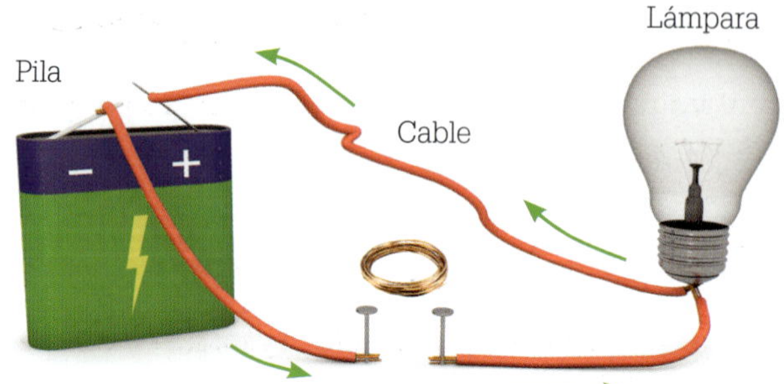

Experimentación

Seguid estos pasos:

— Coged con las pinzas una de las muestras y observad con detenimiento su aspecto, en especial, su brillo. Describidlo en el cuaderno.

— Construid el montaje de la figura anterior.

— Colocad la muestra y comprobad si se enciende la bombilla o no. Anotad el resultado en el cuaderno.

— Repetid los pasos anteriores con las otras dos muestras.

Obtención de datos

Completad la siguiente tabla en el cuaderno:

Muestra	Color	¿Brilla?	¿Conduce la electricidad?
A			
B			
C			

Análisis de datos

A partir de la tabla anterior, clasificad cada muestra como metal o no metal.

Muestra A: ________________

Muestra B: ________________

Muestra C: ________________

— Si por las propiedades analizadas sabéis de qué elemento químico se trata, añadidlo también con su símbolo.

El profesor o profesora os dirá ahora la composición de cada una de las muestras. ¿Concuerda con los resultados que habéis obtenido? ¿Habíais adivinado de qué elemento estaba compuesta cada muestra?

En caso afirmativo, vuestra **hipótesis es cierta:** «Si la muestra tiene brillo metálico y conduce la electricidad, es un metal».

En caso negativo, formulad una nueva hipótesis y repetid el proceso.

EXTRACCIÓN DE CONCLUSIONES

Después de analizar los datos del experimento, ¿a qué conclusiones habéis llegado?

COMUNICACIÓN DE RESULTADOS

Por último, redactad un **informe** de la práctica por grupo. El informe tiene que responder a las distintas etapas del método científico y debe ser redactado con rigor y exactitud.

Sigue investigando

¿Cómo comprobarías la ductilidad y maleabilidad de un elemento? ¿Y su dureza? Diseña un experimento para cada caso y descríbelos en tu cuaderno.

— Puedes buscar información en Internet.

SÍNTESIS

- **La Tabla Periódica**
  - **LOS ELEMENTOS** — Se definen como — Aquellas sustancias que no pueden ser descompuestas en otras sustancias más simples por métodos químicos.
    - Se caracterizan por su — Número atómico (Z)
  - **LA CLASIFICACIÓN DE LOS ELEMENTOS** — La Tabla Periódica actual
    - 7 períodos — En cada período — Mismo número de niveles, completos o no
    - 18 grupos — En cada grupo — Misma estructura electrónica externa
    - Los elementos están clasificados en orden creciente a su — Número atómico (Z)
  - **LAS PROPIEDADES PERIÓDICAS**
    - Carácter metálico
      - Metales
      - No metales
      - Gases nobles
    - Radio atómico

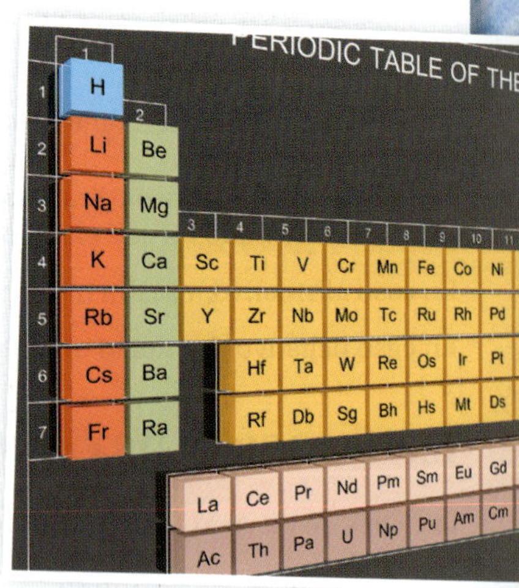

Recuerda lo que has aprendido

14. ¿Cuántos elementos se conocen en la actualidad? ¿Están todos ellos presentes en la naturaleza?

15. Describe en tu cuaderno, de forma cronológica, la historia de la Tabla Periódica.

16. Cita dos elementos que se encuentren en el mismo grupo y escribe su configuración electrónica. Predice si tendrán o no propiedades semejantes.

17. ¿Cómo varía el carácter metálico dentro de un período? ¿Y el radio atómico dentro de un grupo? Explícalo de forma esquemática, por medio de flechas, en tu cuaderno.

Actividades finales

1. Los elementos

18. ★☆☆ Razona si la siguiente afirmación es verdadera o falsa:

«Un elemento químico es una sustancia que no puede separarse en otras sustancias más simples por métodos físicos».

19. ★☆☆ ¿Qué parámetro es característico de cada elemento? Explica su significado.

20. ★★☆ La siguiente gráfica muestra la proporción, en porcentaje en masa, de elementos químicos en los seres vivos:

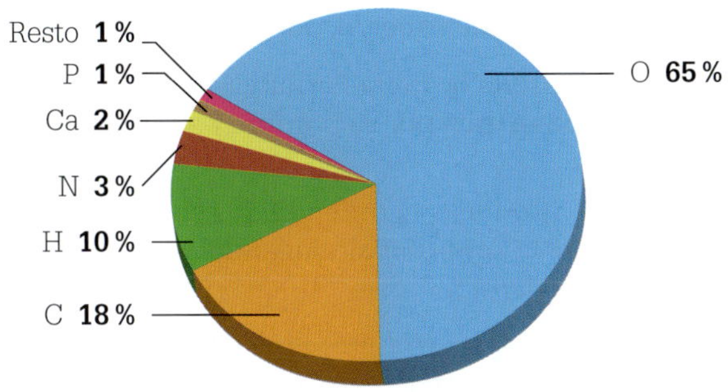

— Calcula la masa de oxígeno, de carbono y de hidrógeno que tiene una persona de 70 kg.

21. ★★☆ ¿Qué elementos químicos son abundantes en estas imágenes? Razona tu respuesta.

a)

b)

— Después, poned en común vuestras respuestas en clase.

22. ★★★ Por grupos, entrad en la siguiente web:

@ **http://links.edebe.com/zzhsz**

a) Elaborad una cronología, en formato digital y a modo de línea de tiempo, que refleje el descubrimiento de los elementos químicos.

b) Si hacéis clic sobre un elemento, obtendréis información sobre él.

— Cada miembro del grupo debe seleccionar un elemento y completar la siguiente información:

Elemento: ______________	
Efectos sobre la salud	
Efectos sobre el medio ambiente	

— Después, aplicad la **técnica cooperativa** *El número* para hacer una exposición en clase. Cada alumno o alumna tiene un número asignado. El docente indica un número al azar y quien tenga ese número debe explicar las características de su elemento al resto de la clase.

23. ★★★ El helio es el segundo elemento más abundante en el universo. Sin embargo, es muy difícil encontrarlo en la superficie terrestre.

a) Lee la siguiente noticia:

@ **http://links.edebe.com/wb8y5**

b) ¿Cómo se obtiene el helio? ¿Cuáles son sus aplicaciones?

c) ¿Por qué creen los científicos que estamos subestimando la cantidad de helio presente en nuestro planeta?

2. La clasificación de los elementos

24. ★☆☆ Relaciona cada científico con su contribución a la ordenación de los elementos.

Döbereiner	Lavoisier	Moseley
Mendeléiev	Newlands	

a) Clasificó los elementos como metales y no metales.

b) Estableció la ley de las octavas.

c) Propuso que en la naturaleza había grupos de tres elementos denominados *tríadas.*

d) Dispuso los elementos en orden creciente a su número atómico.

e) Clasificó los elementos en orden creciente a su masa atómica.

25. ★☆☆ Consulta la Tabla Periódica e indica el período y el grupo al que pertenecen los siguientes elementos:

Mg	Cu	Sn	F	He

26. ★☆☆ Indica si estas afirmaciones son verdaderas o falsas. Razona tu respuesta.

a) En la Tabla Periódica actual hay siete grupos y dieciocho períodos.

b) Los elementos de un mismo grupo tienen propiedades químicas semejantes.

c) Los elementos de un mismo período tienen la misma configuración electrónica.

d) Los alcalinos son metales de transición.

27. ★★☆ Con la ayuda de la Tabla Periódica, determina la configuración electrónica de los siguientes elementos:

a) Todos los elementos del período 3.

b) Todos los elementos del grupo 2.

— ¿Por qué se caracterizan los elementos del apartado *a*? ¿Y los del apartado *b*?

28. ★★☆ Sin consultar la Tabla Periódica, indica el período y el grupo al que pertenecen los siguientes elementos:

C ($Z = 6$)	Si ($Z = 14$)
S ($Z = 16$)	Cl ($Z = 17$)

— Después, consulta la Tabla Periódica y comprueba si has acertado.

29. ★★☆ La configuración electrónica de un elemento es $1s^2\ 2s^2\ 2p^6\ 3s^2\ 3p^6$:

a) Indica, justificando tu respuesta, si se trata de un alcalinotérreo, un halógeno o un gas noble.

b) Razona si los átomos de este elemento perderán o ganarán electrones, o, por el contrario, serán estables.

c) Consulta la Tabla Periódica e identifica el elemento de que se trata por su nombre y su símbolo.

30. @ ★★☆ ¿Conoces el orden de los elementos en la Tabla Periódica? Compruébalo jugando a este juego basado en el famoso *tetris:*

@ **http://www.quimitris.com/**

31. @ ★★☆ Infórmate sobre los elementos que componen las *tierras raras* y ubícalos en la Tabla Periódica.

— ¿Por qué son importantes?

32. @ ★★★ Por parejas, entrad en el siguiente enlace e intentad completar la *tabla periódica muda:*

@ **http://links.edebe.com/fmz7**

— ¿Qué puntuación habéis obtenido? Podéis intentarlo otra vez haciendo clic en «Borrar».

33. ★★★ Entra en la siguiente página interactiva dedicada a Mendeléiev:

@ **http://links.edebe.com/puzjb**

— Elabora un trabajo monográfico sobre la vida de Mendeléiev y sus logros.

3. Las propiedades periódicas

34. ★☆☆ Razona si la siguiente regla es verdadera:

«El tamaño de los átomos aumenta siempre con el número atómico».

35. ★☆☆ Completa en tu cuaderno esta tabla con los elementos del recuadro:

I	Ar	H	Po	Rb	U
As	Kr	W	Rn	Xe	B

Metales	No metales	Gases nobles

36. ★★☆ Con la ayuda de la Tabla Periódica, ordena los siguientes elementos de menor a mayor carácter metálico:

Mercurio	Flúor	Plata	Fósforo
Silicio	Francio	Cesio	Helio

37. ★★☆ Ordena los elementos de la actividad anterior de mayor a menor radio atómico.

38. ★★☆ Coloca los siguientes elementos en la Tabla Periódica teniendo en cuenta su radio atómico:

@ **http://links.edebe.com/ebeut**

Si cambias la posición del interruptor, podrás ver el radio de los iones. ¿Cómo cambia el orden anterior?

39. ★★★ Observa la imagen.

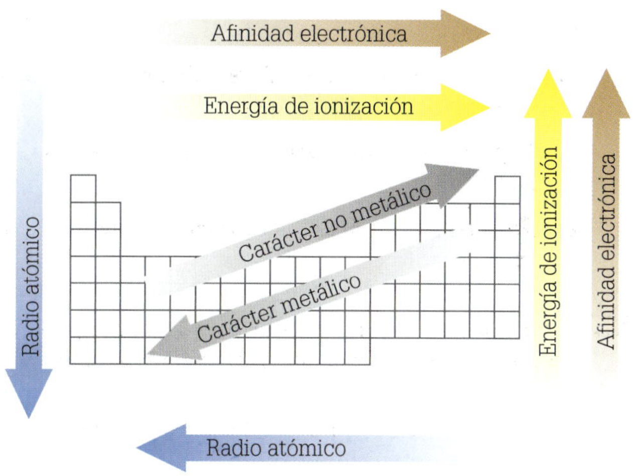

¿Qué propiedades periódicas no conoces? Infórmate sobre ellas en este enlace y realiza las actividades interactivas propuestas:

@ **http://links.edebe.com/54w6v**

40. ★★★ Recientemente ha aparecido en la prensa la siguiente noticia:

El laurencio suscita dudas con la Tabla Periódica

Leed en clase la noticia completa en este enlace:

@ **http://links.edebe.com/rpbvf**

— Después, organizad una discusión sobre esta controversia y responded a las preguntas.

a) ¿Qué implicaciones puede tener que el laurencio aparezca en distintas posiciones, según la Tabla Periódica que utilicemos?

b) ¿Pensáis que se debe llegar a un criterio unánime?

Pon a prueba tus competencias

Algunos elementos químicos son esenciales para el ser humano y debemos ingerir la dosis adecuada de ellos a partir de la dieta. De no ser así, tendremos una deficiencia en ese elemento, con los efectos para el buen desarrollo del organismo que conlleva. Y si, por el contrario, excedemos esa dosis, pueden aparecer signos que indicarán toxicidad.

41. El sodio, el potasio, el magnesio, el calcio y el cloro son ejemplos de elementos indispensables para la vida.

a) Consulta la Tabla Periódica y completa la siguiente tabla en tu cuaderno:

Elemento	Símbolo	Número atómico (*Z*)	Configuración electrónica

b) A partir de la configuración electrónica anterior y sin consultar la Tabla Periódica, completa ahora esta tabla en tu cuaderno:

Elemento	Período	Grupo	Número de electrones en el último nivel

— Explica en qué basas tu respuesta.

42. De los elementos de la actividad anterior:

a) ¿Cuáles tendrán propiedades y un comportamiento químico similares? ¿Por qué?

b) Indica en cada caso si se trata de metales, no metales o gases nobles.

c) ¿Sabrías decir el nombre del grupo al que pertenece cada uno?

43. Ordena los cinco elementos según los siguientes criterios:

a) De menor a mayor radio atómico.

b) En orden decreciente de carácter metálico.

44. Entra en la siguiente página y obtén la información requerida para completar esta tabla:

@ **http://links.edebe.com/f33**

MACROELEMENTOS			
Elemento	**Función en los seres vivos**	**Fuente**	**Dosis mínima recomendada**

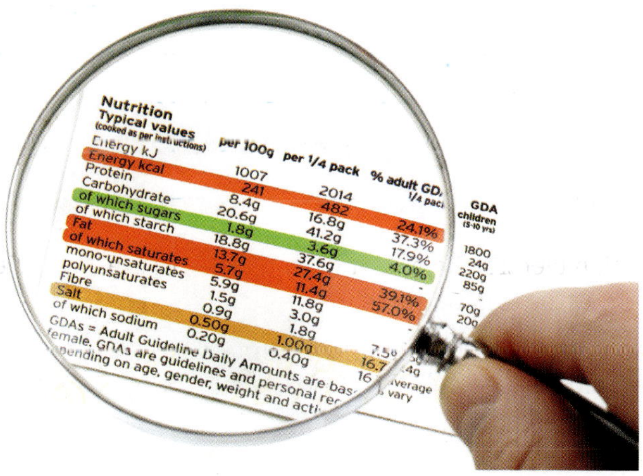

Reflexiona

Diario de aprendizaje

— ¿Qué has aprendido sobre los elementos que no supieras antes?

— ¿Cómo valoras la utilidad de la Tabla Periódica? ¿Piensas que fue fácil para los científicos conseguir este orden?

— ¿Crees que aumentará el número de elementos de la Tabla Periódica en el futuro? ¿Por qué?

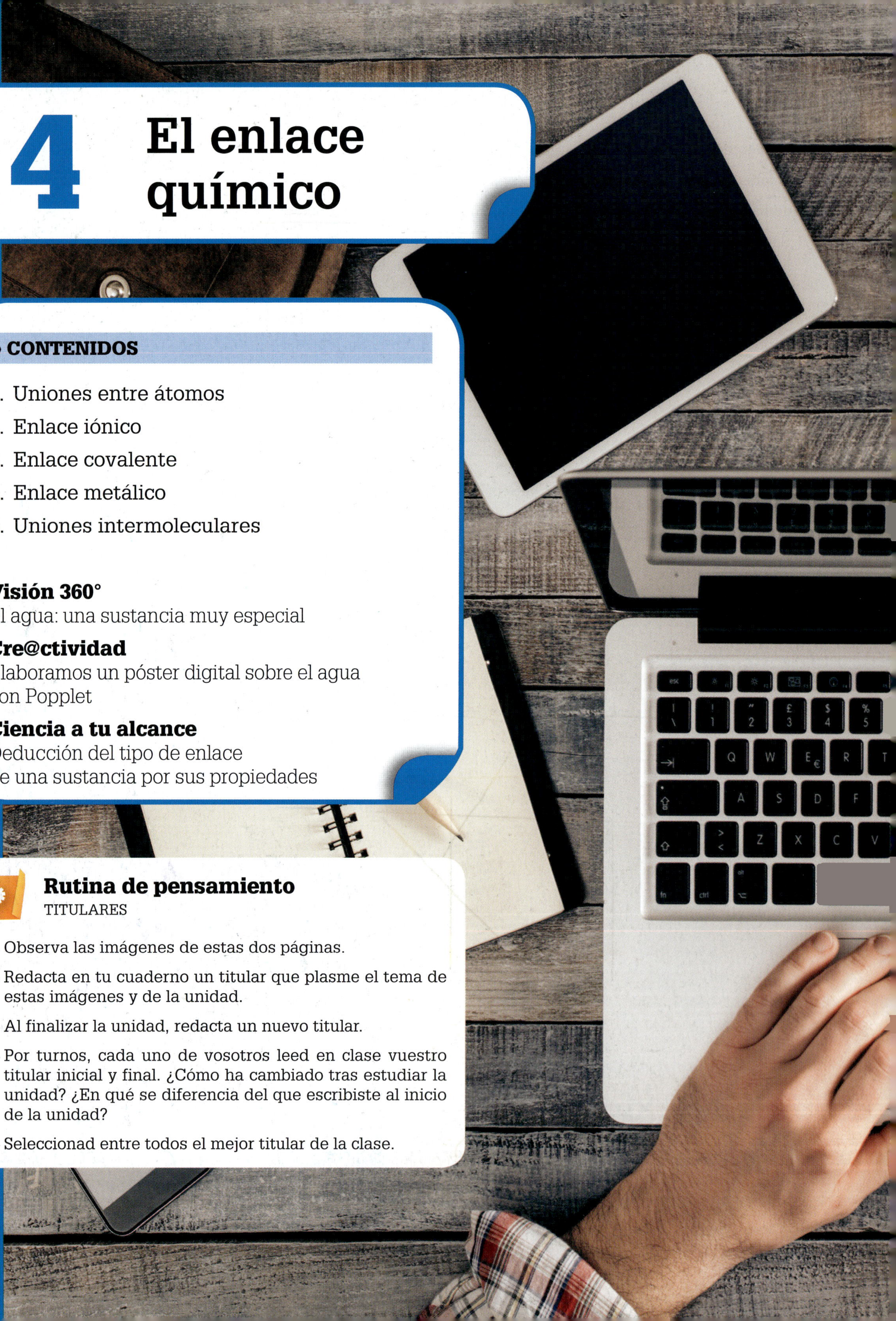

4 El enlace químico

» CONTENIDOS

1. Uniones entre átomos
2. Enlace iónico
3. Enlace covalente
4. Enlace metálico
5. Uniones intermoleculares

Visión 360°
El agua: una sustancia muy especial

Cre@ctividad
Elaboramos un póster digital sobre el agua con Popplet

Ciencia a tu alcance
Deducción del tipo de enlace de una sustancia por sus propiedades

Rutina de pensamiento
TITULARES

— Observa las imágenes de estas dos páginas.

— Redacta en tu cuaderno un titular que plasme el tema de estas imágenes y de la unidad.

— Al finalizar la unidad, redacta un nuevo titular.

— Por turnos, cada uno de vosotros leed en clase vuestro titular inicial y final. ¿Cómo ha cambiado tras estudiar la unidad? ¿En qué se diferencia del que escribiste al inicio de la unidad?

— Seleccionad entre todos el mejor titular de la clase.

1. Uniones entre átomos

En la naturaleza los átomos de los distintos elementos tienden a unirse entre sí formando agrupaciones estables. El motivo de esta unión es que la agrupación resultante tiene mayor estabilidad energética que los átomos aislados.

El **enlace químico** es la **unión** que se establece entre los **átomos, moléculas o iones** de una sustancia para alcanzar la **máxima estabilidad.**

Ejemplo 1

Dos átomos de cloro (Cl) se unen para formar una molécula diatómica: Cl_2. De esta forma, adquieren un estado de menor energía que la que tenían los átomos de cloro por separado, lo que significa una mayor estabilidad.

La energía desprendida en este proceso es la misma que se necesita para romper el enlace formado y separar los dos átomos de cloro.

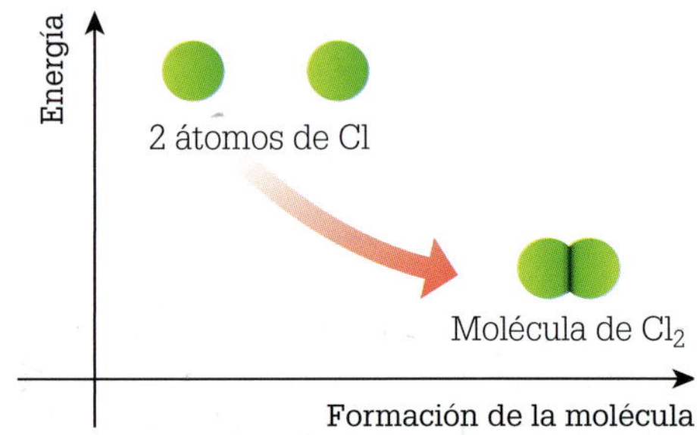

1.1. Agrupaciones atómicas

Existen diversos tipos de agrupaciones entre átomos:

AGRUPACIONES ENTRE ÁTOMOS

REDES CRISTALINAS: Estructuras gigantes formadas por la unión de un número indeterminado de átomos o iones que se disponen constituyendo una estructura continua geométricamente ordenada.

Por ejemplo, el diamante (C) o el cloruro de sodio (NaCl).

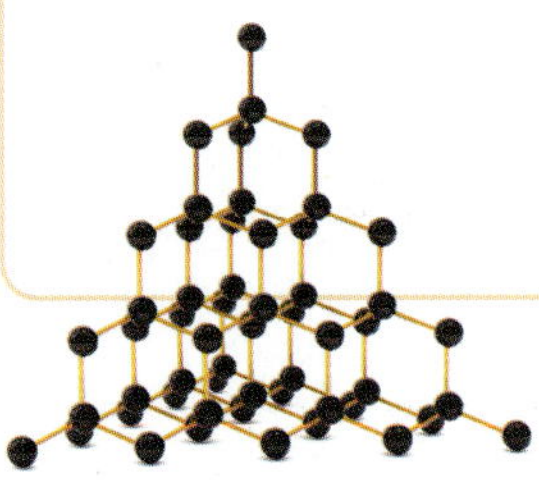

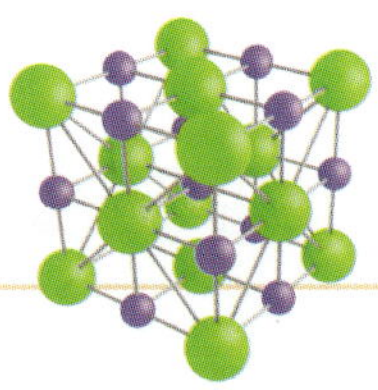

MOLÉCULAS: Estructura discreta formada por la unión de una cantidad determinada de átomos, que es la misma en todas las moléculas de una sustancia pura y coincide con su fórmula química.

Puede darse en elementos (cloro, Cl_2) y en compuestos (agua, H_2O).

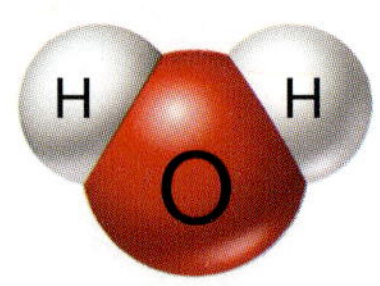

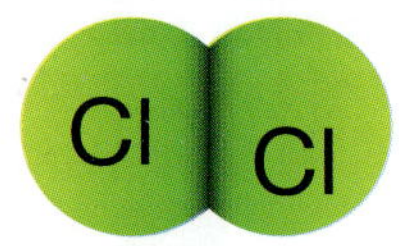

Actividades

1. Observa la gráfica y responde a las siguientes preguntas:
   a) ¿Qué representa?
   b) Una vez establecido el enlace, ¿a qué distancia están los núcleos de los átomos?

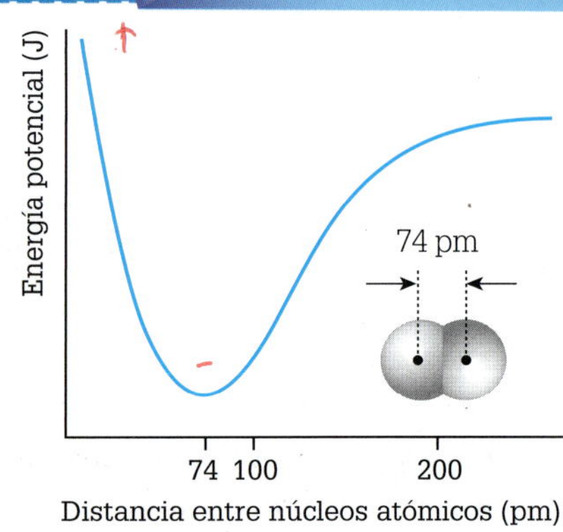

1.2. La regla del octeto

Hemos visto que en general los átomos tienden a unirse. Sin embargo, existe un grupo de elementos que constituyen una excepción a este comportamiento: los gases nobles.

Como vimos en la unidad anterior, todos tienen ocho electrones en su nivel más externo, menos el helio, que tiene dos.

Ejemplo 2

Observa la distribución de electrones en el helio, el neón y el argón:

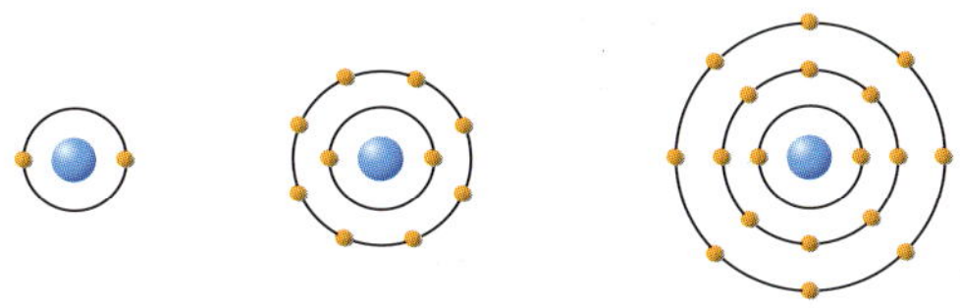

He Ne Ar

Sus configuraciones electrónicas son:

He ($Z = 2$): $\mathbf{1s^2}$

Ne ($Z = 10$): $1s^2$ $\mathbf{2s^2\ 2p^6}$

Ar ($Z = 18$): $1s^2\ 2s^2\ 2p^6$ $\mathbf{3s^2\ 3p^6}$

El helio tiene dos electrones en su nivel más externo. El neón, el argón y el resto de los gases nobles tienen ocho.

Esta estructura, denominada **configuración electrónica de gas noble,** les confiere gran estabilidad. Por eso, los átomos de los elementos tienden a rodearse de ocho electrones en su nivel más externo para ganar estabilidad. Este comportamiento recibe el nombre de **regla del octeto:**

> Los átomos de los elementos tienden a **ganar, perder** o **compartir electrones** para conseguir **ocho electrones** en su nivel más externo.

Aunque se cumple en muchas sustancias, también existen excepciones a esta regla.

1.3. Tipos de enlace químico

Existen diversos tipos de enlace químico. Según el tipo de enlace que presente una sustancia, sus propiedades físicas y químicas serán diferentes.

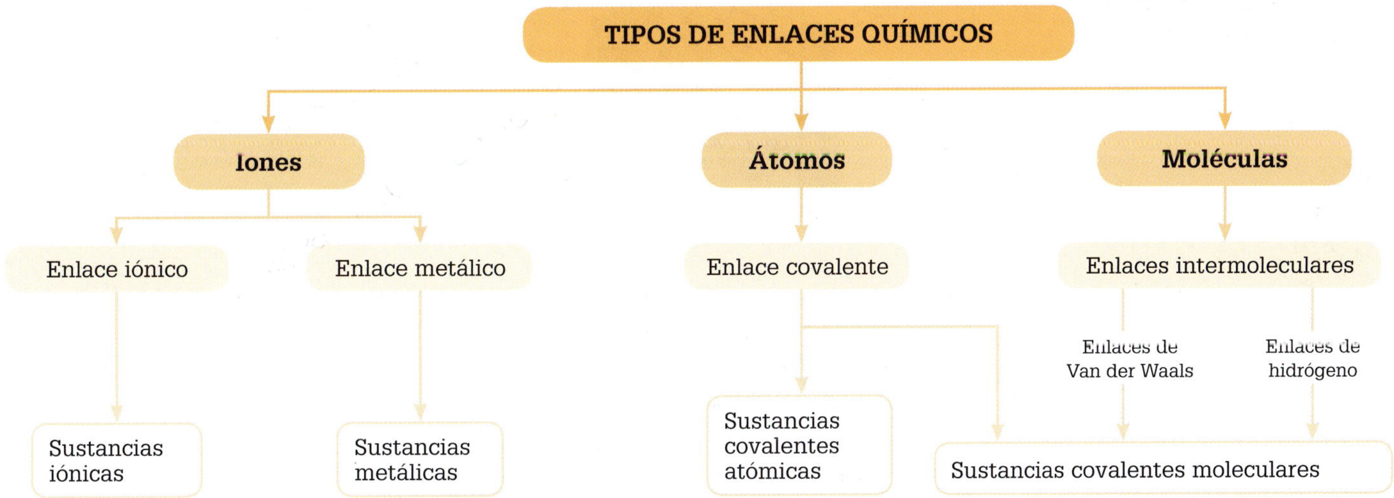

Actividades

2. Escribe en tu cuaderno la configuración electrónica del potasio. ¿Cuántos electrones perderá o ganará para adquirir la configuración electrónica de gas noble?

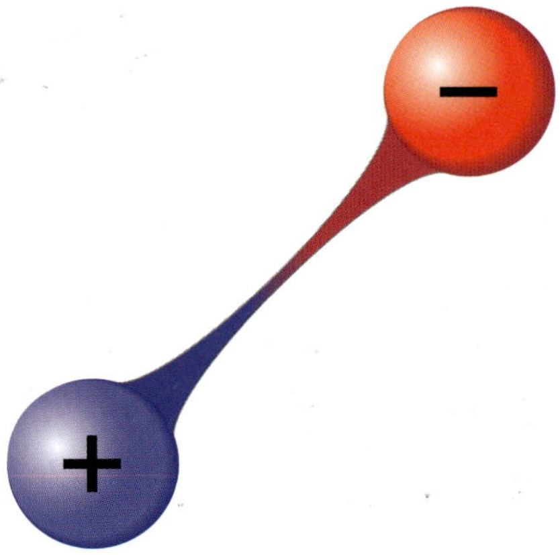

2. Enlace iónico

El enlace iónico se produce cuando se combinan un elemento metálico y un elemento no metálico.

> El **enlace iónico** es el resultado de las **fuerzas de atracción electrostáticas** entre iones de distinto signo.

Ejemplo 3

Entre el litio y el flúor se establece un enlace iónico. Observa:

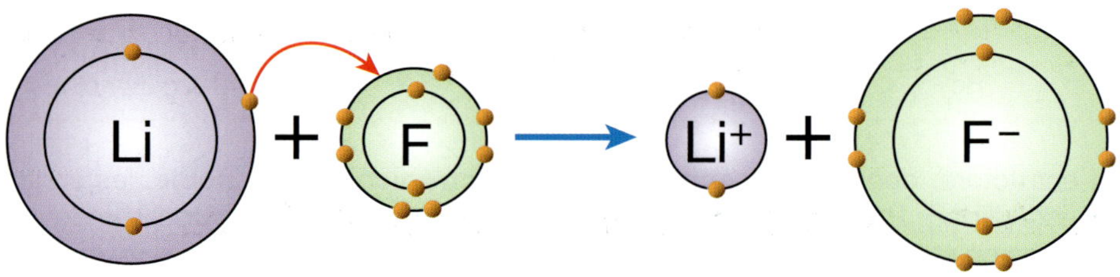

$1s^2\ 2s^1$	$1s^2\ 2s^2\ 2p^5$	$1s^2$	$1s^2\ 2s^2\ 2p^6$
Átomo de litio, Li ($Z = 3$)	Átomo de flúor, F ($Z = 9$)	Catión litio, Li^+	Anión fluoruro, F^-

— El litio, al ser un elemento metálico, pierde un electrón y da lugar al ion positivo o **catión** litio, Li^+.

— El flúor, al ser un elemento no metálico, capta el electrón del litio y se transforma en el ion negativo o **anión** fluoruro, F^-.

— Ambos se unen de manera estable mediante un **enlace iónico** en una estructura tridimensional ilimitada, denominada **red cristalina iónica** o **cristal iónico.**

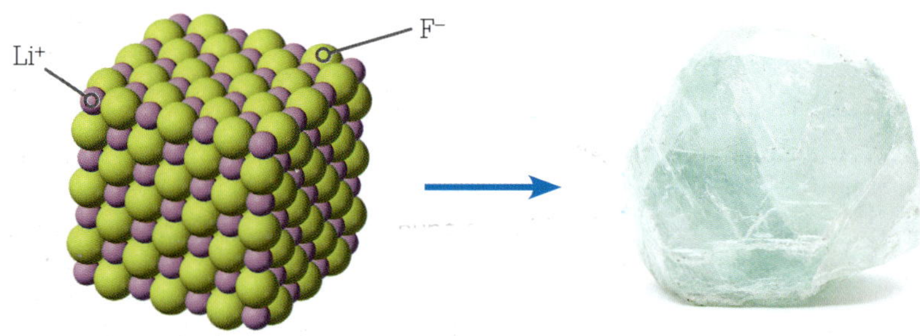

— La **fórmula empírica** del compuesto resultante es LiF, que indica la proporción en la que se encuentran los átomos. En este caso, hay un átomo de litio por cada átomo de flúor.

@ Entra en este enlace y observa cómo se establece el enlace iónico en el cloruro de sodio, NaCl:

http://links.edebe.com/5yu7

» **Después, realiza la actividad interactiva propuesta.**

2.1. Índice de coordinación

Por tanto, en los compuestos iónicos no se forman moléculas aisladas, sino redes cristalinas.

Para que las fuerzas atractivas sean lo más intensas que se pueda, es necesario que cada ion se rodee de cierto número de iones de signo contrario, tan próximos como sea posible. Este número se denomina **índice o número de coordinación.**

Ejemplo 4

Observa la estructura cristalina de la sal común, NaCl. ¿Cuál es su índice de coordinación?

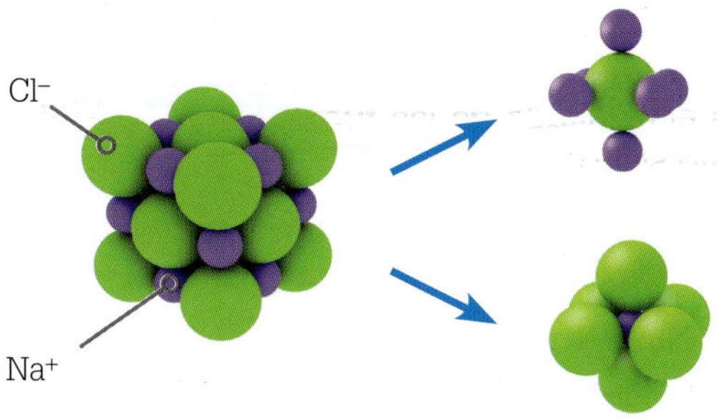

En la figura vemos que cada ion sodio se rodea de seis cloruros y, a su vez, cada cloruro, de seis iones sodio. Por tanto, el índice de coordinación es 6:6.

2.2. Propiedades de las sustancias iónicas

Entre las sustancias iónicas encontramos compuestos binarios, como LiF o MgF_2, pero también compuestos ternarios, como $KClO_3$ o Na_2SO_4.

Veamos sus propiedades:

Propiedades de las sustancias iónicas		Justificación
Estado físico a temperatura ambiente (20 °C)	Sólidas	Existen fuerzas intensas entre los iones.
Dureza	Duras y frágiles	Para rayar un sólido iónico, hay que rayar muchos enlaces. Al golpear el cristal, los iones se desplazan. Los iones del mismo signo se acercan y aparecen fuerzas repulsivas donde antes solo había fuerzas atractivas; en consecuencia, los enlaces se rompen.
Puntos de fusión y ebullición	Altos	Se necesita mucha energía para romper los enlaces.
Solubilidad	Solubles en agua	Las moléculas de agua interaccionan con los iones separándolos de la red iónica.
Conductividad eléctrica	Solo en disolución acuosa o fundidas	Los iones no pueden desplazarse, ya que ocupan posiciones fijas en la red. Sin embargo, en disolución y en estado fundido, se disocian en cationes y aniones, que se desplazan libremente.

Actividades

3. Explica la formación del cristal iónico dicloruro de calcio, $CaCl_2$:

a) Escribe las configuraciones electrónicas del calcio y del cloro.

b) Representa de forma esquemática cómo se establece el enlace iónico.

c) Razona por qué su fórmula es $CaCl_2$.

d) ¿Qué propiedades tendrá?

3. Enlace covalente

Observa la diferencia entre el enlace iónico y el enlace covalente en este vídeo (está en inglés):

http://links.edebe.com/unp

» **Redacta en tu cuaderno una breve explicación.**

Observa que los enlaces covalentes pueden ser simples, dobles o triples, según se compartan uno, dos o tres pares de electrones:

Enlace simple 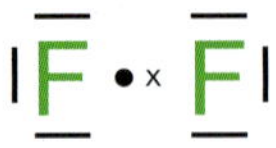 $1s^2\ 2s^2\ 2p^5$

Enlace doble 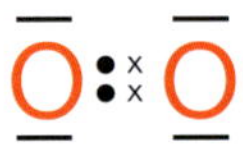 $1s^2\ 2s^2\ 2p^4$

Enlace triple  $1s^2\ 2s^2\ 2p^3$

El enlace covalente se establece cuando se combinan dos elementos no metálicos.

El **enlace covalente** es la unión de dos átomos que **comparten** uno o más pares de **electrones** para conseguir la configuración estable de gas noble.

Según el número de electrones necesarios para completar el **octeto,** los átomos pueden formar uno, dos, tres o cuatro enlaces covalentes.

Los átomos unidos mediante enlaces covalentes pueden dar lugar a dos tipos de estructura:

— **Moléculas:** estructuras discretas como el agua, H_2O.

— **Redes cristalinas:** estructuras continuas tridimensionales, como el diamante, C.

3.1. Estructuras de Lewis

El químico inglés **G. N. Lewis** (1875-1956) propuso representar los enlaces covalentes usando las **estructuras de Lewis,** denominadas así en su honor.

Las estructuras de Lewis se representan de la siguiente forma:

— Se escriben los **símbolos** de los elementos enlazados por el enlace covalente.

— Los **pares de electrones** que se comparten se representan mediante pares de **puntos** o mediante **guiones.**

— Se dibujan también los **electrones no enlazantes** del nivel electrónico más externo.

Ejemplo 5

En la molécula de metano, el carbono y el hidrógeno se combinan formando cuatro enlaces covalentes. Observa cómo se establecen estos enlaces:

— Escribimos la estructura electrónica de ambos elementos y nos fijamos en los electrones del nivel más externo de cada uno:

C ($Z = 6$): $1s^2\ 2s^2\ p^2$ → El C presenta 4 electrones en el nivel más externo.

H ($Z = 1$): $1s^1$ → El H tiene 1 electrón en el nivel más externo.

— Si el átomo de carbono comparte sus cuatro electrones con cuatro átomos de hidrógeno, todos ellos logran la configuración de gas noble correspondiente al período al que pertenecen.

De esta forma, el carbono completa su nivel más externo con 8 electrones y el hidrógeno, con 2. (El hidrógeno tiene un orbital s en su capa de valencia y acepta un máximo de dos electrones).

— Representamos la estructura de Lewis del metano:

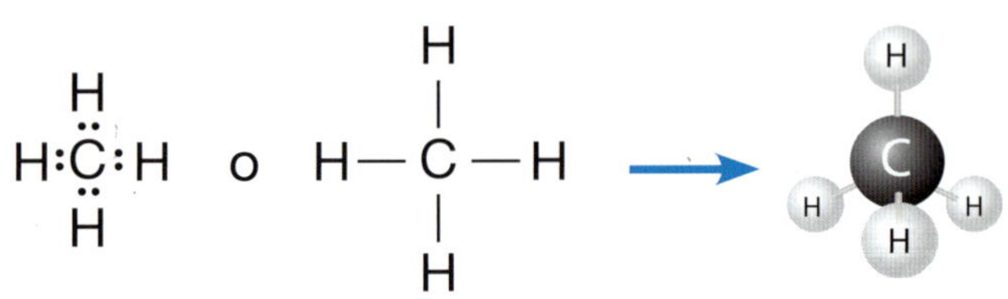

— En el enlace covalente, cada par de electrones compartido es atraído por los dos núcleos de los átomos. Así, los átomos quedan fuertemente enlazados, alcanzando un estado de menor energía y mayor estabilidad que cuando estaban aislados.

3.2. Propiedades de las sustancias covalentes

Como hemos visto, las sustancias covalentes pueden ser de dos clases: **covalentes moleculares** o **covalentes cristalinas,** según formen moléculas o redes cristalinas, respectivamente. Sus propiedades son diferentes:

Propiedades de las sustancias covalentes moleculares		Justificación
Estado físico a temperatura ambiente (20 °C)	Sólidas, líquidas o gaseosas	Los enlaces covalentes que forman la molécula son fuertes, pero entre molécula y molécula los enlaces son débiles.
Dureza	Muy blandas	Como los enlaces entre moléculas son débiles, se rayan con facilidad.
Puntos de fusión y ebullición	Bajos	Las fuerzas que mantienen unidas las moléculas son muy débiles.
Solubilidad	La mayoría son solubles en disolventes orgánicos e insolubles en agua.	No poseen iones positivos y negativos que interaccionen con el agua.
Conductividad eléctrica	No conductoras	Carecen de electrones o iones libres que puedan desplazarse.
Ejemplos	agua (H_2O), dióxido de carbono (CO_2), amoníaco (NH_3)...	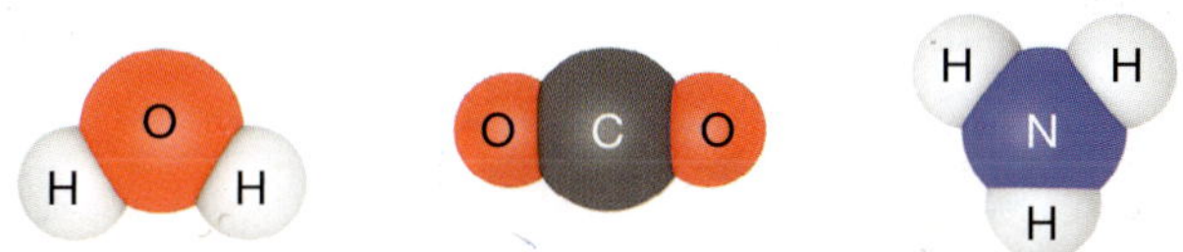

Propiedades de las sustancias covalentes cristalinas		Justificación
Estado físico a temperatura ambiente (20 °C)	Sólidas	Todos los enlaces presentes son covalentes, muy fuertes.
Dureza	Muy duras	Dada la fortaleza de sus enlaces, ofrecen mucha resistencia a ser rayadas.
Puntos de fusión y ebullición	Muy altos	Se necesita gran cantidad de energía para romper los enlaces.
Solubilidad	Insolubles	Carecen de iones positivos y negativos que faciliten la solubilidad en el agua.
Conductividad eléctrica	No conductoras	Carecen de electrones o iones libres.
Ejemplos	grafito (C), diamante (C), sílice (SiO_2)...	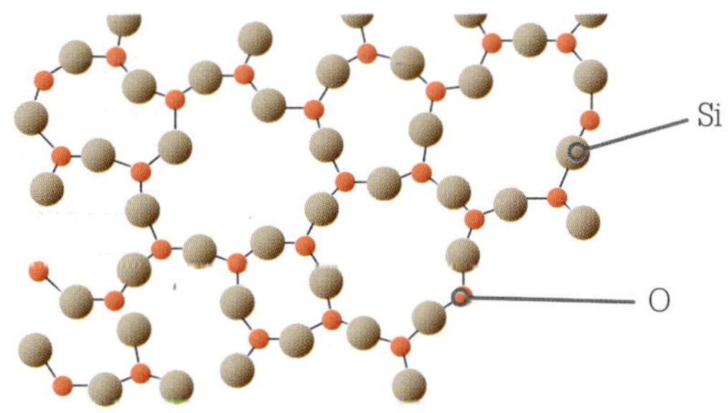

Actividades

4. Representa, mediante la estructura de Lewis, cómo se unen los átomos de flúor e hidrógeno para formar fluoruro de hidrógeno, HF. ¿Será una sustancia molecular o cristalina? ¿Qué propiedades tendrá esta sustancia?

4. Enlace metálico

Ágora

Los metales habitualmente se reciclan.

» **¿Por qué crees que es necesario reciclar los metales? Investiga si se trata de un proceso sencillo o complejo.**

El enlace metálico se da en elementos metálicos.

En el **enlace metálico** todos los átomos comparten los electrones del nivel más externo, dando lugar a **redes cristalinas metálicas.**

El enlace metálico se puede explicar mediante el **modelo de nube electrónica o del mar de electrones.** Veamos el siguiente ejemplo.

Ejemplo 6

Una de las aplicaciones del litio es la fabricación de baterías. Observa cómo se establece el enlace metálico presente en el litio:

1. Los átomos de los elementos metálicos necesitan perder los electrones de su último nivel electrónico para alcanzar la configuración de un gas noble.
2. Así, dan lugar a iones positivos o cationes, que se disponen en el espacio formando una **red cristalina tridimensional.**
3. Los electrones del último nivel electrónico, denominados **electrones de valencia,** se comparten entre todos los átomos constituyendo una **nube de electrones.**

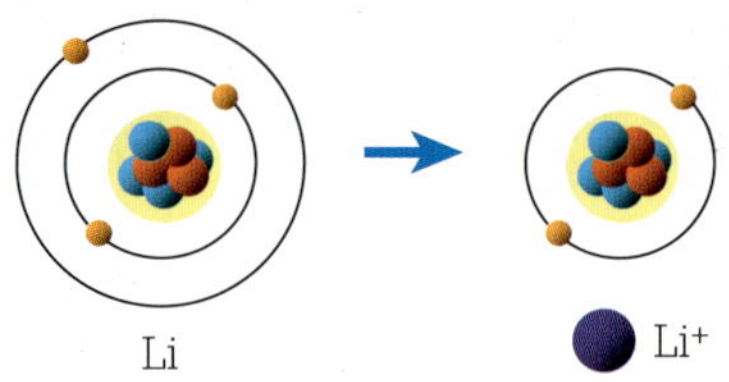

Li ($Z = 3$): $1s^2\ 2s^1$

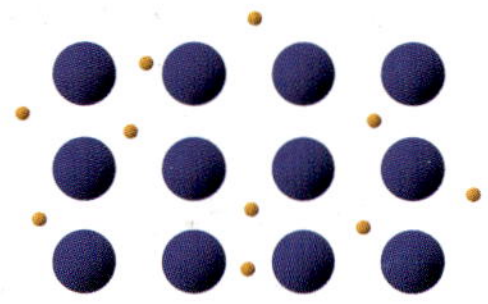

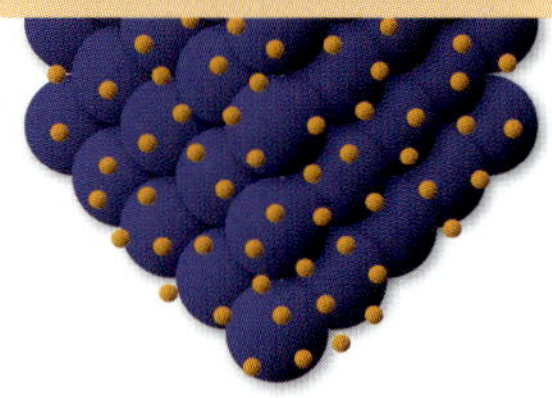

4. Esta nube electrónica rodea los átomos y puede desplazarse entre los huecos de la estructura, pero no puede escapar de ella debido a la atracción electrostática con los cationes.

Los metales, gracias a sus propiedades características, tienen numerosas aplicaciones en nuestra vida cotidiana.

Propiedades de las sustancias metálicas		Justificación
Estado físico a temperatura ambiente (20 °C)	Sólidas (excepto el Hg)	Existen fuerzas intensas entre los iones.
Dureza	Variable	Depende de la intensidad del enlace.
Puntos de fusión y ebullición	Muy variables, en general, altos.	Las estructuras metálicas son muy estables.
Solubilidad	Solubles en otro metal fundido (formando aleaciones) o en mercurio (formando amalgamas). Insolubles en agua.	Los átomos se acomodan fácilmente formando una nueva red cristalina, pero no interaccionan con las moléculas de agua.
Conductividad eléctrica	Muy buenos conductores en estado sólido.	Los electrones tienen libertad para desplazarse.

Actividades

5. Realiza las siguientes actividades interactivas sobre el enlace metálico:

http://links.edebe.com/gd7c5q

5. Uniones intermoleculares

Hemos estudiado los enlaces covalentes que se dan en el interior de las moléculas. Sin embargo, en las sustancias covalentes moleculares existe también otro tipo de interacción que se establece entre sus propias moléculas.

Las **uniones intermoleculares** son las interacciones atractivas entre las moléculas de las sustancias covalentes moleculares.

Estas interacciones se establecen entre una molécula y otra, y son mucho más débiles que los enlaces covalentes que unen los átomos en el interior de las moléculas.

Las uniones intermoleculares pueden ser de dos tipos: **enlaces de Van der Waals** y **enlaces de hidrógeno.**

+

Las uniones intermoleculares son fundamentales en muchas sustancias biológicas. Es el caso de los enlaces de hidrógeno presentes en las proteínas.

» **Averigua qué otras sustancias biológicas presentan uniones intermoleculares.**

ENLACES DE VAN DER WAALS

Son débiles y de naturaleza electrostática. Su intensidad aumenta con el tamaño de la molécula.

Se da, por ejemplo, entre las moléculas del cloruro de hidrógeno (HCl), del oxígeno (O_2) o del yodo (I_2).

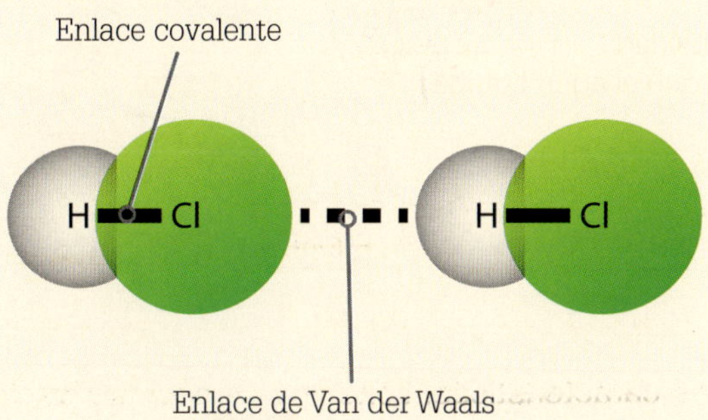

ENLACES DE HIDRÓGENO

Es más intenso que el enlace de Van der Waals, lo que hace que las sustancias que lo presentan tengan puntos de fusión y de ebullición más elevados. Se da entre el hidrógeno y un átomo de pequeño tamaño y muy electronegativo, como el flúor, el oxígeno o el nitrógeno.

En el caso del agua, se forma este enlace entre un átomo de hidrógeno y el átomo de oxígeno de otra molécula, de manera que cada molécula de agua puede estar unida con otras cuatro moléculas.

Estos enlaces, relativamente fuertes, hacen que el agua, en condiciones ordinarias, sea un líquido. Su punto de fusión es más alto de lo que le correspondería por su masa molecular.

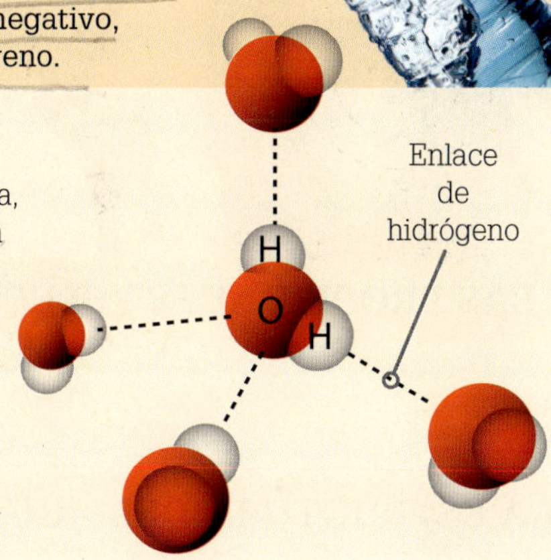

Las **temperaturas de fusión y de ebullición** de las sustancias covalentes moleculares dependen de la intensidad de estas interacciones: cuanto más intensas son las fuerzas de atracción, más altas son las temperaturas de fusión y ebullición.

Actividades

6. Por parejas, observad la siguiente gráfica. ¿Por qué las temperaturas de ebullición del agua, del fluoruro de hidrógeno y del amoníaco no siguen la tendencia del resto de las sustancias?

— Proponed una explicación.

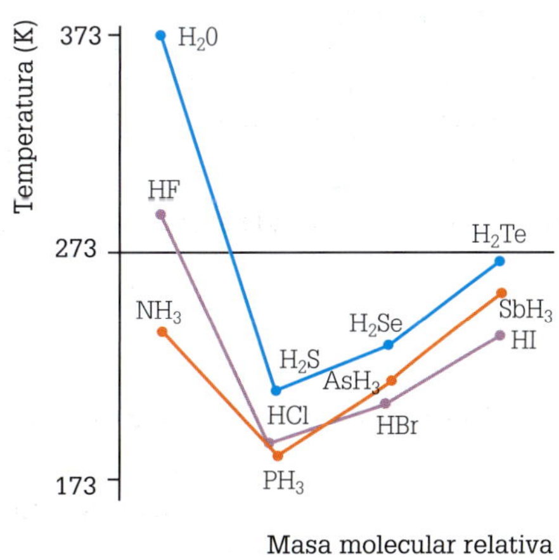

El agua: una sustancia muy especial

El agua es esencial para nuestras vidas y para la vida en la Tierra. Aunque es una sustancia covalente, presenta propiedades distintas a las esperadas para las sustancias covalentes. Estas diferencias se deben a las uniones intermoleculares que presentan sus moléculas, concretamente, a los **enlaces de hidrógeno:**

La temperatura de ebullición del agua es de 100 °C, cuando debería ser de unos –80 °C.

El punto de fusión es de 0 °C y debería ser de aproximadamente –100 °C. Como consecuencia, en condiciones ambientales el agua debería ser un gas y no un líquido.

Por debajo de 4 °C, el agua se dilata y su densidad disminuye. Por eso, el hielo es menos denso que el agua líquida.

LAS PROPIEDADES ESPECIALES DEL AGUA

LA ESTRUCTURA DEL AGUA

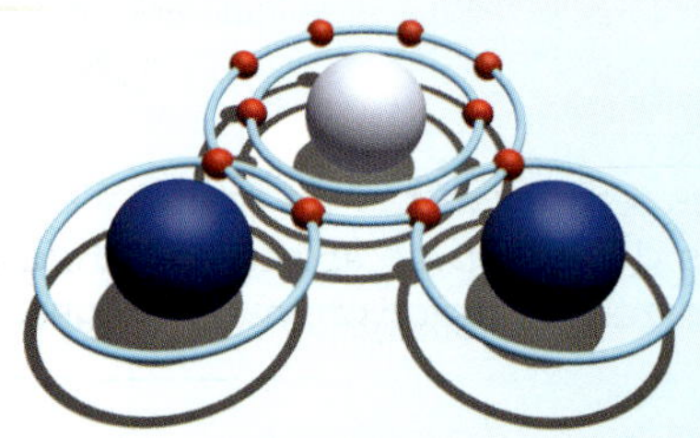

La **fórmula** del agua es $\mathbf{H_2O}$. Al átomo de oxígeno le faltan dos electrones para completar su nivel electrónico más externo. Así, se une a dos átomos de hidrógeno mediante dos enlaces covalentes, compartiendo con cada uno de ellos un electrón.

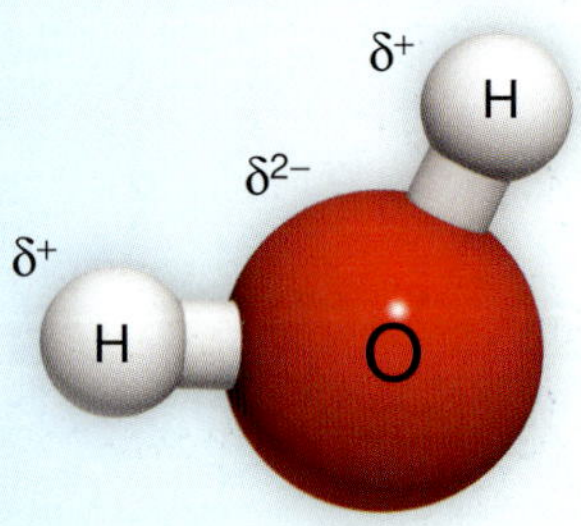

Los pares de electrones compartidos no se sitúan simétricamente, sino que son atraídos de forma más fuerte por el núcleo del oxígeno. De esta manera, el oxígeno adquiere una carga parcial negativa, y los hidrógenos, positiva, dando lugar a una **molécula polar.**

Las moléculas de agua están fuertemente unidas entre sí. Sin embargo, a temperatura ambiente el agua es un líquido, y no un sólido. Esto se debe a la continua formación y ruptura de los enlaces de hidrógeno, que permiten la movilidad de las moléculas de agua.

En el hielo, estos **enlaces de hidrógeno** son más o menos estables. En el agua líquida, están en continua creación y ruptura, estimándose que tienen una vida media del orden de picosegundos.

Cada molécula de agua puede estar unida con otras cuatro moléculas.

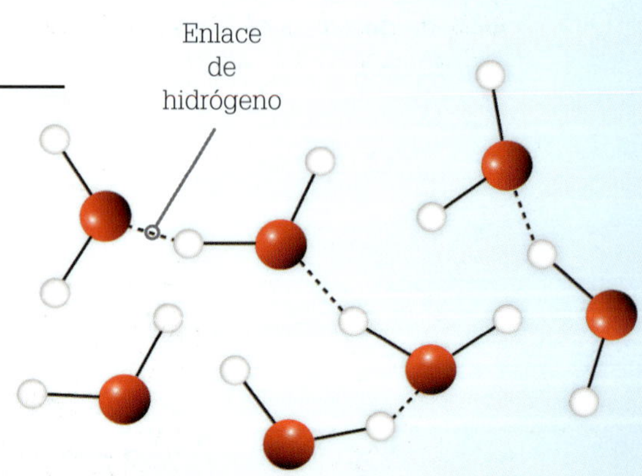

7. Responde a las siguientes cuestiones sobre el agua:

a) ¿Qué tipos de enlace tiene el agua? Describe cada uno de ellos.

b) ¿Por qué el agua se encuentra en estado líquido a temperatura ambiente?

c) Razona por qué el hielo es menos denso que el agua líquida.

d) Expresa en segundos el tiempo medio de vida de un enlace de hidrógeno en las moléculas de agua. Para ello, emplea la notación científica.

e) Argumenta, de forma ordenada y razonada, la importancia de las uniones intermoleculares presentes en el agua.

8. Escribe en tu cuaderno la configuración electrónica del hidrógeno y del oxígeno.

— Explica cómo se forman los dos enlaces covalentes en cada molécula de agua, y representa la molécula mediante la estructura de Lewis.

9. El agua es un recurso natural de importancia vital. La mayoría de nosotros consideramos que es normal tener acceso al agua potable. Sin embargo, 750 millones de personas en el mundo carecen de acceso al agua potable.

Además, según las estimaciones de organismos internacionales como la ONU, si las cosas continúan así, en el año 2025 la demanda global de agua potable superará en más del 50 % al abastecimiento. Apenas el 3 % del agua de nuestro planeta es dulce, y la mayor parte se encuentra en acuíferos subterráneos, no en ríos o lagos.

a) Organizaos por grupos e investigad las técnicas de potabilización del agua. ¿Se utilizan por igual en todos los países del mundo?

b) Después, aplicad la **técnica cooperativa** *El folio giratorio* para proponer en cada grupo medidas que podríais adoptar para reducir el consumo de agua.

Cre@ctividad: Elaboramos un póster digital sobre el agua con Popplet

El 22 de marzo es el Día Mundial del Agua. Buscad en Internet el tema sobre el que trata la celebración de este año y localizad información al respecto.

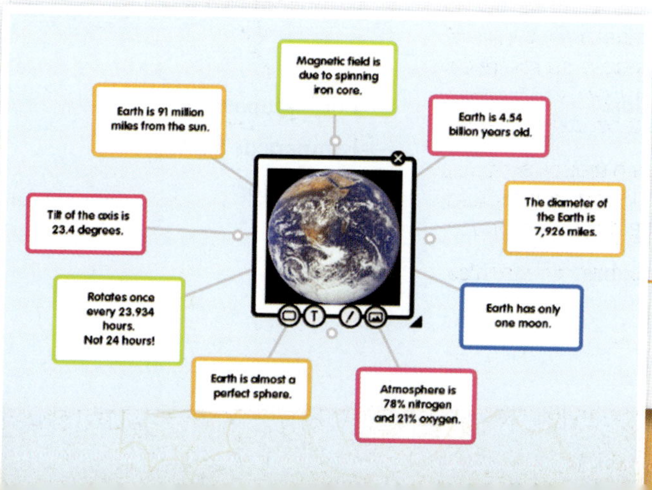

— Por grupos, entrad en el siguiente enlace y haced clic en «try it out»:

http://popplet.com/

— Utilizad esta herramienta para elaborar un póster digital sobre el tema del Día Mundial del Agua.

— Después, exponed todos los pósteres en clase.

CIENCIA A TU ALCANCE

En práctica: **Deducción del tipo de enlace de una sustancia por sus propiedades**

En la unidad anterior, identificamos la clase de elementos químicos que contenían ciertas muestras desconocidas por sus propiedades. De forma similar, en esta unidad vamos a deducir el tipo de enlace químico que poseen diversas sustancias desconocidas, analizando las propiedades de cada una.

Organizaos por grupos. El profesor o profesora facilitará a cada grupo tres muestras desconocidas y vosotros debéis identificar el tipo de enlace que presenta cada sustancia.

PLANTEAMIENTO DEL PROBLEMA

Nos preguntamos qué propiedades identifican a las sustancias iónicas, covalentes y metálicas.

FORMULACIÓN DE HIPÓTESIS

Entre todos los miembros del grupo redactamos una hipótesis. Por ejemplo:

«El estado físico a temperatura ambiente, la solubilidad en agua y la conductividad eléctrica nos permiten diferenciar las sustancias iónicas, covalentes y metálicas».

COMPROBACIÓN DE LA HIPÓTESIS

Para poder comprobar la hipótesis, debemos **planificar el experimento** que vamos a realizar:

Objetivo

— Identificar si una sustancia es iónica, covalente o metálica a partir de sus propiedades.

Material

— Cloruro de sodio (sal común).
— Sacarosa.
— Limaduras de hierro.
— Vidrios de reloj.
— Tubos de ensayo.
— Vasos de precipitados.
— Varilla de vidrio.
— Pila de petaca.
— Pinzas de cocodrilo.
— Hilo conductor de cobre.
— Portalámparas.
— Lámpara de 3,5 V.
— Interruptor.

Experimentación

Realizad estas tres experiencias:

Comprobación del estado físico

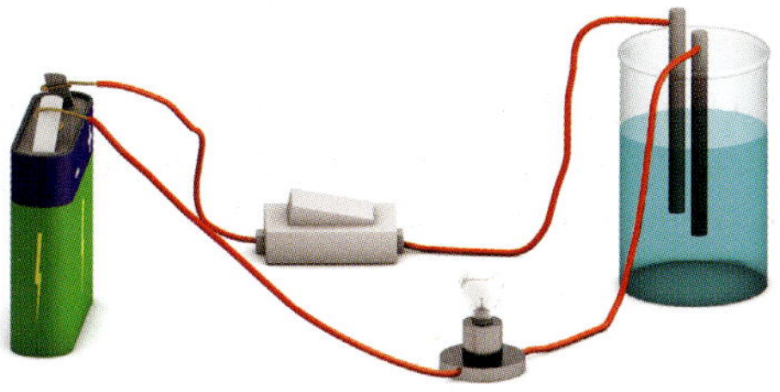

— Colocad una pequeña cantidad de cada muestra en un vidrio de reloj y observad su aspecto.

Comprobación de la solubilidad en agua

— Llenad un tubo de ensayo hasta la mitad con agua destilada. Añadid una pequeña cantidad de una de las muestras y agitad la mezcla.

— Repetid la experiencia con las otras dos muestras en otros dos tubos de ensayo.

Comprobación de la conductividad eléctrica

— Construid el montaje que aparece en la figura.

— Preparad en los vasos de precipitados tres disoluciones acuosas, una con cada una de las muestras.

— Introducid los extremos de los cables, sucesivamente, en cada una de las disoluciones.

— Accionad el interruptor y observad la lámpara: si brilla intensamente, es indicio de que el líquido conduce la corriente eléctrica.

— Comprueba ahora la conductividad eléctrica de las sustancias en estado sólido sin disolver, poniendo en contacto los extremos de los cables con la sustancia en el vidrio de reloj. ¿Se enciende la lámpara?

Obtención de datos

Completad la siguiente tabla en el cuaderno:

Muestra	Estado físico			Solubilidad en agua	Conductividad eléctrica
	Sólido	Líquido	Gaseoso	✗ / ✓	✗ / ✓

Análisis de datos

A partir de la tabla anterior, señalad el tipo de enlace presente en cada muestra (iónico, covalente o metálico):

Muestra A: ______________ Muestra B: ______________ Muestra C: ______________

— En el caso de la sustancia covalente, ¿sabríais decir si es covalente molecular o cristalina? Razona tu respuesta.

____

El profesor o profesora os dirá ahora la composición de cada una de las muestras. ¿Concuerda con los resultados que habéis obtenido? En caso afirmativo, vuestra **hipótesis es cierta:** «El estado físico a temperatura ambiente, la solubilidad en agua y la conductividad eléctrica nos permiten diferenciar las sustancias iónicas, covalentes y metálicas». En caso negativo, formulad una nueva hipótesis y repetid el proceso.

EXTRACCIÓN DE CONCLUSIONES

Después de analizar los datos, enumerad entre los miembros del grupo las conclusiones a las que habéis llegado.

COMUNICACIÓN DE RESULTADOS

Por último, redactad un **informe** de la práctica que responda a las distintas etapas del método científico.

SÍNTESIS

- **El enlace químico**
  - **Uniones entre átomos**
    - Moléculas
    - Redes cristalinas
    - Regla del octeto
  - **Enlace iónico: entre metal y no metal**
    - Redes cristalinas iónicas
  - **Enlace covalente: en metales**
    - Sustancias covalentes moleculares
    - Sustancias covalentes cristalinas
  - **Enlace metálico: en metales**
    - Redes cristalinas metálicas
  - **Uniones intermoleculares: entre moléculas**
    - Enlaces de Van der Waals
    - Enlaces de hidrógeno

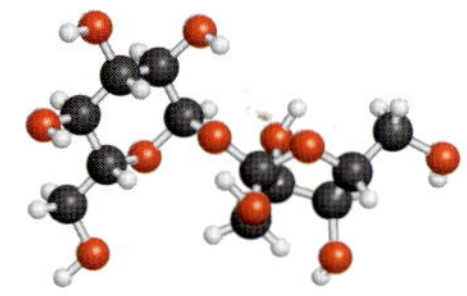

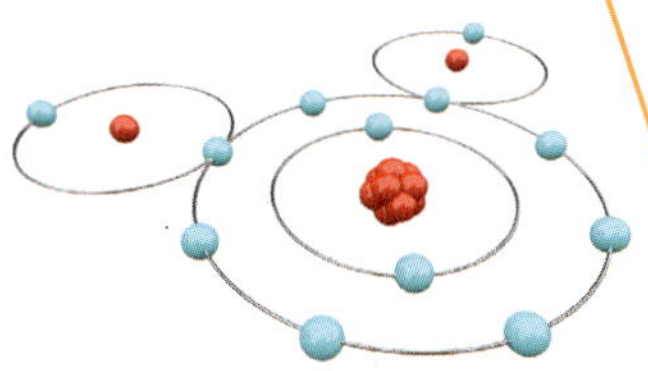

	SUSTANCIAS IÓNICAS	SUSTANCIAS COVALENTES		SUSTANCIAS METÁLICAS
		Moleculares	**Cristalinas**	
Enlace presente	Iónicos	Covalentes y enlaces intermoleculares	Covalentes	Metálicos
Dureza	Duras y frágiles	Muy blandas	Muy duras	Variable
Estado físico a temperatura ambiente (20 °C)	Sólidas	Sólidas, líquidas o gaseosas	Sólidas	Sólidas (excepto el Hg)
Puntos de fusión	Altos (> 600 °C)	Bajos (–272 - 400 °C)	Muy altos (1 200 - 3 600 °C)	Muy variables (–39 - 3 400 °C)
Solubilidad	Solubles en agua	La mayoría son solubles en disolventes orgánicos e insolubles en agua.	Insolubles	Solubles solo en otro metal fundido (formando aleaciones) o en mercurio (formando amalgamas).
Conductividad eléctrica	Solo en disolución acuosa o fundidas	No conductoras	No conductoras	Muy buenas conductoras en estado sólido
Ejemplos	NaCl, CaO, $CaCO_3$	H_2O, I_2, S_8, NH_3, CH_4	C (diamante), SiC, SiO_2	Na, Fe, Ag, Al, Cu

Recuerda lo que has aprendido

10. ¿Por qué se unen los átomos? Indica los tipos de enlace químico que conoces.

11. Pon el ejemplo de una sustancia iónica y describe cómo se establecen los enlaces que contiene.

12. Representa la molécula de agua mediante la estructura de Lewis.

13. Razona por qué las sustancias metálicas tienen aplicaciones tan numerosas y diversas.

14. Explica qué son las uniones intermoleculares y pon ejemplos de sustancias que las contengan.

Actividades finales

1. Uniones entre átomos

15. ★☆☆ Razona si las siguientes afirmaciones son verdaderas o falsas:

a) Los átomos tienden a unirse para alcanzar un estado de más energía, lo que les confiere más estabilidad.

b) Los enlaces químicos pueden dar lugar a moléculas o redes cristalinas, dependiendo del tipo de átomos que se unan.

c) Una molécula es una entidad discreta formada por un número finito de átomos.

d) Una red cristalina consiste en una estructura plana sin límites definidos en el espacio.

16. ★☆☆ Señala el tipo o tipos de enlace posibles entre las siguientes entidades:

a) Dos iones.

b) Dos moléculas.

c) Dos átomos neutros.

17. ★★☆ Explica en qué consiste la regla del octeto y señala cuántos electrones perderán, ganarán o compartirán los siguientes átomos para cumplirla:

Be ($Z = 4$) F ($Z = 9$) Ca ($Z = 20$)

18. ★★★ Observa la siguiente gráfica:

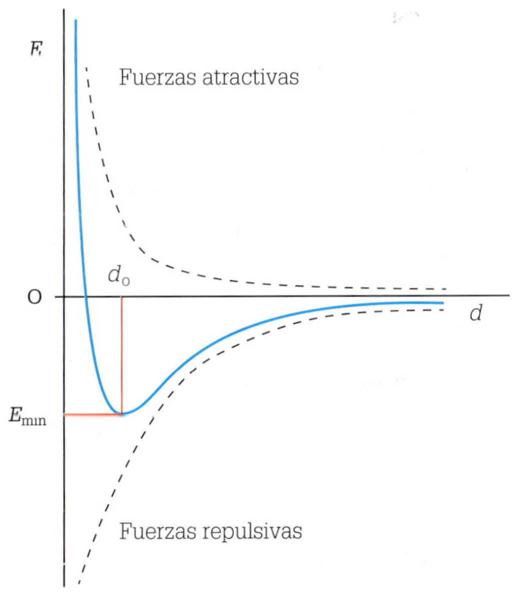

a) ¿Qué representa la gráfica?

b) Indica qué variables están representadas en los ejes de abscisas y de ordenadas.

c) Interpreta el significado del mínimo de la gráfica.

2. Enlace iónico

19. ★☆☆ Observa la siguiente figura y explica lo que representa:

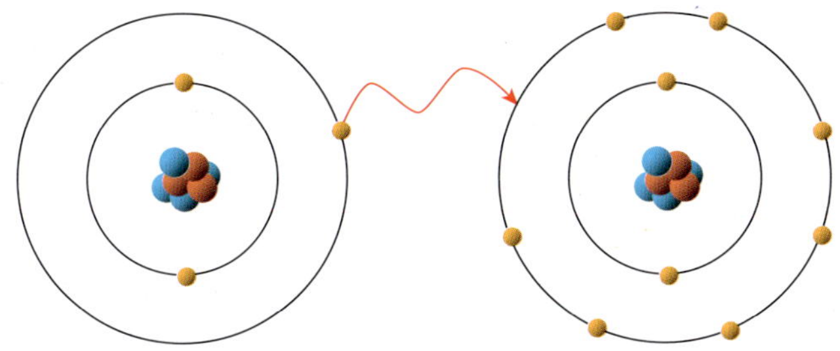

— Razona a qué tipo de ion da lugar cada átomo.

20. ★★☆ Indica cuáles de las siguientes propiedades corresponden a una sustancia iónica:

a) Sólida a temperatura ambiente.

b) Insoluble en agua.

c) Temperatura de fusión elevada.

d) Blanda.

21. ★★☆ Consulta la Tabla Periódica e indica qué tipo de enlace se dará entre el oxígeno y el potasio. Después, responde a estas cuestiones:

a) Justifica, mediante la regla del octeto, la formación del enlace.

b) Señala la fórmula química del compuesto resultante.

c) ¿A qué estructura dará lugar?

d) Predice cómo serán sus temperaturas de fusión y de ebullición.

22. ★★☆ El siguiente cristal iónico tiene por fórmula CsCl:

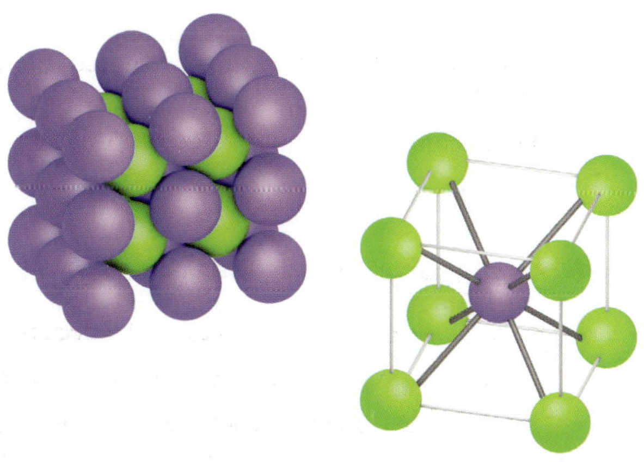

a) ¿Cuál es su índice de coordinación?

b) Explica cómo se ha formado el enlace.

23. ★★☆ Entra en el siguiente *applet* y observa la formación de diversos enlaces iónicos:
@

@ http://links.edebe.com/ipq

— Escribe en tu cuaderno la fórmula empírica a la que da lugar cada uno de ellos.

24. ★★★ En este enlace podrás ver diferentes redes cristalinas iónicas:
@

@ http://links.edebe.com/mw6

(Puedes girarlas con el ratón).

— Explica el proceso de formación de cada una de ellas, partiendo de la configuración electrónica de cada elemento.

— ¿Cuál es el índice de coordinación de cada una de ellas?

25. ★★★ Elige un compuesto iónico y busca sus propiedades y aplicaciones en Internet.
@

— Redacta un breve informe en Word.

3. Enlace covalente

26. ★☆☆ Pon tres ejemplos de parejas de elementos que al unirse den lugar a un enlace covalente.

27. ★☆☆ Representa la molécula diatómica de cloro mediante la estructura de Lewis.

— ¿Cumple la regla del octeto?

28. ★★☆ El tetracloruro de carbono, CCl_4, es una sustancia covalente molecular utilizada como disolvente en la industria.

a) Analiza su fórmula química y estudia si cada átomo cumple la regla del octeto.

b) Representa la molécula mediante la estructura de Lewis.

c) Predice las propiedades que tendrá.

29. ★★☆ El carburo de silicio, también denominado *carborundo,* es una sustancia covalente cristalina.
+

a) Completa la siguiente tabla en tu cuaderno:

PROPIEDAD	SÍ / NO
¿Será soluble en agua?	
¿Conducirá la electricidad?	
¿Se encontrará en estado sólido a temperatura ambiente?	
¿Se tratará de una sustancia dura?	

b) Una de las aplicaciones del carborundo es la fabricación de lijas para materiales como el vidrio o el mármol. ¿En qué propiedad se basa esta aplicación?

30. ★★★ Leed en clase la siguiente noticia:
+
@

@ http://links.edebe.com/se6q3

— Organizad una discusión en clase sobre las potenciales aplicaciones del grafeno. ¿Por qué este material cambiará nuestro futuro?

4. Enlace metálico

31. ★☆☆ Indica si estas afirmaciones son verdaderas o falsas. Razona tus respuestas.

a) En el enlace metálico se comparten electrones entre los iones positivos que forman la red.

b) En la estructura interna de un metal hay cationes y aniones.

c) Todos los metales tienen temperaturas de fusión elevadas.

d) Los metales son excelentes conductores del calor y de la electricidad.

32. ★★☆ El aluminio (Al) es un metal con numerosas aplicaciones en el campo de los materiales, dada su baja densidad y excelente resistencia a la corrosión.

— Explica la formación del enlace metálico presente en el aluminio según el modelo de la nube electrónica. Apoya tu explicación con un esquema.

33. ★★☆ Elige un metal y predice las propiedades que tendrá.

@ — Después, comprueba que estás en lo cierto buscando sus propiedades en Internet.

34. ★★★ Imagina que dispones de dos materiales sólidos y desconoces si son o no metales.

a) Diseña un experimento que te permita comprobarlo.

b) Explica las conclusiones que podrás extraer del experimento, una vez que tengas los resultados.

c) Pon en común tu experimento con el de un compañero o compañera. ¿Tienen el mismo fundamento?

5. Uniones intermoleculares

35. ★☆☆ Explica qué diferencia existe entre los enlaces covalentes intramoleculares y las uniones intermoleculares.

— Pon un ejemplo de cada tipo.

36. ★☆☆ Señala cuáles de los siguientes compuestos tienen uniones intermoleculares:

HCl SiO_2 HF NH_3

— Especifica si se trata de enlaces de Van der Waals o enlaces de hidrógeno.

37. ★★☆ ¿Qué sustancia tendrá mayor intensidad en sus enlaces de Van der Waals, el oxígeno (O_2) o el yodo (I_2)?

— Razona tu respuesta. ¿Tiene alguna consecuencia en el estado físico? Arguméntalo.

38. ★★★ Por grupos, leed la siguiente noticia sobre los «cabellos de hielo»:

@ **http://links.edebe.com/szs**

Después, responded a las siguientes cuestiones:

a) Explicad el fundamento de este curioso fenómeno.

b) ¿Qué papel juegan las uniones intermoleculares?

39. ★★★ Investiga por qué trabajo recibió Johannes van der Waals el Premio Nobel de Física en 1910.

@ — Elabora un breve resumen de su biografía.

Pon a prueba tus competencias

¿Qué tipo de enlace contienen las sustancias que nos rodean? Vamos a ver algunos ejemplos.

40. La siguiente tabla muestra las propiedades de cuatro sustancias:

Sustancia	Estado físico a 20 °C	$T_{fusión}$ (°C)	$T_{ebullición}$ (°C)	Solubilidad en agua	Conductividad eléctrica	Escala de Mohs (dureza) (De 1 a 10)
A	Sólido	1 535	2 750	Insoluble	Conductor	4
B	Sólido	801	1 465	Soluble	Solo en disolución o fundido	2
C	Sólido	3 555	4 827	Insoluble	No conductor	10
D	Gaseoso	–78	–33	Soluble en algunos disolventes orgánicos	No conductor	–

— A partir de los datos anteriores, clasifica las sustancias A, B, C y D en iónicas, covalentes (moleculares o cristalinas) o metálicas:

CLASIFICACIÓN DE LAS SUSTANCIAS	
Iónica	
Covalente molecular	
Covalente cristalina	
Metálica	

41. Las sustancias anteriores se corresponden con las siguientes fórmulas químicas:

C Fe NaCl NH_3

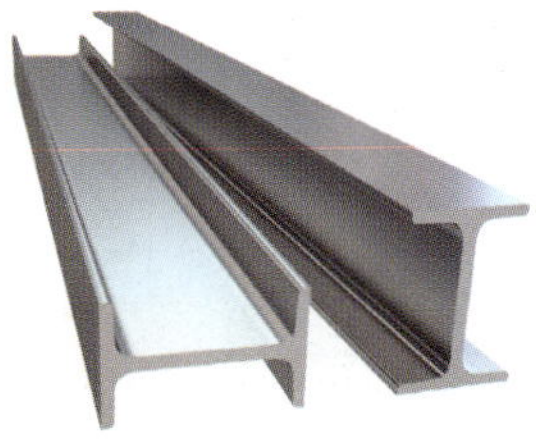

a) ¿Cuál es cuál? Razona tu respuesta.

	Fórmula química	Justificación
A		
B		
C		
D		

b) ¿Qué sustancias están formadas por moléculas? ¿Y por redes cristalinas?

42. Responde a estas cuestiones sobre las sustancias anteriores:

a) Para el caso de la sustancia iónica, describe la formación del enlace.

b) Elabora el diagrama de Lewis de la sustancia covalente molecular.

c) Explica cómo se establece el enlace metálico en la sustancia metálica. ¿En qué teoría basas tu explicación?

43. Por último, indica si alguna de las sustancias covalentes cuenta con uniones intermoleculares. En caso afirmativo, describe el tipo de unión intermolecular que tiene y los efectos de este enlace en sus propiedades.

Reflexiona

Diario de aprendizaje

— ¿Qué actividad de la unidad te ha parecido más interesante? ¿Por qué?

— ¿Qué dificultades has encontrado para comprender los nuevos conceptos? ¿Cómo las has afrontado?

— ¿Qué ventajas presenta para la sociedad el conocimiento de los enlaces químicos que componen las sustancias? ¿Piensas que descubriremos más tipos de enlaces químicos en el futuro?

5 Nomenclatura inorgánica

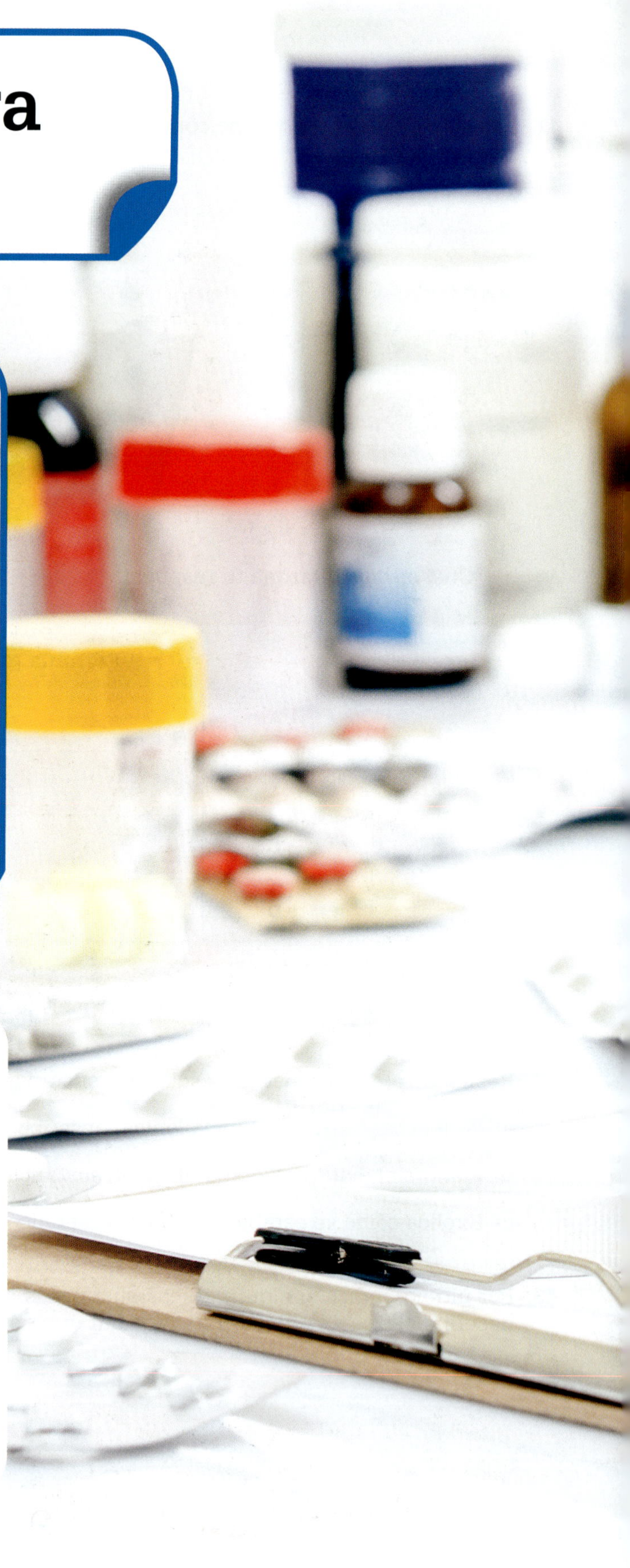

» CONTENIDOS

1. La nomenclatura química
2. Compuestos binarios
3. Compuestos ternarios y cuaternarios

Visión 360°
Algunos compuestos inorgánicos de interés

Cre@ctividad
Formulamos sustancias inorgánicas de forma interactiva

Ciencia a tu alcance
Desarrollamos un fármaco antiácido

Rutina de pensamiento
PREGUNTAS CREATIVAS

— Observad las imágenes de estas dos páginas y realizad una tormenta de ideas sobre el tema de esta unidad. Formulaos preguntas como las siguientes: ¿Por qué...? ¿Qué sucede si...? ¿Cuál es el propósito de...? ¿Cómo cambiaría si...? ¿Qué pasa si hubiéramos sabido...?

— Entre todos seleccionad las preguntas más interesantes de la tormenta de ideas. A continuación, escoged una de esas preguntas y discutid sobre ella. Si tenéis tiempo, haced lo mismo con otra pregunta.

— ¿Qué nuevas ideas tienes ahora sobre el tema que antes no tenías?

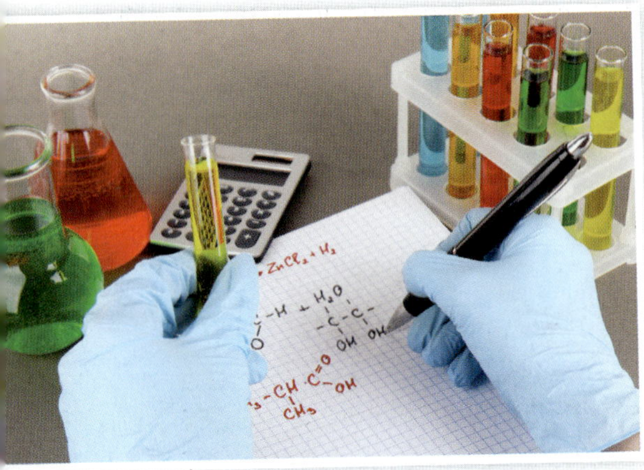

1. La nomenclatura química

A medida que iba aumentando el número de sustancias conocidas, se hacía patente la necesidad de utilizar un método universal para nombrarlas, según su composición y propiedades químicas.

> Denominamos **nomenclatura química** al método para establecer fórmulas y nombres de compuestos químicos.

Así, tras los criterios y recomendaciones que publicaron científicos como Lavoisier o Morveau, surgió la **Unión Internacional de Química Pura y Aplicada,** conocida por sus siglas **IUPAC.**

> La **IUPAC** es el organismo, reconocido internacionalmente, que se encarga de unificar los criterios de nomenclatura química.

El objetivo principal de la nomenclatura química es asegurar que la persona que oiga o lea un nombre químico pueda identificarlo sin lugar a dudas. Así cada nombre se refiere a una sustancia determinada.

Ágora

Accede a la web oficial de la IUPAC en este enlace (en inglés):

http://links.edebe.com/5z2e

» **¿Qué es el *Libro Rojo?***

» **¿Qué función tiene hoy día la IUPAC?**

» **¿Por qué crees que es tan importante este organismo?**

1.1. Tipos de fórmulas químicas

Para identificar una sustancia, se emplean las fórmulas químicas:

> Una **fórmula química** es una expresión simbólica y numérica que aporta información sobre la composición y las propiedades de una sustancia.

Existen tres tipos de fórmulas, que se diferencian en la información que transmiten:

TIPOS DE FÓRMULAS QUÍMICAS

Fórmula empírica

Representa, mediante símbolos y subíndices, las clases de átomos o iones y la **proporción** en que estos se encuentran en la sustancia química.

Por ejemplo, la fórmula empírica del peróxido de hidrógeno indica que por cada átomo de hidrógeno se ha combinado un átomo de oxígeno, pero no da información sobre el número total de átomos.

HO

Fórmula molecular

Representa, mediante símbolos y subíndices, el **número** y clase de átomos o iones que forman una molécula de una sustancia química.

Así, la fórmula molecular del peróxido de hidrógeno indica que en cada molécula se combinan dos átomos de hidrógeno con dos de oxígeno.

H_2O_2

Fórmula estructural

Representa cómo están unidos los átomos de una sustancia química y su **disposición en el espacio.**

La disposición en el espacio del peróxido de hidrógeno se puede observar en su fórmula estructural.

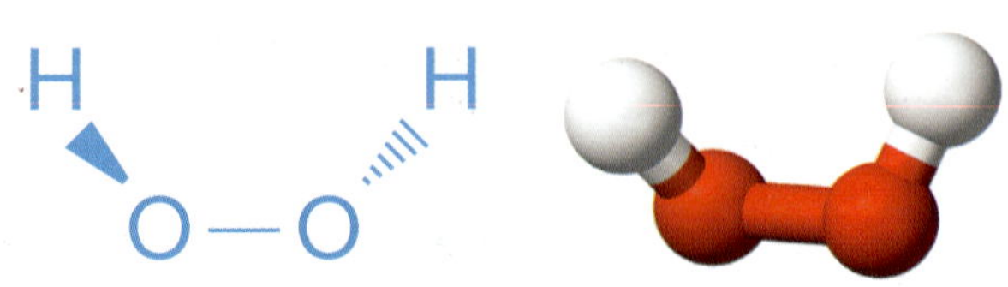

Actividades

1. Elige una sustancia química y representa su fórmula empírica, molecular y estructural. Puedes buscar información en Internet.

1.2. Los números de oxidación

Para formular, se emplean los **números de oxidación:**

> El **número de oxidación** de un elemento en un compuesto químico es la carga eléctrica que presentaría un átomo de este elemento si los electrones de cada enlace se asignaran al átomo más electronegativo.

Recuerda cómo varía la electronegatividad en la Tabla Periódica con este vídeo (en inglés):

http://links.edebe.com/zvm5ha

Observemos los números de oxidación de los elementos más frecuentes:

Elemento	H	Li, Na, K, Rb, Cs	Be, Mg, Ca, Sr, Ba	Fe, Co, Ni	Cu	Ag	Au	Zn, Cd	Hg
N.º de oxidación	−1, +1	+1	+2	+2, +3	+1, +2	+1	+1, +3	+2	+1, +2

Elemento	B	Al	C	Si	Sn, Pb	N	P, As, Sb	O	S, Se, Te	F	Cl, Br, I
N.º de oxidación	−3, +3	+3	+2, +4, −4	+4, −4	+2, +4	−3, +1, +2, +3, +4, +5	−3, +3, +5	−2	−2, +2, +4, +6	−1	−1, +1, +3, +5, +7

Al formular un compuesto, hay que tener en cuenta que la suma de los números de oxidación de todos los átomos de los elementos que lo componen debe ser cero.

Ejemplo 1

Determina el número de oxidación con el que actúa el hierro en el Fe_2O_3.

Llamamos X al número de oxidación del hierro. Multiplicamos el número de átomos de cada tipo por el número de oxidación e igualamos a cero:

$$2 \cdot X + 3 \cdot (-2) = 0 \quad \rightarrow \quad X = +3$$

Química inorgánica

Rama de la Química que estudia las sustancias que no presentan enlace C—H.

Química orgánica

Rama de la Química que estudia los compuestos del carbono.

1.3. Tipos de nomenclatura

Existen distintos tipos de nomenclatura química aceptadas por la IUPAC. En general, para formular compuestos inorgánicos, emplearemos la **nomenclatura de composición:**

Fórmula	Nombre de composición
Escribimos los símbolos de los elementos. A la izquierda, el de menor electronegatividad. El número de oxidación de un elemento se pone como subíndice del otro, y se simplifican si es posible.	Se nombra el elemento más electronegativo con la terminación **-uro,** excepto en algunos casos, como el oxígeno, que se nombra como **óxido** o **peróxido.** A continuación, se escribe la preposición **de** seguida del nombre del otro elemento. En el caso de que el elemento menos electronegativo tenga más de un número de oxidación, se especifica entre paréntesis en números romanos. Otra opción es indicar la cantidad de átomos de cada tipo. Añadiremos un **prefijo numeral (mono-, di-, tri-, tetra-...)** delante del nombre del elemento que se nombra.

Ejemplo	Fórmula	Con número de oxidación	Con prefijos
	Fe_2O_3	Óxido de hierro(III)	Trióxido de dihierro

Determinadas sustancias son conocidas por su **nombre común.** Veremos más adelante que en estos casos podemos nombrar estas sustancias con la **nomenclatura tradicional.**

2. Compuestos binarios

Los compuestos químicos que se forman mediante la combinación de dos elementos distintos se denominan **compuestos binarios.**

Ejemplo 2

— El amoníaco, NH_3, es un compuesto binario formado por la combinación de un átomo de nitrógeno y tres átomos de hidrógeno.

— El dióxido de carbono, CO_2, es otro compuesto binario, formado por la unión de un átomo de carbono y dos átomos de oxígeno.

Como veremos a continuación, los compuestos binarios pueden ser óxidos, peróxidos, hidruros o sales binarias.

2.1. Óxidos

Los **óxidos** son compuestos binarios constituidos por el oxígeno y otro elemento químico (metálico o no metálico, a excepción de los halógenos).

Como los halógenos son más electronegativos que el oxígeno, no dan lugar a óxidos. Las combinaciones binarias de un halógeno con el oxígeno se formulan y nombran como en el siguiente caso: OF_2, difluoruro de oxígeno.

El **oxígeno** actúa con **número de oxidación –2** y el otro elemento, con número de oxidación positivo.

Fórmula	Nomenclatura de composición	
	Con número de oxidación	**Con prefijos**
Li_2O	Óxido de litio	Óxido de dilitio
PbO	Óxido de plomo(II)	Monóxido de plomo
PbO_2	Óxido de plomo(IV)	Dióxido de plomo
SO_2	Óxido de azufre(IV)	Dióxido de azufre

2.2. Peróxidos

Los **peróxidos** son compuestos binarios constituidos por dos átomos de oxígeno y otro elemento químico (generalmente alcalino o alcalinotérreo) en cada molécula.

Los peróxidos de los elementos con número de oxidación +1 no se simplifican; de lo contrario, desaparecería el grupo O_2^{2-}. Por ejemplo, el peróxido de litio es Li_2O_2 y no LiO (esta última sustancia química no existe). El Li_2O_2 se emplea para purificar el aire en naves espaciales y submarinos.

El **oxígeno** actúa con **número de oxidación –1,** formando el ion peróxido, y el otro elemento, con número de oxidación positivo.

Fórmula	Nomenclatura de composición	
	Con número de oxidación	**Con prefijos**
H_2O_2	Peróxido de hidrógeno	Dióxido de dihidrógeno
CaO_2	Peróxido de calcio	Dióxido de calcio

Actividades

2. Nombra estos compuestos: ZnO, NO_2, Al_2O_3, OBr_2, K_2O, CaO, SO_3.

3. Formula estos compuestos: óxido de plata, óxido de oro(III), monóxido de carbono, óxido de fósforo(III), dióxido de azufre, peróxido de sodio.

2.3. Hidruros

Los **hidruros** son los compuestos binarios formados por el hidrógeno y otro elemento químico (metálico o no metálico). Existen dos tipos de hidruros: los metálicos y los no metálicos. Estos últimos a su vez incluyen un subgrupo llamado *hidrácidos.*

Hidruros metálicos	Hidruros no metálicos	
		Hidrácidos
Cuando el **hidrógeno** se combina con un elemento metálico, actúa con su **número de oxidación –1.**	En los hidruros de los **grupos 13** (B), **14** (C, Si) y **15** (N, P, As, Sb), el hidrógeno actúa con su **número de oxidación –1.**	En los hidruros de los **grupos 16** (S, Se y Te) y **17** (F, Cl, Br, I), el hidrógeno actúa con su **número de oxidación +1.**

Ejemplo 3

Observa la fórmula y los nombres de estos hidruros metálicos:

Fórmula	Nomenclatura de composición	
	Con número de oxidación	**Con prefijos**
BeH_2	Hidruro de berilio	Dihidruro de berilio
HgH_2	Hidruro de mercurio(II)	Dihidruro de mercurio

Ejemplo 4

Observa la fórmula y los nombres especiales que reciben los hidruros no metálicos:

Fórmula	Nombre común	Fórmula	Nombre común
BH_3	Borano	PH_3	Fosfano
CH_4	Metano	AsH_3	Arsano
SiH_4	Silano	SbH_3	Estibano
NH_3	Amoníaco		

Ejemplo 5

Observa la fórmula y los nombres de estos hidrácidos:

Fórmula	Nomenclatura	
	Con prefijos	**En disolución acuosa**
HCl	Cloruro de hidrógeno	Ácido clorhídrico
H_2S	Sulfuro de dihidrógeno	Ácido sulfhídrico

Los hidrácidos tienen carácter ácido en disolución acuosa. Por eso, se nombran con la palabra *ácido* seguida de la raíz del no metal y la terminación *-hídrico.*

Entra en la siguiente página y haz clic en «Formulación»:

http://links.edebe.com/z6jc

» **Primero selecciona «Hidruros» y después «Sales binarias».**

» **¡Repasa y haz las actividades interactivas!**

2.4. Sales binarias

Las **sales binarias** son compuestos formados por la combinación de un metal con un no metal que no sea el hidrógeno ni el oxígeno.

Fórmula	Nomenclatura de composición	
	Con número de oxidación	**Con prefijos**
$AlCl_3$	Cloruro de aluminio	Tricloruro de aluminio
NiS	Sulfuro de níquel(II)	Monosulfuro de níquel

3. Compuestos ternarios y cuaternarios

Los compuestos químicos que se forman mediante la combinación de tres elementos diferentes se denominan **compuestos ternarios.** Los que están constituidos por cuatro elementos se denominan **cuaternarios.**

Ejemplo 6

— El nitrato de potasio, KNO_3, es un compuesto ternario formado por la unión de un átomo de potasio, un átomo de nitrógeno y tres átomos de oxígeno.

— El hidrogeno(tetraoxidosulfato) de sodio, $NaHSO_4$, es un compuesto cuaternario formado por la combinación de un átomo de sodio, un átomo de hidrógeno, un átomo de azufre y cuatro átomos de oxígeno.

Como veremos a continuación, los compuestos ternarios pueden ser hidróxidos, oxoácidos y oxosales, y los cuaternarios, las sales ácidas.

3.1. Hidróxidos

Los **hidróxidos** son compuestos ternarios constituidos por el grupo hidróxido, $(OH)^-$, y un elemento metálico.

El grupo NH_4^+ se denomina **catión amonio,** o simplemente **amonio,** y se comporta como un metal con número de oxidación +1. Así, tenemos:

NH_4OH, hidróxido de amonio

NH_4I, yoduro de amonio

El **grupo hidróxido, $(OH)^-$,** actúa con **número de oxidación −1** y el otro elemento, con número de oxidación positivo.

Fórmula	Nomenclatura de composición	
	Con número de oxidación	Con prefijos
HgOH	Hidróxido de mercurio(I)	Monohidróxido de mercurio
KOH	Hidróxido de potasio	Monohidróxido de potasio
$Au(OH)_3$	Hidróxido de oro(III)	Trihidróxido de oro
$Fe(OH)_2$	Hidróxido de hierro(II)	Dihidróxido de hierro

Ejemplo 7

Observa cómo se disocia un hidróxido en medio acuoso:

$$KOH(s) \xrightarrow{H_2O} K^+(aq) + OH^-(aq)$$

El hidróxido de potasio se disocia en el catión potasio y en el anión hidróxido. Los hidróxidos se caracterizan porque en medio acuoso tienen propiedades básicas.

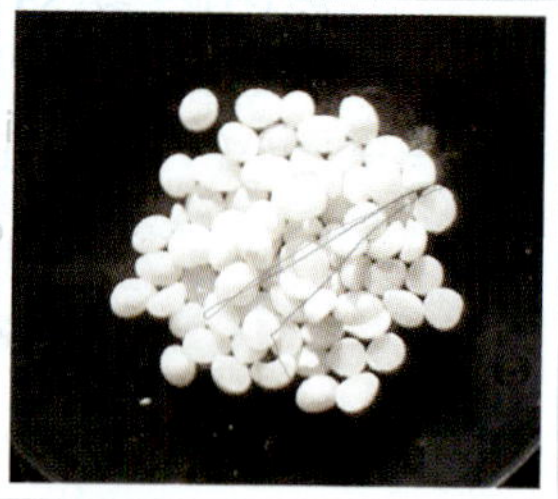

Actividades

4. Nombra estos compuestos: $Zn(OH)_2$, NaOH, $Ca(OH)_2$, LiOH, $Be(OH)_2$.

5. Formula estos compuestos: hidróxido de plata, trihidróxido de aluminio, hidróxido de litio, trihidróxido de hierro, hidróxido de cobre(II), trihidróxido de cobalto.

@ **6.** Busca en Internet las aplicaciones del hidróxido de sodio. ¿Con qué nombre se conoce esta sustancia de forma popular?

3.2. Oxoácidos

Los **oxoácidos** son compuestos ternarios constituidos por hidrógeno, un no metal o un metal de transición y oxígeno.

La fórmula general de un oxoácido es la siguiente:

> $H_nX_aO_b$
>
> H: **hidrógeno** con **número de oxidación +1.**
>
> X: **no metal** o un **metal de transición** con elevado **número de oxidación positivo.**
>
> O: **oxígeno** con **número de oxidación –2.**
>
> Los subíndices *n, a* y *b* de la fórmula indican el número de átomos de cada elemento químico.

Los oxoácidos se suelen nombrar según la **nomenclatura tradicional:**

— Primero debemos deducir el número de oxidación del elemento central.

— Después, se escribe la palabra **ácido,** seguida de la **raíz del átomo central.**

— Por último, según cuántos números de oxidación tenga el átomo central y con cuál de estos actúe (el primero, el segundo, el tercero o el cuarto), añadimos los **prefijos** y **sufijos** que podemos ver en la tabla del margen.

Ejemplo 8

Nombra el siguiente oxoácido: $HBrO_2$

— Deducimos el número de oxidación del átomo central, el bromo:

$$1 \cdot (+1) + 1 \cdot X + 2 \cdot (-2) = 0 \quad \rightarrow \quad X = +3$$

— Como el bromo tiene cuatro números de oxidación (+1, +3, +5 y +7), está actuando con el segundo. Por tanto, su nombre tradicional será:

Ácido bromoso

Algunos de los oxoácidos más importantes son los siguientes:

Fórmula	Nombre tradicional	Fórmula	Nombre tradicional
$HClO$	Ácido hipocloroso	H_2SO_4	Ácido sulfúrico
$HClO_2$	Ácido cloroso	HNO_2	Ácido nitroso
$HClO_3$	Ácido clórico	HNO_3	Ácido nítrico
$HClO_4$	Ácido perclórico	H_2CO_3	Ácido carbónico
H_2SO_3	Ácido sulfuroso	H_3PO_4	Ácido fosfórico

Nota: Los oxoácidos del bromo y del yodo son similares a los del cloro.
Los oxoácidos del selenio y del teluro son similares a los del azufre.

Repasa y practica la formulación de oxoácidos en este enlace:
http://links.edebe.com/zba

N.º de estados de oxidación	Prefijos y sufijos
1	**-ico**
2	**-oso** **-ico**
3	**hipo-...-oso** **-oso** **-ico**
4	**hipo-...-oso** **-oso** **-ico** **per-...-ico**

El prefijo **meta-** identifica al oxoácido que tiene menor cantidad de agua y **orto-,** al de mayor.

H_2SiO_3, ácido metasicílico
H_4SiO_4, ácido ortosicílico

El prefijo **di-** indica que el ácido proviene de la condensación de dos moléculas de un oxoácido con pérdida de una molécula de agua.

H_2CrO_4, ácido crómico
$H_2Cr_2O_7$, ácido dicrómico

Actividades

7. Formula estos oxoácidos: ácido peryódico, ácido selénico, ácido hipobromoso, ácido telúrico, ácido nítrico, ácido nitroso.

3.3. Oxosales

Repasa y practica la formulación de oxosales en esta página interactiva:

http://links.edebe.com/y3a4f

Las **oxosales** son compuestos ternarios constituidos por un metal, un no metal o un metal de transición y oxígeno. Se obtienen al sustituir el hidrógeno o los hidrógenos de los oxoácidos por un elemento metálico. Están formadas, por tanto, por un **catión** procedente de un metal y un **oxoanión** procedente del oxoácido.

La fórmula general de una oxosal es la siguiente:

$$M_nX_aO_b$$

M: **metal** con **número de oxidación positivo.**

X: **no metal** o un **metal de transición** con elevado **número de oxidación positivo.**

O: **oxígeno** con número de oxidación **−2.**

Los subíndices *n*, *a* y *b* de la fórmula indican el número de átomos de cada elemento químico.

Carbonato de calcio.

Las oxosales se nombran según la **nomenclatura de composición:**

- Comenzamos identificando el ácido del que proviene el anión, y lo nombramos cambiando la terminación (*-oso* por **-ito** e *-ico* por **-ato**).
- Luego, podemos nombrar el metal con su **número de oxidación** entre paréntesis, en el caso de que tenga más de uno.
- Otra opción es emplear **prefijos** indicando el número de átomos de cada elemento (*di-, tri-, tetra-...*). El oxígeno se nombra *oxo-* y el no metal se hace terminar en *-ato*. Cuando exista un paréntesis en la fórmula, el subíndice de dicho paréntesis se nombrará, para distinguirlo del resto de los subíndices, de esta forma: *bis-, tris-, tetrakis-, pentakis-...* Si un grupo en la fórmula está entre paréntesis, también su nombre aparecerá entre paréntesis.

Bromato de sodio.

Ejemplo 9

Nombra la siguiente oxosal: $NaBrO_3$

— Esta oxosal proviene del ácido brómico, $HBrO_3$.

— El anión bromato se une al catión sodio y da lugar al bromato de sodio.

Fórmula	Nomenclatura de composición	
	A partir del nombre tradicional del oxoanión	**Con prefijos**
$LiClO_2$	Clorito de litio	Dioxoclorato(III) de litio
$HgNO_3$	Nitrato de mercurio(I)	Trioxonitrato(V) de mercurio
$CoSO_3$	Sulfito de cobalto(II)	Trioxosulfato(IV) de cobalto(II)
$CuSO_4$	Sulfato de cobre(II)	Tetraoxosulfato(IV) de cobre(II)
$Ca(IO_4)_2$	Peryodato de calcio	Bis[tetraoxoyodato(VII)] de calcio

Actividades

8. Formula estas oxosales: nitrito de sodio, oxoclorato(I) de potasio, manganato de litio, trioxidocarbonato de disodio.

9. Nombra estas oxosales: $KClO_3$, $AgNO_3$, $Fe(BrO_4)_2$, $Al(NO_2)_3$, $Cu(NO_3)_2$, $Ca_3(PO_4)_2$.

3.4. Sales ácidas

Los oxoácidos no tienen por qué perder todos los cationes hidrógeno al disociarse, sino que pueden perder solamente parte de ellos y formar un anión que contiene algún átomo de hidrógeno. Este anión, al unirse al catión metálico, da lugar a las **sales ácidas.**

Las sales ácidas son **compuestos cuaternarios,** y su fórmula es la siguiente:

$$M_mH_nX_aO_b$$

M: **metal** con **número de oxidación positivo.**

H: **hidrógeno** con **número de oxidación +1.**

X: **no metal** o un **metal de transición** con elevado **número de oxidación positivo.**

O: **oxígeno** con número de oxidación **–2.**

Los subíndices *m, n, a* y *b* de la fórmula indican el número de átomos de cada elemento químico.

El **yeso** es sulfato de calcio hemihidratado:

$$CaSO_4 \cdot \frac{1}{2}\ H_2O$$

Se obtiene por deshidratación del **aljez,** una piedra natural que es sulfato de calcio dihidratado:

$$CaSO_4 \cdot 2\ H_2O$$

La única novedad que presentan las sales ácidas, respecto a las sales binarias o a las oxosales, radica en que a la hora de nombrarlas se añade la palabra *hidrogeno* antes del anión.

Fórmula	Nomenclatura de composición
	Con prefijos
$NaHCO_3$	Hidrogeno[trioxocarbonato(IV)] de sodio
LiHS	Hidrogenosulfuro de litio
$FeHPO_4$	Hidrogeno[tetraoxofosfato(V)] de hierro(II)
$Al(HSO_4)_3$	Hidrogeno[tetraoxosulfato(VI)] de aluminio

Ejemplo 10

Observa cómo se disocia el hidrogenosulfuro de potasio en medio acuoso:

$$KOS(aq) \xrightarrow{H_2O} K^+(aq) + HS^-(aq)$$

Estas sustancias reciben el nombre de *sales ácidas* porque proporcionan iones hidrógeno al medio.

Actividades

10. Completa en tu cuaderno la siguiente tabla:

Fórmula	Nombre
	Hidrogeno[trioxoseleniato(IV)] de potasio
$Mg(HPO_4)$	
	Bis[hidrogenotetraoxosulfato(VI)] de cobalto(II)

Algunos compuestos inorgánicos de interés

Las sustancias inorgánicas tienen numerosas aplicaciones en nuestra sociedad. Veamos las propiedades y los usos de dos compuestos ternarios importantes: el ácido nítrico y el carbonato de calcio.

ÁCIDO NÍTRICO HNO_3

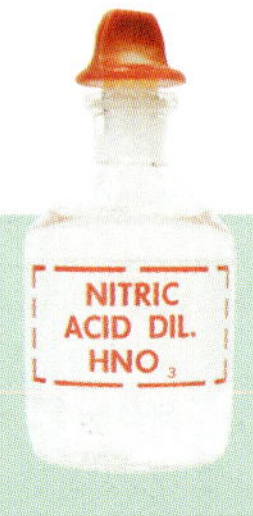

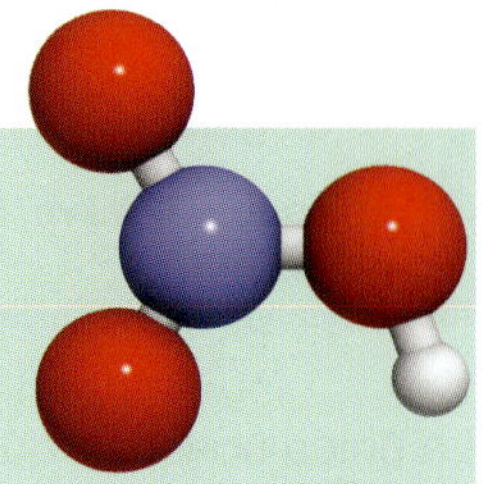

PROPIEDADES

Líquido incoloro, viscoso y corrosivo. Es un potente oxidante.

APLICACIONES

- Fabricación de explosivos.
- Fabricación de abonos.
- Pasivación de metales creando una película de óxido que aumenta su resistencia a agentes externos.
- Grabado artístico.
- Elaboración de placas de circuito impreso (PCB) en la industria electrónica.

CARBONATO DE CALCIO $CaCO_3$

PROPIEDADES

Es un sólido blanco inodoro abundante en la naturaleza. Se encuentra en rocas y minerales como la calcita, el aragonito, la caliza o el mármol.

Se obtiene a partir de la caliza pura, por molienda.

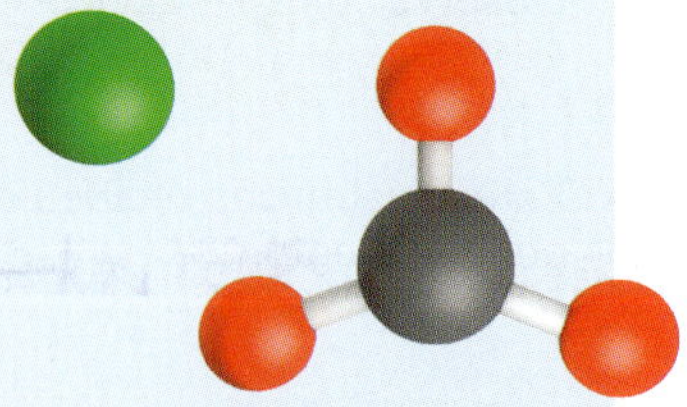

APLICACIONES

- Fabricación de pinturas.
- Nutrición animal.
- Producción de caucho.
- Industria farmacéutica.
- Industria papelera.
- Componente de cosméticos.

Actividades

11. Responde a las siguientes cuestiones sobre los compuestos anteriores:

a) Clasifica el ácido nítrico y el carbonato de calcio en hidróxido, oxoácido u oxosal.

b) ¿Qué propiedad del ácido nítrico hace que se utilice para fabricar explosivos?

c) Indica con qué estado de oxidación actúa el nitrógeno en el ácido nítrico.

d) ¿Qué precauciones habría que tomar en la manipulación y el transporte del ácido nítrico?

e) ¿Cómo se obtiene el carbonato de calcio?

@ 12. Elige uno de los siguientes compuestos:

Ácido sulfúrico — Hidróxido de calcio — Sulfato de sodio

a) Escribe su fórmula química.

b) Busca en Internet la estructura de este compuesto, sus propiedades y sus aplicaciones. Añade qué implicaciones medioambientales comporta su obtención y utilización.

c) Elabora un esquema en formato digital sobre el compuesto, reflejando toda la información recabada. Para ello, fíjate en el diseño de los de la página anterior.

d) Por turnos, exponed vuestro esquema en clase.

13. Organizad un debate en clase sobre las implicaciones de las sustancias inorgánicas en nuestra sociedad y calidad de vida. Para ello, organizaos en grupos y discutid tanto sus ventajas como sus inconvenientes.

Cre@ctividad: Formulamos sustancias inorgánicas de forma interactiva

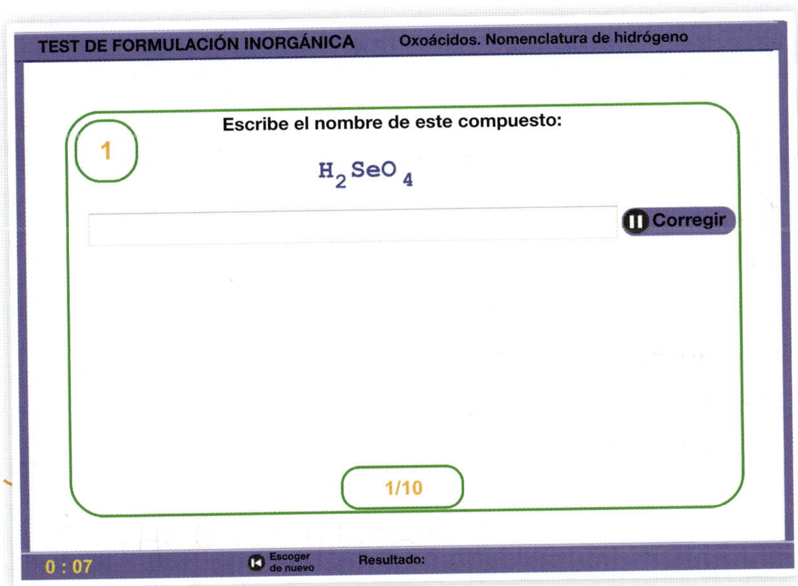

— Por parejas, acceded a la siguiente web interactiva:

@ http://links.edebe.com/fekr4

— Haced clic en «Comenzar», leed las instrucciones y seleccionad el tipo de test que queráis realizar.

— Pinchad en «Comenzar el test» y empezad a nombrar o formular los compuestos indicados.

— Si hacéis clic en «Corregir», aparecerá la solución.

¿Cuántos aciertos habéis conseguido?
¿Os resulta de ayuda esta aplicación
para practicar la nomenclatura inorgánica?

CIENCIA A TU ALCANCE

PBL: Desarrollamos un fármaco antiácido

Imaginad que formáis parte de una empresa farmacéutica. Uno de los proyectos actuales de la empresa tiene como objetivo sacar al mercado un antiácido que alivie la acidez gástrica. Os proponemos un trabajo de investigación para dar con la fórmula perfecta del medicamento.

Organizaos en grupos de cuatro componentes y seguid estas indicaciones:

— En primer lugar, debéis informaros sobre la acidez de estómago. Consultad los siguientes enlaces y completad la tabla que aparece a continuación:

@ http://links.edebe.com/mhy6p

@ http://links.edebe.com/2ua

ACIDEZ GÁSTRICA		
Definición	**Síntomas**	**Causas**

— Para aliviar la acidez de estómago, se emplean antiácidos.

a) ¿Qué son?

b) Describid su mecanismo de acción en el cuerpo.

c) Informaos sobre la diferencia entre antiácidos sistémicos y no sistémicos.

— Las siguientes fórmulas representan algunos de los principios activos de los antiácidos más comunes:

$NaHCO_3$ | $CaCO_3$ | $Al(OH)_3$ | $Mg(OH)_2$

Cada componente del grupo debe encargarse de recabar la siguiente información sobre uno de los principios activos anteriores:

INFORMACIÓN SOBRE EL ANTIÁCIDO	
Fórmula	
Nombre	
Reacción química de neutralización	
Sistémico o no sistémico	
Velocidad de acción	

Os puede resultar de utilidad consultar los enlaces propuestos en la página anterior y la siguiente web:

@ **http://links.edebe.com/f2q7v2**

— Por último, poned en común el trabajo que habéis realizado de forma individual y escoged, entre todos, cuál es la fórmula del antiácido que lanzaréis al mercado. Para ello, aplicad la **destreza** *Toma de decisiones.*

Completad cada uno la siguiente tabla en vuestro cuaderno:

OPCIONES

OPCIÓN CONSIDERADA: ____________________

PROS	CONTRAS
—	—
—	—
—	—

ELECCIÓN

¿Por qué?

SÍNTESIS

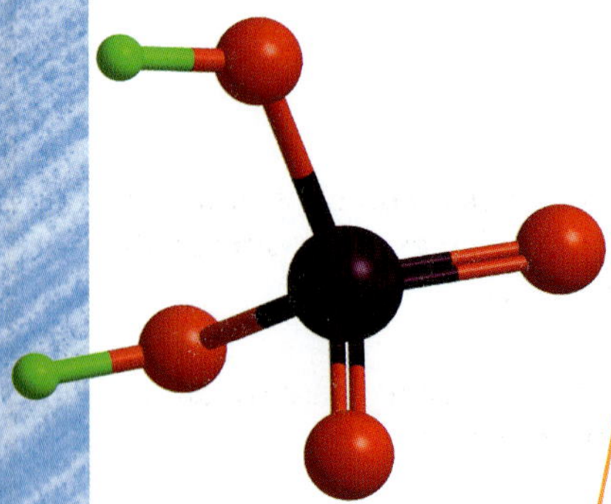

- **Nomenclatura inorgánica**
  - **La nomenclatura química**
    - Criterios regulados por la IUPAC
    - Tipos de fórmulas químicas
      - Empírica
      - Molecular
      - Estructural
    - Números de oxidación
    - Tipos de nomenclatura
      - De composición
      - Tradicional
  - **Compuestos binarios**
    - Óxidos. Por ejemplo, CaO
    - Peróxidos. Por ejemplo, CaO_2
    - Hidruros
      - Metálicos. Por ejemplo, NaH
      - No metálicos. Por ejemplo, NH_3
        - Hidrácidos. Por ejemplo, HCl
    - Sales binarias. Por ejemplo, $NaCl$
  - **Compuestos ternarios**
    - Hidróxidos. Por ejemplo, $Fe(OH)_2$
    - Oxoácidos. Por ejemplo, HNO_2
    - Oxosales. Por ejemplo, $NaClO_2$
  - **Compuestos cuaternarios**
    - Sales ácidas. Por ejemplo, $LiHCO_3$

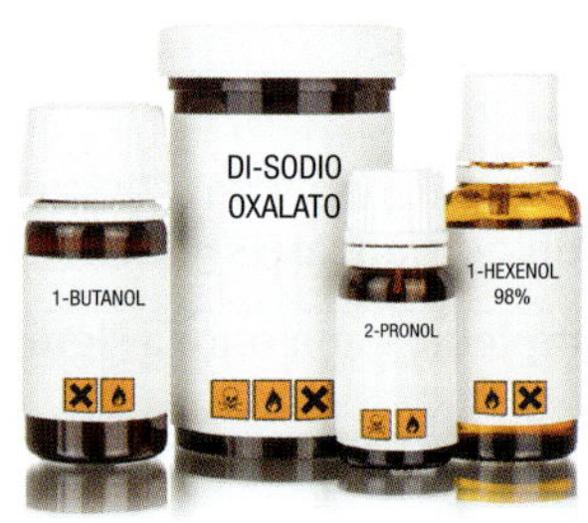

Recuerda lo que has aprendido

14. Indica las diferencias entre una fórmula empírica, molecular y estructural. Pon un ejemplo.

15. Formula y nombra un compuesto binario de cada categoría.

16. Elabora una lista con los oxoácidos más importantes y explica cómo se forman las oxosales a partir de ellos.

17. Escribe la fórmula general de una sal ácida. ¿En qué se distingue de una oxosal?

Actividades finales

1. La nomenclatura química

18. ★☆☆ Indica a qué tipo de fórmula química corresponde cada una de las siguientes características:

a) Representa la disposición de los átomos en el espacio.

b) Indica la proporción de cada tipo de átomos en el compuesto.

c) Informa sobre el número de átomos que forman una molécula.

19. ★☆☆ Clasifica las siguientes sustancias en orgánicas o inorgánicas:

a) CH_4

b) NaCl

c) $HClO_3$

d) $C_6H_{12}O_6$

20. ★★☆ Simplifica, cuando sea posible, estas fórmulas moleculares:

C_6H_{14} Be_2O_2 Al_2S_3 CaO_2

— ¿Cuál es la fórmula empírica de cada una de ellas?

21. ★★☆ Completa la siguiente tabla en tu cuaderno:

Elementos	N.º de oxidación
Sn, Pb	
	3, ı3
Li, Na, K, Rb, Cs	
	−1, +1

22. @ ★★☆ Ordena los elementos no metálicos de la Tabla Periódica de menor a mayor electronegatividad.

— Puedes buscar información en Internet.

23. ★★☆ Determina el número de oxidación del oro en los siguientes compuestos:

a) Au_2O

b) AuH_3

c) Au_2CO_3

d) $Au(OH)_3$

24. @ + ★★★ Busca en Internet otros tipos de nomenclatura empleados en química inorgánica, además de la nomenclatura de composición y la tradicional.

25. ★★★ ¿Qué implicaciones tendría que no existiera un lenguaje de nomenclatura química universal?

— Aplicad la **técnica cooperativa** *Los pares discuten* para debatir este tema en clase.

2. Compuestos binarios

26. ★☆☆ Identifica cuáles de los siguientes compuestos son binarios:

$Ca(OH)_2$ PbO H_2SO_4 HCl

— Explica por qué tipo de átomos está formado cada uno de ellos.

27. ★☆☆ Clasifica cada una de las siguientes sustancias en óxidos, peróxidos, hidruros y sales binarias:

a) BaO_2

b) Fe_2O_3

c) NH_3

d) $PbCl_4$

28. ★★☆ Completa en tu cuaderno la siguiente tabla:

Fórmula	Con número de oxidación	Con prefijos
CoO		
	Bromuro de hierro(II)	
		Dióxido de berilio
NiH_2		
		Hidruro de cobre(II)
	Óxido de yodo(V)	
AlO_3		
	Hidruro de magnesio	
		Monoseleniuro de dicobre
HBr		—
		Monobromuro de mercurio
LiBr		
	Telururo de dihidrógeno	—

— Después, compara tu tabla con la de tu compañero o compañera más cercano. ¿Habéis llegado a los mismos resultados?

29. ★★☆ Entra en este enlace:

@ **http://links.edebe.com/55v**

a) Haz clic en «Combinaciones binarias del hidrógeno» y realiza las veinte actividades interactivas propuestas. Anota la puntuación obtenida.

b) Después, vuelve al inicio y haz clic en «Combinaciones binarias del oxígeno». Realiza las veinte actividades interactivas propuestas y anota la puntuación obtenida.

c) Por último, selecciona «Otras combinaciones binarias» y realiza las veinte actividades interactivas propuestas. Anota la puntuación obtenida.

¿En cuál has obtenido mayor puntuación?

30. ★★☆ El óxido de aluminio se conoce de forma popular con el nombre de *alúmina:*

a) En grupos, informaos sobre sus propiedades y aplicaciones.

b) Investigad cómo se produce la alúmina en el ámbito industrial. ¿Qué nombre recibe el proceso?

c) Elaborad una presentación en formato digital sobre la alúmina. Debe contar con los siguientes apartados: fórmula, estructura, propiedades, métodos de obtención y aplicaciones.

d) Por turnos, haced una exposición en clase.

3. Compuestos ternarios y cuaternarios

31. ★☆☆ Pon el ejemplo de un compuesto ternario que contenga carbono, hidrógeno y oxígeno.

— ¿Qué tipo de compuesto es?

32. ★☆☆ Relaciona cada uno de los siguientes compuestos con su fórmula:

HNO_3 AgOH KNO_3 NaHSe

a) Hidróxido de plata

b) Ácido nítrico

c) Hidrogenoseleniuro de sodio

d) Nitrato de potasio

33. ★☆☆ Clasifica cada una de las siguientes sustancias en hidróxidos, oxoácidos, oxosales o sales ácidas:

a) $ZnCO_3$

b) CsOH

c) $MgNO_2$

d) $H_2Cr_2O_7$

34. ★★☆ Consulta la Tabla Periódica y formula los hidróxidos a los que dan lugar los elementos de los grupos 1 y 11.

— Nómbralos según la nomenclatura de composición (con números de oxidación y con prefijos).

35. ★★☆ Completa en tu cuaderno la siguiente tabla de oxoácidos:

Fórmula	Nombre tradicional
HBrO	
	Ácido perclórico
$HMnO_4$	
	Ácido hipoyodoso
H_2SO_3	
	Ácido nitroso
H_3PO_4	
	Hidruro de magnesio
$HTeO_4$	
	Ácido carbónico

36. ★★☆ Nombra las siguientes oxosales:

a) $FeSO_4$

b) $K_2Cr_2O_7$

c) $NaClO_3$

d) NH_4BrO_2

e) Li_3PO_4

f) $Mg(NO_3)_2$

37. ★★☆ Formula las siguientes oxosales y sales ácidas:

a) Perclorato de plata

b) Hidrogeno[trioxocarbonato(IV)] de litio

c) Hidrogeno[trioxofosfato(IV)] de calcio

d) Ortosilicato de sodio

e) Hidrogenosulfuro de potasio

f) Bis[trioxonitrato(V)] de berilio

38. ★★★ Localiza el envase de un dentífrico que tengas en casa y lee sus ingredientes activos.

a) Formula todos los compuestos que sepas.

b) Clasifica las sales que has identificado como binarias, oxosales o sales ácidas.

c) ¿Por qué los dentífricos llevan flúor?

39. ★★★ El nitrato de potasio se emplea principalmente como fertilizante. Constituye una fuente extraordinaria de nitrógeno y de potasio para las plantas.

a) Investiga cómo un agricultor puede identificar que las plantas tienen deficiencia de nitrógeno o de potasio.

b) Entra en el siguiente enlace y analiza los riesgos para la salud que tiene el nitrato de potasio:

@ http://links.edebe.com/ebq5eu

c) ¿Qué medidas de seguridad debe tomar el agricultor a la hora de manipular el producto para echarlo en la tierra?

Pon a prueba tus competencias

Vivimos rodeados de fórmulas químicas. Vamos a hacer un recorrido por diversos lugares cotidianos que cuentan con la presencia de multitud de sustancias inorgánicas.

40. En casa, podemos encontrar los siguientes productos:

A

B

C

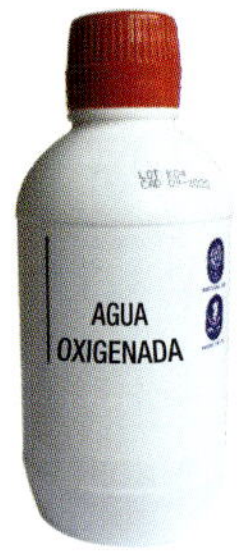

a) Escribe la fórmula química y el nombre que representa a cada uno de ellos.

Sustancia	Fórmula química	Nombre
A		
B		
C		

b) Clasifica cada una de las sustancias anteriores en compuesto binario, ternario o cuaternario, e indica además la categoría a la que pertenece.

41. Si nos detenemos en la sección de bebidas de un supermercado y observamos la etiqueta de una bebida isotónica, veremos su composición química.

ALIMENTO COMPLEMENTARIO PARA DEPORTISTAS **330 mL**
Con sales minerales

Ingredientes: agua, azúcar, correctores de acidez: ácido cítrico y citrato sódico, aromas, sales minerales: cloruro sódico, fosfato potásico y fosfato cálcico, antioxidante ácido ascórbico y estabilizantes: E-414 y E-445.

INFORMACIÓN NUTRICIONAL POR:			
	100 mL	330 mL	(%*)
Valor energético:	111 kJ/26 kcal	366 kJ/86 kcal	(4 %)
Grasas	0 g	0 g	(0 %)
de las cuales saturadas:	0 g	0 g	(0 %)
Hidratos de carbono	6,3 g	21 g	(8 %)
de los cuales azúcares:	6,3 g	21 g	(23 %)
Proteínas:	0 g	0 g	(0 %)
Sal:	0,05 g	0,17 g	(3 %)
Minerales añadidos			
Cloruros:	24,0 mg		
Potasio:	2,2 mg		
Fósforo:	1,0 mg		
Calcio:	0,8 mg		

Ingesta de referencia de un adulto medio (8 400 kJ/2 000 kcal).

a) Formula en tu cuaderno todos los compuestos inorgánicos de los ingredientes que puedas.

b) Añade al lado de la fórmula el nombre de cada uno de ellos, en castellano, según todos los tipos de nomenclatura que conozcas.

42. Busca información sobre una oxosal de uso cotidiano y completa la siguiente tabla:
@

FÓRMULA	
NOMENCLATURA DE COMPOSICIÓN — A partir del nombre tradicional del oxoanión — Con prefijos	
PROPIEDADES	
APLICACIONES	

Reflexiona

Diario de aprendizaje

— ¿Te parece útil que exista un lenguaje universal de nomenclatura química?

— ¿Cómo has conseguido aprender a formular y nombrar los compuestos ternarios? ¿Te ha parecido complicado?

— ¿Piensas que cambiarán las reglas de nomenclatura química en el futuro?

6 Química del carbono

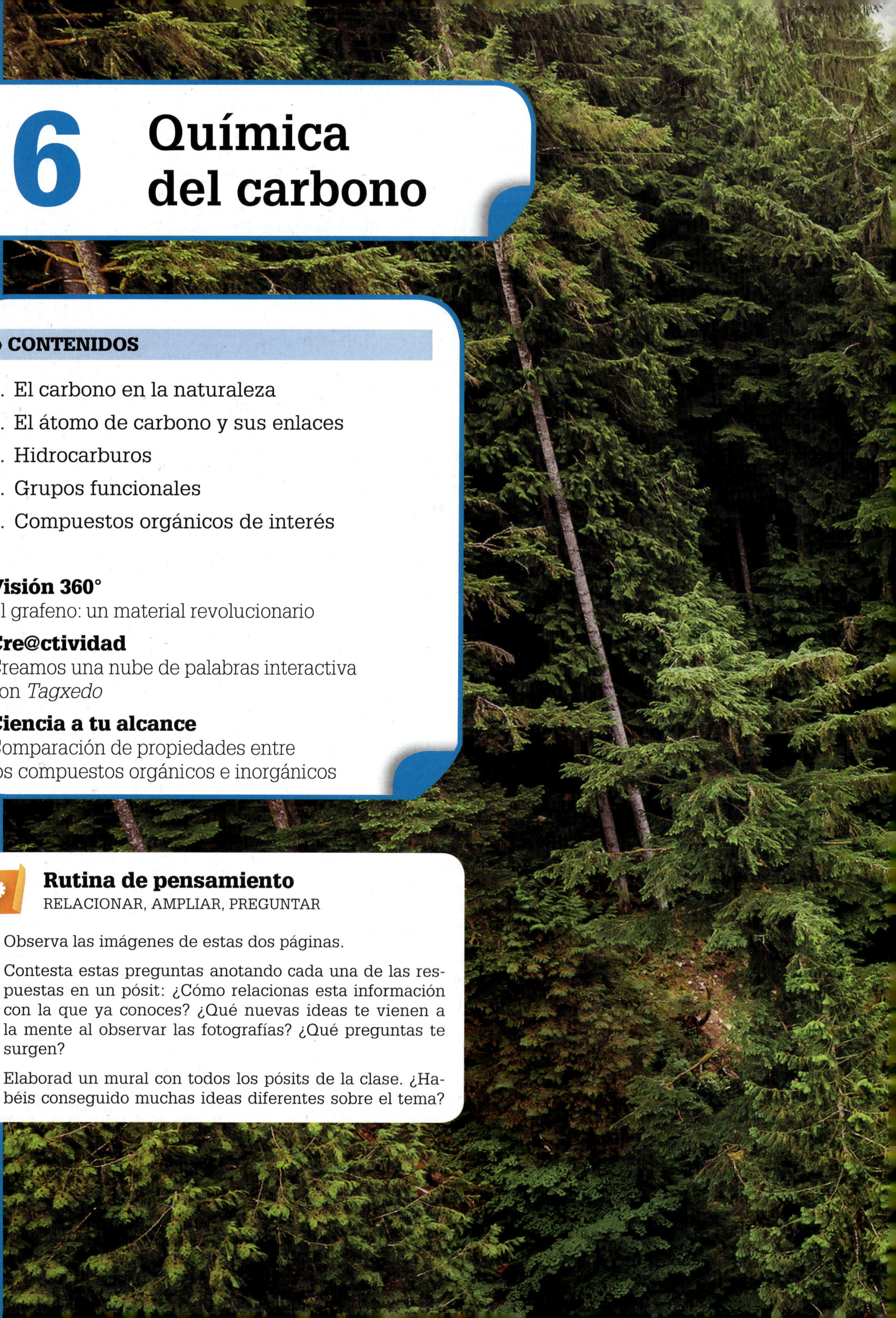

» CONTENIDOS

Rutina de pensamiento

RELACIONAR, AMPLIAR, PREGUNTAR

— Observa las imágenes de estas dos páginas.

— Contesta estas preguntas anotando cada una de las respuestas en un pósit: ¿Cómo relacionas esta información con la que ya conoces? ¿Qué nuevas ideas te vienen a la mente al observar las fotografías? ¿Qué preguntas te surgen?

— Elaborad un mural con todos los pósits de la clase. ¿Habéis conseguido muchas ideas diferentes sobre el tema?

1. El carbono en la naturaleza

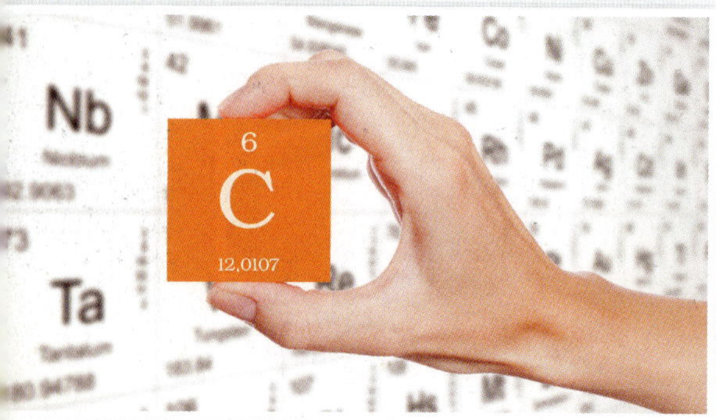

El carbono (C) es un elemento no metálico situado en el grupo 14 de la Tabla Periódica. Su número atómico es 6 y su número másico, 12.

Ejemplo 1

Observa la abundancia del carbono en los seres vivos según la masa de cada elemento:

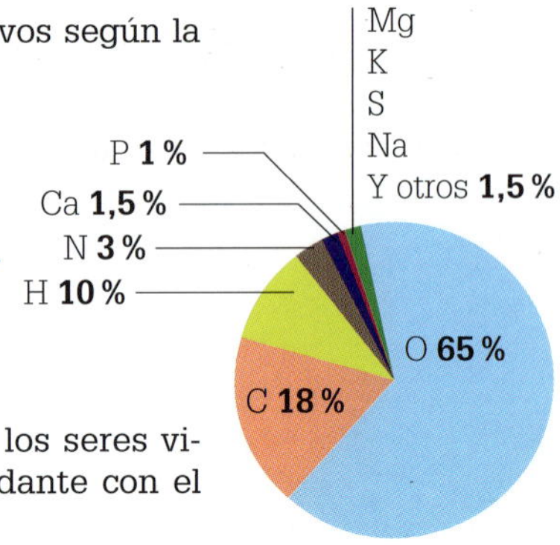

El carbono es un constituyente esencial de todos los seres vivos y representa el segundo elemento más abundante con el 18 % en masa de su composición.

Alotropía

Propiedad de algunas sustancias de presentarse en estructuras diferentes.

El carbono es sólido a temperatura ambiente y podemos encontrarlo formando distintas estructuras estables:

FORMAS ALOTRÓPICAS DEL CARBONO

Grafito

Sólido de color negro, tacto suave y conductor de la electricidad. Su estructura cristalina está formada por láminas paralelas cuyos átomos se unen por enlaces covalentes fuertes. Las láminas se unen mediante fuerzas débiles, por lo que el grafito es fácilmente exfoliable.

Aplicaciones: mina de lápices, fabricación de ladrillos, lubricante sólido, fabricación de piezas mecánicas...

Nanotubos

Son estructuras tubulares de carbono con sorprendentes propiedades: muy buenos conductores térmicos y eléctricos, resistentes...

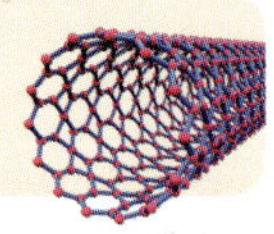

Aplicaciones: biomedicina, electrónica...

Fullerenos

Sólidos blandos y solubles en disolventes orgánicos. Sus estructuras son huecas, formadas por átomos de carbono que se disponen en el espacio de forma casi esférica. Se comportan como

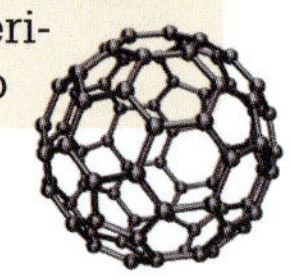

Aplicaciones: biomedicina, fabricación de celdas fotovoltaicas...

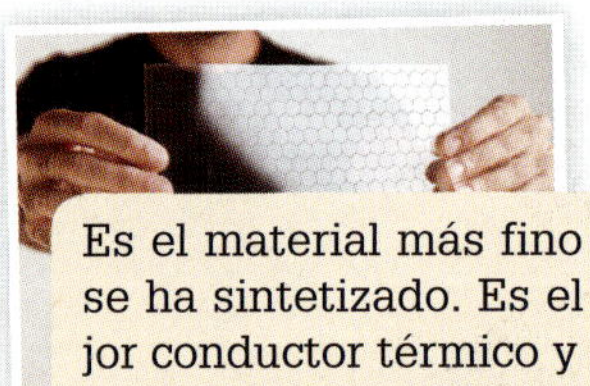

Grafeno

Es el material más fino que se ha sintetizado. Es el mejor conductor térmico y conduce la electricidad mejor que el cobre. Su estructura está constituida por una red hexagonal plana formada por enlaces covalentes de átomos de carbono. Consiste en una lámina de grafito.

Aplicaciones ilimitadas: electrónica, industria, energía, biomedicina...

Diamante

Sólido transparente y muy duro que se forma en el interior de la Tierra bajo presiones y temperaturas muy elevadas. No conduce la electricidad. Los átomos de carbono se unen mediante enlaces covalentes muy fuertes para constituir una perfecta estructura cristalina.

Aplicaciones: joyería, corte y pulido industrial...

Además, el carbono es el elemento que forma mayor número de compuestos. A día de hoy se conocen más de 50 millones, algunos de ellos **naturales,** como las proteínas o el caucho natural, y otros **sintéticos,** como los plásticos o el nailon. De su estudio se encarga la **química orgánica** o la **química del carbono.**

La **química del carbono** estudia las propiedades, la estructura y la reactividad de los compuestos del carbono.

Actividades

@ **1.** Investiga por qué el científico Friedrich Wöhler es considerado un pionero de la química orgánica.

2. El átomo de carbono y sus enlaces

Ya sabemos que el carbono es el elemento que presenta mayor número de compuestos. ¿Qué le otorga este distintivo?

2.1. La singularidad del carbono

Analicemos la configuración electrónica del átomo de carbono:

$$C\ (Z = 6)\text{: } 1\ s^2\ 2\ s^2\ 2\ p^2$$

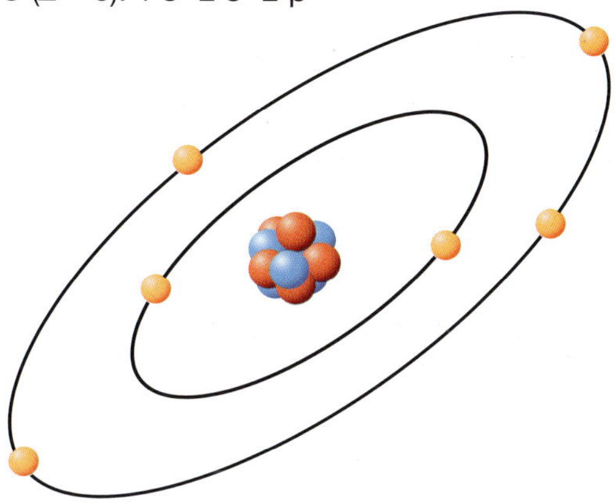

Cada átomo de carbono tiene cuatro electrones en su nivel más externo. Así, para lograr la estructura de gas noble puede unirse a otros átomos mediante **cuatro enlaces covalentes.**

Estos cuatro enlaces covalentes pueden establecerse entre átomos de carbono, o entre el carbono y otros elementos (como el hidrógeno, el nitrógeno, el oxígeno...).

Ejemplo 2

Fíjate en la estructura molecular del metano (CH_4):

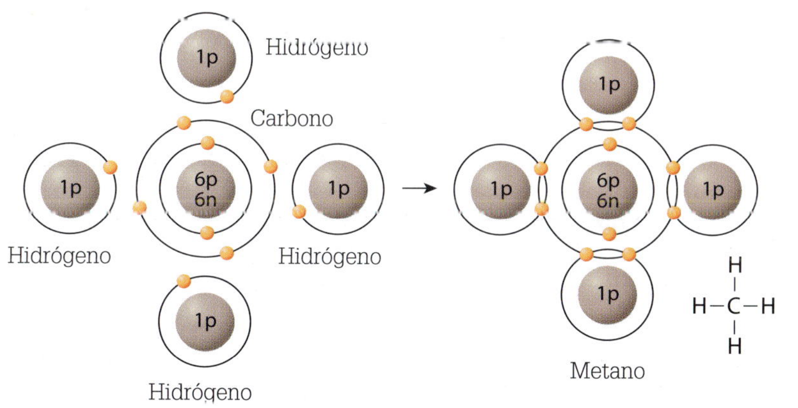

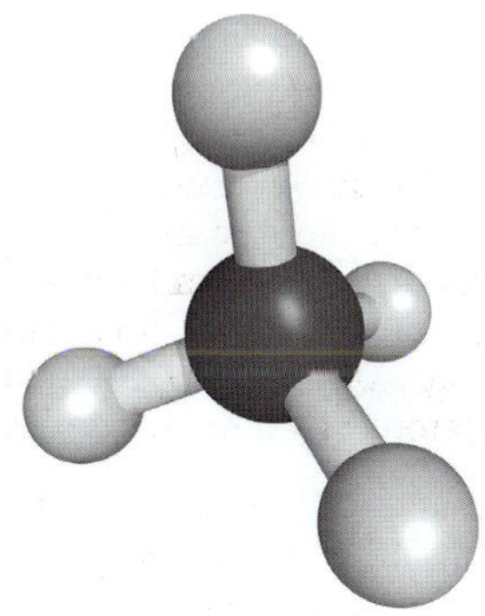

Cada átomo de carbono se une a cuatro átomos de hidrógeno, compartiendo en cada enlace un par de electrones. Los enlaces no están en el mismo plano sino que cada uno se orienta hacia un vértice de un tetraedro regular.

Actividades

2. El tetracloruro de carbono es un compuesto orgánico cuya fórmula es CCl_4.

a) Explica su estructura molecular con un esquema.

b) ¿Qué forma adoptará en el espacio?

Enlaces simples, dobles y triples

La estructura atómica del carbono permite que forme enlaces covalentes muy estables.

Visiona este vídeo sobre las peculiaridades del carbono:

http://links.edebe.com/mijfrb

El carbono puede unirse a otro carbono o a otros elementos mediante **enlace covalente simple, doble o triple,** según compartan uno, dos o tres pares de electrones, respectivamente.

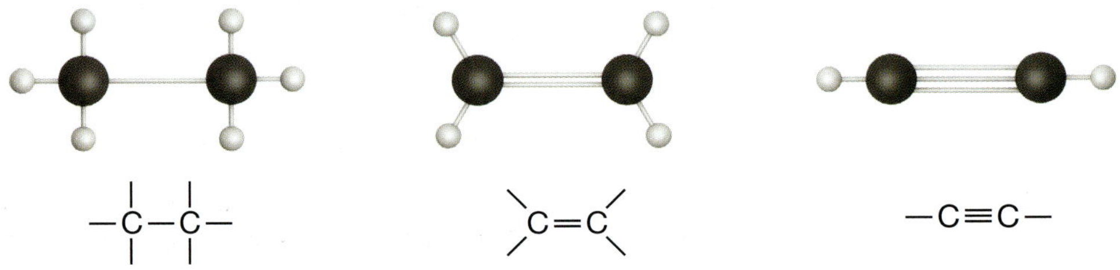

Enlace simple — Enlace doble — Enlace triple

Cadenas carbonadas y macromoléculas

El carbono presenta la particularidad de poder unirse consigo mismo. Así da lugar a **cadenas carbonadas.**

Las cadenas carbonadas que cuentan con un número elevado de átomos de carbono se denominan **macromoléculas.**

El ADN es una macromolécula formada por unidades denominadas *nucleótidos.*

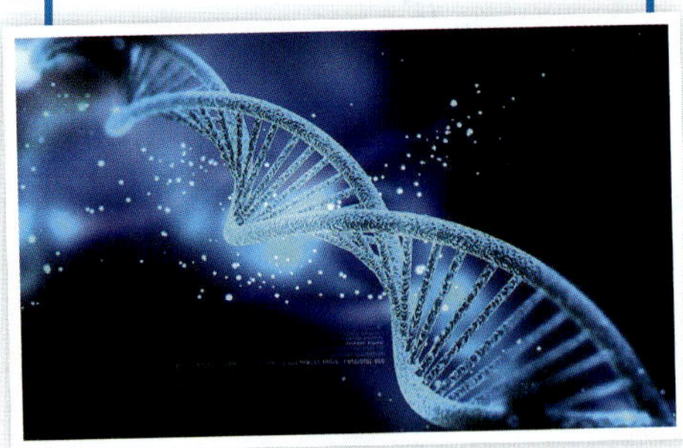

Las cadenas carbonadas pueden ser **lineales, ramificadas** o **cíclicas:**

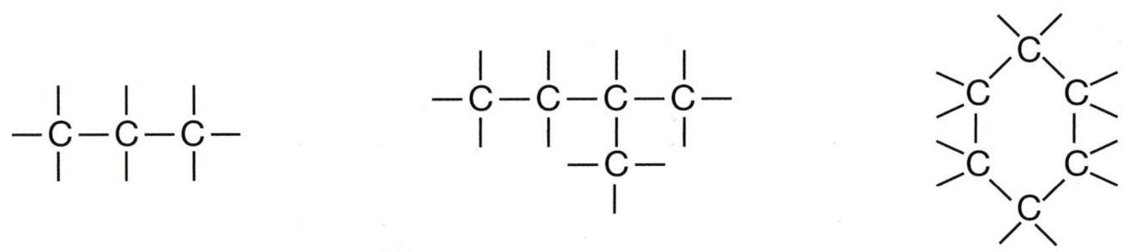

Cadena lineal — Cadena ramificada — Cadena cíclica

Dentro de una cadena carbonada, un átomo de carbono puede ser:

— *Carbono primario:* si está unido únicamente a otro átomo de carbono.

— *Carbono secundario:* si está unido a otros dos átomos de carbono.

— *Carbono terciario:* si está unido a tres átomos de carbono.

— *Carbono cuaternario:* si está unido a cuatro átomos de carbono.

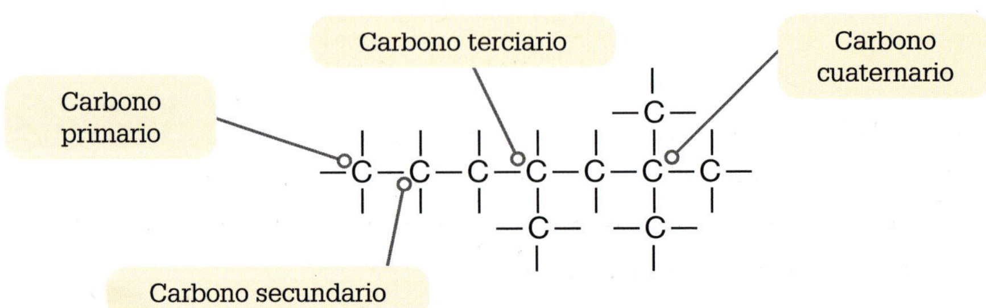

Nunca se simplifica

2.2. Las fórmulas en la química del carbono

En la unidad anterior vimos los tipos de fórmulas usadas para representar sustancias inorgánicas. Del mismo modo, estudiaremos ahora las distintas fórmulas empleadas en química orgánica:

TIPOS DE FÓRMULAS QUÍMICAS

Fórmula molecular

Representa, mediante símbolos y subíndices, el número y la clase de átomos que forman una molécula.

Así, la fórmula molecular del butano indica que cada molécula está formada por cuatro átomos de carbono y diez átomos de hidrógeno.

$$C_4H_{10}$$

Fórmula semidesarrollada

Se especifican los enlaces entre los átomos de carbono que forman la molécula, y el resto de los átomos se agrupan en el carbono que le corresponde.

La fórmula semidesarrollada del butano indica que los cuatro carbonos que componen la molécula están unidos mediante tres enlaces simples C — C.

$$CH_3 - CH_2 - CH_2 - CH_3$$

Fórmula desarrollada

Representa en el plano todos los enlaces de la molécula.

La fórmula desarrollada del butano indica los enlaces entre todos los átomos: 3 enlaces C — C y 10 enlaces C — H.

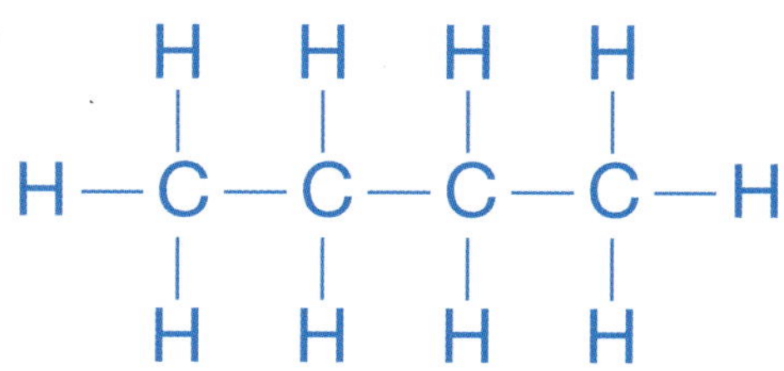

Fórmula espacial o tridimensional

Representa la disposición en el espacio de los enlaces de la molécula. Los enlaces se representan con distintos tipos de líneas que indican su orientación en el espacio.

La fórmula espacial o tridimensional del butano nos muestra la forma que adopta la molécula en el espacio.

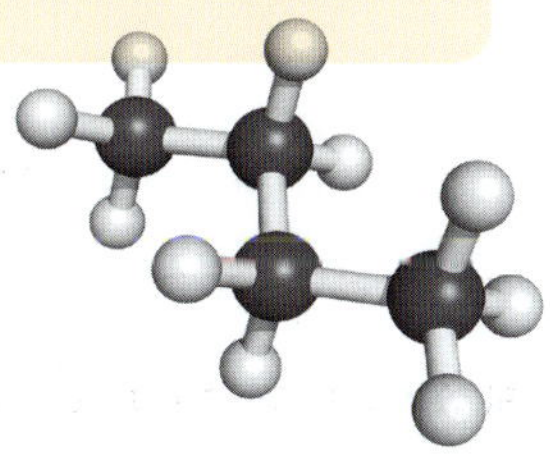

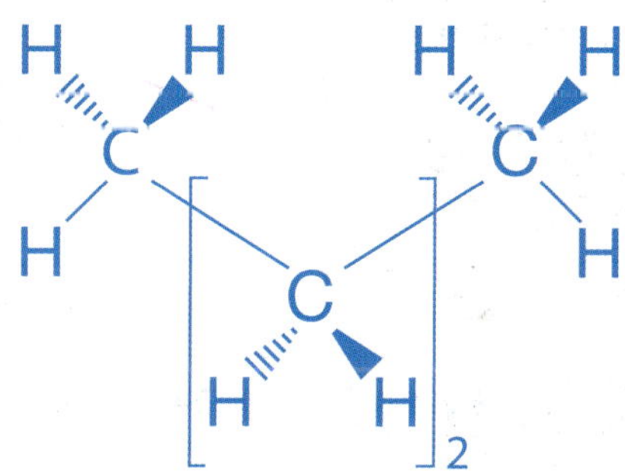

Formula empirica

Proporción entre los elementos que forman mi moleculas

Actividades

3. Observa la fórmula semidesarrollada de la siguiente sustancia orgánica:

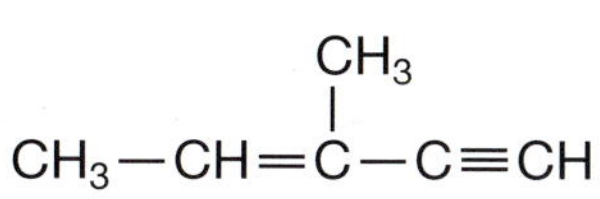

a) ¿Cuántos enlaces simples, dobles y triples hay?

b) Clasifica la cadena carbonada como lineal, ramificada o cíclica.

c) Indica en cada átomo de carbono si es primario, secundario, terciario o cuaternario.

d) Escribe la fórmula molecular del compuesto.

3. Hidrocarburos

Los hidrocarburos se obtienen principalmente del petróleo y constituyen una fuente de energía. Además, son la base para la fabricación de numerosos materiales, como los plásticos, las fibras textiles o los cosméticos.

Entre las sustancias orgánicas tienen una especial importancia los *hidrocarburos*, componentes fundamentales del petróleo y del gas natural.

> Los **hidrocarburos** son compuestos orgánicos formados solamente por átomos de **carbono** e **hidrógeno.**

Atendiendo a la naturaleza de sus enlaces, los hidrocarburos se clasifican de la siguiente forma:

- HIDROCARBUROS
  - Alifáticos
    - Cadena abierta
      - Saturados
        - Alcanos
      - Insaturados
        - Alquenos
        - Alquinos
    - Cíclicos
      - Saturados
        - Cicloalcanos
      - Insaturados
        - Cicloalquenos
        - Cicloalquinos
  - Aromáticos

3.1. Hidrocarburos alifáticos

En primer lugar, vamos a establecer la diferencia entre hidrocarburos saturados e hidrocarburos insaturados.

> Un **hidrocarburo saturado** es un hidrocarburo en el que todos sus átomos de carbono están unidos a través de **enlaces simples.**

> Un **hidrocarburo insaturado** es un hidrocarburo que presenta, al menos, un enlace múltiple, ya sea **enlace doble o triple.**

Ejemplo 3

Clasifica los siguientes hidrocarburos como saturados o insaturados:

a)

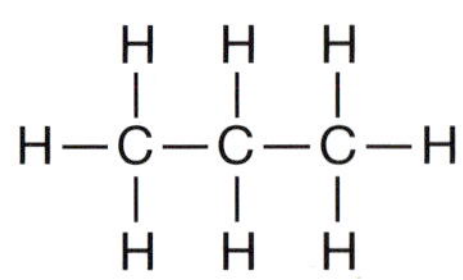

b)

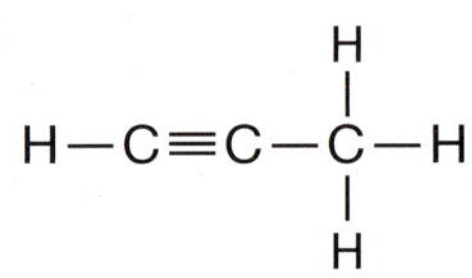

a) Es un hidrocarburo saturado, ya que todos sus átomos de carbono están enlazados mediante enlaces simples.

b) Es un hidrocarburo insaturado, puesto que presenta un enlace triple entre dos átomos de carbono.

Hidrocarburos de cadena abierta

Este grupo está constituido por los alcanos (hidrocarburos saturados) y los alquenos y los alquinos (hidrocarburos insaturados). Como podemos observar en los siguientes ejemplos, cada carbono forma siempre cuatro enlaces.

Alcanos	Alquenos	Alquinos
Sus enlaces carbono-carbono son todos simples. Su fórmula molecular general es C_nH_{2n+2} Los cuatro primeros compuestos reciben nombres propios, mientras que los siguientes se nombran con un prefijo numeral griego, que indica el número de átomos de carbono, seguido de la terminación **-ano,** que indica enlace simple entre átomos de carbono.	Presentan algún enlace doble carbono-carbono. Si solo tienen uno, su fórmula molecular general es C_nH_{2n} La terminación **-eno** significa enlace doble entre átomos de carbono. A partir del buteno, es necesario indicar la posición del doble enlace. Si hay más de un doble enlace, se señala con el prefijo griego correspondiente (di-, tri-, tetra-...) en la terminación.	Presentan algún enlace triple carbono-carbono. Si solo tienen uno, su fórmula molecular general es C_nH_{2n-2} La terminación **-ino** indica enlace triple entre átomos de carbono.
Ejemplos Metano, CH_4 Etano, CH_3-CH_3 Propano, $CH_3-CH_2-CH_3$ Butano, $CH_3-CH_2-CH_2-CH_3$ Pentano, $CH_3-CH_2-CH_2-CH_2-CH_3$	**Ejemplos** Eteno, $CH_2=CH_2$ Propeno, $CH_3-CH=CH_2$ But-1-eno, $CH_3-CH_2-CH=CH_2$ But-2-eno, $CH_3-CH=CH-CH_3$ Penta-1,3-dieno, $CH_3-CH=CH-CH=CH_2$	**Ejemplos** Etino, $CH\equiv CH$ Propino, $CH_3-C\equiv CH$ But-1-ino, $CH\equiv C-CH_2-CH_3$ Penta-1,3-diino, $CH\equiv C-C\equiv C-CH_3$

Cuando una cadena carbonatada está unida a un átomo de carbono de una cadena principal se denomina **grupo sustituyente.** En el margen podemos ver algunos grupos sustituyentes procedentes de alcanos.

Para nombrar un **hidrocarburo ramificado,** seguiremos estas normas:

1. Se identifica la **cadena principal,** que es la que está formada por mayor número de átomos de carbono. En caso de varias posibilidades, se elige aquella que tenga mayor cantidad de ramificaciones.
2. Si es un hidrocarburo insaturado, se **numera** la cadena principal a partir del extremo más próximo al enlace doble o triple. Estos números se llaman **localizadores.** En el caso de haber más de una alternativa con la misma serie de localizadores, se otorga el menor al enlace doble.
3. En cambio, si se trata de un hidrocarburo saturado se numera la cadena principal de modo que los **átomos a los que se unen las ramificaciones** tengan los localizadores más bajos. Ante dos alternativas con los mismos localizadores, se elige la que otorga el más bajo al sustituyente que se nombra antes, por orden alfabético.
4. Las **ramificaciones** del compuesto se nombran por **orden alfabético,** con sus localizadores correspondientes, y la cantidad de átomos de carbono de la cadena principal. Si hay más de un sustituyente igual, se indica mediante el **prefijo numeral** griego correspondiente, precedido de tantos localizadores como sustituyentes iguales haya, separados entre sí por una coma. (Estos prefijos no afectan al orden alfabético).

$-CH_3$
Metil

$-CH_2-CH_3$
Etil

$-CH_2-CH_2-CH_3$
Propil

$-CH_2-CH_2-CH_2-CH_3$
Butil

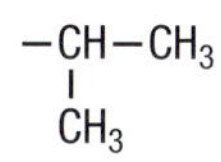
propan-2-ilo

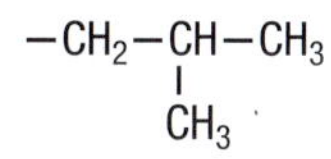
2-metilpropilo

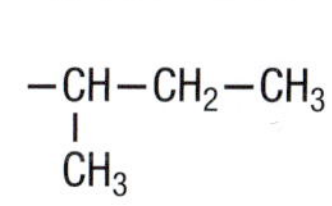
but-2-ilo

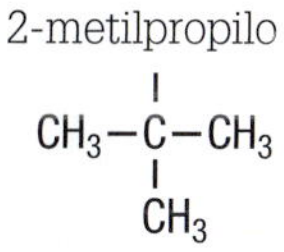
Terc-butil

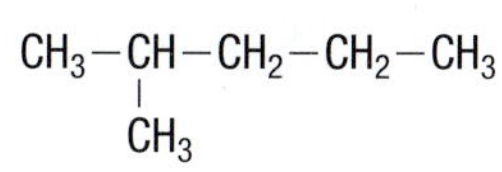
2-metilpentano

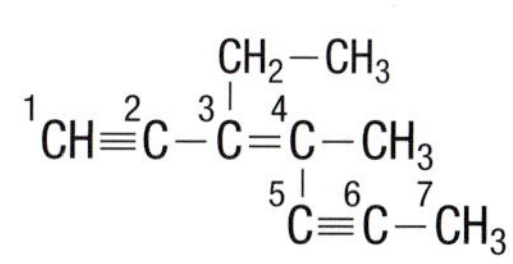
3-etil-4-metilhept-3-eno-1,5-diino

Hidrocarburos cíclicos o de cadena cerrada

En este grupo están los cicloalcanos (hidrocarburos saturados) y los cicloalquenos y los cicloalquinos (hidrocarburos insaturados).

Cicloalcanos	Cicloalquenos	Cicloalquinos
Todos sus enlaces carbono-carbono son simples.	Poseen, al menos, un enlace doble.	Tienen, al menos, un enlace triple.

Se nombran anteponiendo el prefijo **ciclo-** a los afijos que indican la cantidad de átomos de carbono que forman la cadena principal y el tipo de enlace entre dichos átomos de carbono.

Generalmente, los ciclos se representan mediante una línea poligonal cerrada, donde cada vértice representa un átomo de carbono con los correspondientes átomos de hidrógeno y cada lado, un enlace carbono-carbono.

Ejemplos		Ejemplos		Ejemplos	
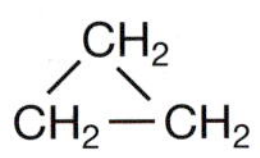	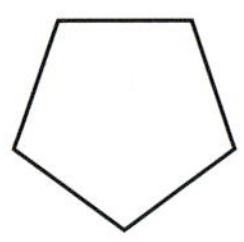	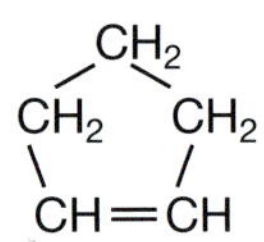	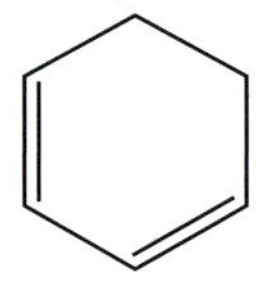	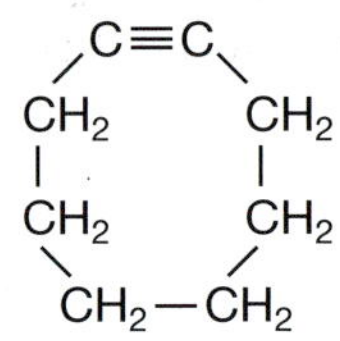	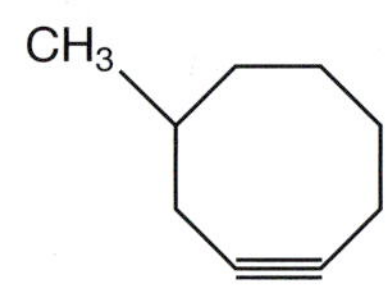
Ciclopropano	Ciclopentano	Ciclopenteno	Ciclohexa-1,3-dieno	Ciclooctino	4-metilciclooct-1-ino

3.2. Hidrocarburos aromáticos

Otra clase especial de hidrocarburos son los hidrocarburos aromáticos, denominados así por el fuerte aroma que caracteriza a muchos de ellos.

Entre otros, destacan el benceno y sus derivados, formados al sustituir átomos de hidrógeno por otros radicales.

+ El tolueno es un derivado del benceno que se utiliza para elaborar medicamentos, detergentes o perfumes.

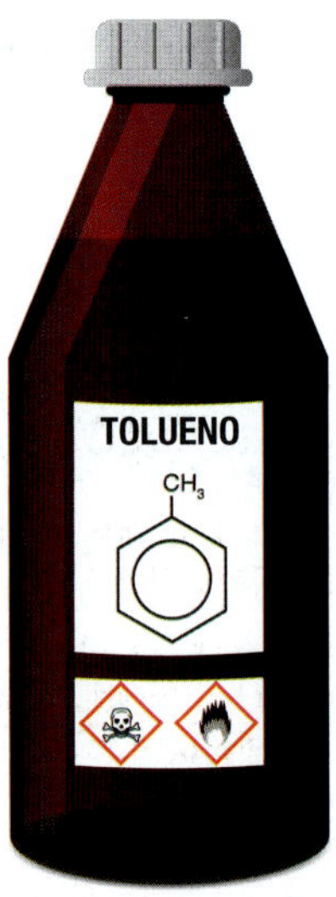

Metilbenceno o tolueno

Ejemplo 4

Observa cómo se alternan los enlaces dobles en la estructura del benceno:

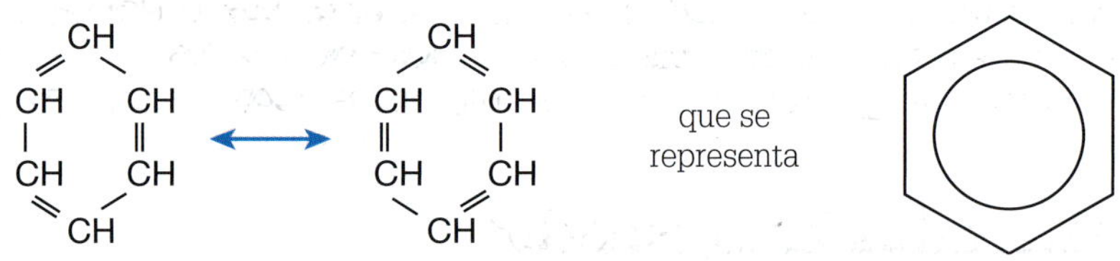

Esta estructura le confiere gran estabilidad.

Actividades

4. Representa la fórmula semidesarrollada de un hidrocarburo de seis átomos que tenga un enlace doble y otro triple carbono-carbono.

— Nómbralo e indica si es saturado o insaturado.

5. Nombra los siguientes hidrocarburos:

a) 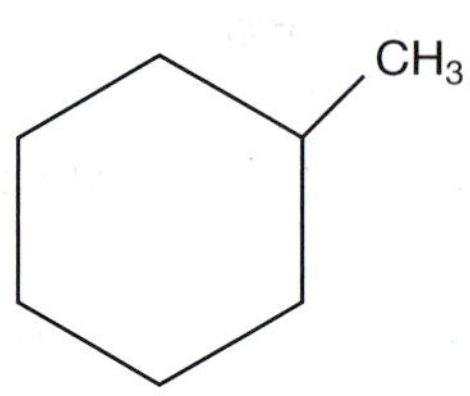

b) 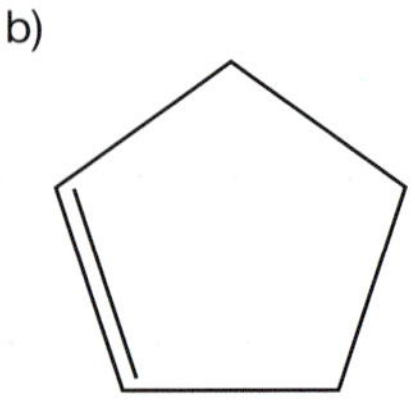

c) 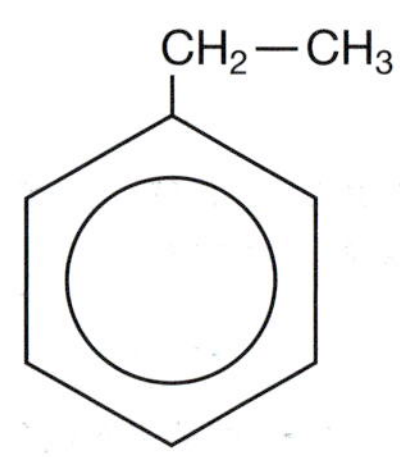

4. Grupos funcionales

Además de los enlaces carbono-carbono y carbono-hidrógeno, los compuestos orgánicos pueden presentar otros enlaces.

> Un **grupo funcional** es un átomo o un conjunto de átomos unidos de una manera determinada que confieren las propiedades del compuesto orgánico al que pertenecen.

Los compuestos que tienen el mismo funcional se agrupan en **familias.** Todos los compuestos de una familia tendrán, por tanto, unas propiedades características.

Ejemplo 5

El grupo funcional —OH define a la familia de los *alcoholes*. El metanol y el etanol son ejemplos de alcoholes y, por tanto, presentarán propiedades similares:

CH_3-OH

CH_3-CH_2-OH

— Tanto el metanol como el etanol son líquidos incoloros muy volátiles. Al quemarse, el metanol produce una llama blanca; el etanol, una llama azul.

— Mientras que el metanol es tóxico, el etanol forma parte, en pequeñas cantidades, de las bebidas alcohólicas.

— El metanol se emplea como combustible, mezclado con gasolina, y para fabricar otras sustancias. El etanol se utiliza como disolvente, desinfectante y también como combustible.

Observa la fórmula tridimensional y la estructura del clorometano:

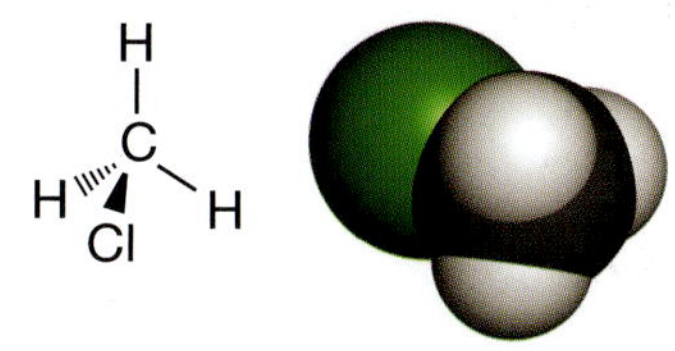

El clorometano se utiliza en la industria como disolvente, desengrasante y refrigerante.

Además, un mismo compuesto puede tener uno o varios grupos funcionales, iguales o diferentes. Para estudiar los grupos funcionales, vamos a clasificar los compuestos orgánicos en derivados halogenados, compuestos oxigenados y compuestos nitrogenados.

4.1. Derivados halogenados

Algunos hidrocarburos contienen halógenos (flúor, cloro, bromo o yodo). Estos compuestos se denominan **derivados halogenados.**

Grupo funcional	Ejemplos		
–X (F, Cl, Br, I)	$Cl-CH_3$ Clorometano	Cl | $CH_3-C-CH=CH_2$ | Cl 3,3-dicloro-1-buteno	$Br-CH_2-CH_2-CH_3$ 1-bromopropano

Observa que en un derivado halogenado, uno o más hidrógenos han sido sustituidos por halógenos.

Ágora

¿Sabes que son los clorofluorocarbonos (CFC)?

» **Infórmate sobre ellos, describe algunas de sus aplicaciones y explica los motivos por los que actualmente su uso está prohibido.**

Actividades

6. Formula los siguientes derivados halogenados: fluorometano, dicloroetano, yodoeteno y bromobenceno.

4.2. Compuestos oxigenados

> **+** En la nomenclatura, el grupo hidroxilo tiene preferencia sobre los dobles y triples enlaces:
>
> $\overset{5}{C}H_3{=}\overset{4}{C}H{-}\overset{3}{C}H_2{-}\overset{2}{C}H(OH){-}\overset{1}{C}H_3$
>
> Pent-4-en-2-ol

Se denominan **compuestos oxigenados** a los que presentan enlaces carbono-oxígeno.

Según el grupo funcional que contengan, los compuestos oxigenados se clasifican del siguiente modo:

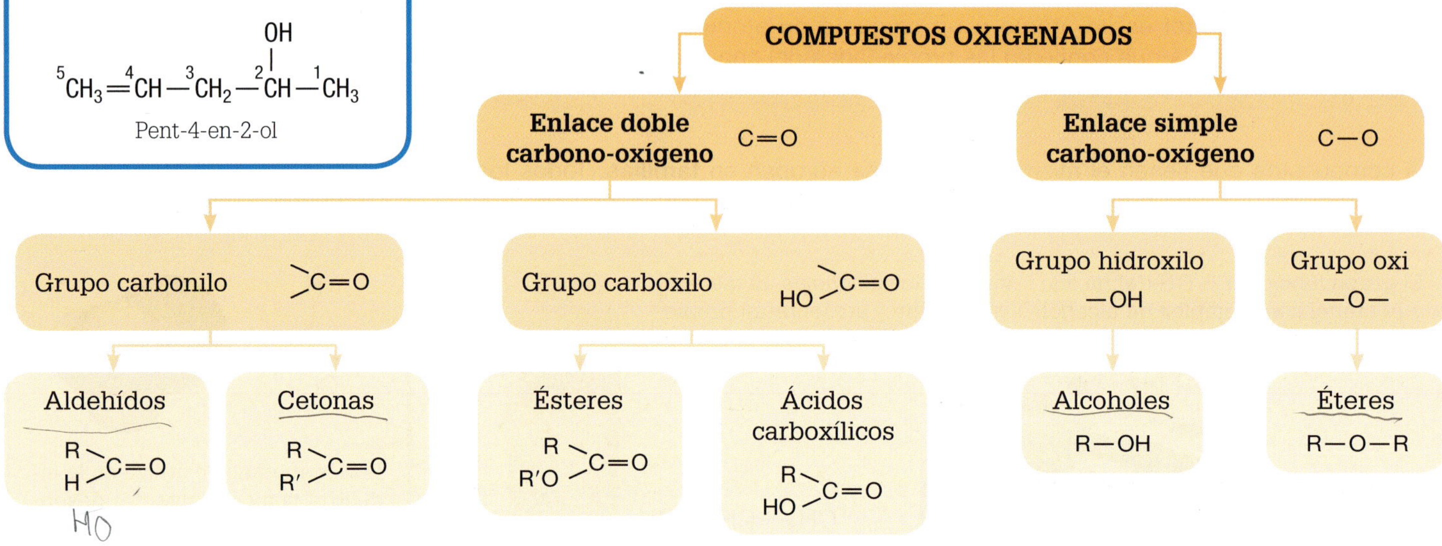

Familia	Grupo funcional	Ejemplos	
Alcoholes	**—OH**	Metan**ol**, $CH_3{-}OH$ Etan**ol**, $CH_3{-}CH_2{-}OH$	
Éteres	**—O—**	Met**oxi**metano o dimetil éter, $CH_3{-}O{-}CH_3$ Met**oxi**etano o etil metil éter, $CH_3{-}O{-}CH_2{-}CH_3$	
Aldehídos	$-C(=O)H$	Metan**al**, $H{-}C(=O){-}H$	Etan**al**, $CH_3{-}C(=O){-}H$
Cetonas	$>C=O$	Butan**ona** o etil metil cetona, $CH_3{-}CH_2{-}C(=O){-}CH_3$	Pentan-2-**ona** o metil propil cetona, $CH_3{-}C(=O){-}CH_2{-}CH_2{-}CH_3$
Ácidos carboxílicos	$-C(=O)OH$	**Ácido** acético o ácido etan**oico**, $CH_3{-}C(=O){-}OH$	**Ácido** propanodi**oico**, $HO{-}C(=O){-}CH_2{-}C(=O){-}OH$
Ésteres	$-C(=O)O-$	Propan**oato** de met**ilo**, $CH_3{-}CH_2{-}C(=O){-}O{-}CH_3$	Butan**oato** de met**ilo**, $CH_3{-}CH_2{-}CH_2{-}C(=O){-}O{-}CH_3$

Actividades

7. Accede al siguiente enlace, haz clic en «Química I» - «Formulación» - «03. Formulación orgánica I»:

@ http://links.edebe.com/3ugu97

— Completa la actividad interactiva propuesta de formulación y nomenclatura orgánica. ¿Cuántas contestaciones has fallado?

4.3. Compuestos nitrogenados

Los **compuestos nitrogenados** son aquellos que tienen enlaces carbono-nitrógeno.

Ejemplo 6

Observa los siguientes alimentos. ¿Qué tienen en común?

Todos ellos son alimentos ricos en proteínas. Estas son moléculas formadas por cadenas de aminoácidos que desempeñan diversas funciones vitales en nuestro organismo.

La principal diferencia entre la composición de los macronutrientes (hidratos de carbono, proteínas y lípidos) es que únicamente las proteínas contienen nitrógeno.

Según el grupo funcional que contengan, los compuestos nitrogenados se clasifican del siguiente modo:

COMPUESTOS NITROGENADOS
- **Aminas**
- **Amidas**
- **Nitrilos**

Familia	Grupo funcional	Ejemplos	
Aminas	Primarias $-NH_2$	Etan**amina** o etilamina, $CH_3-CH_2-NH_2$	
	Secundarias $-NH-$	N-metiletan**amina** o metil(etil)amina, $CH_3-NH-CH_2-CH_3$	
	Terciarias $-\underset{\mid}{N}-$	N-etil-N-metilpropan**amina** o etil(metil)(propil)amina, $CH_3-CH_2-CH_2-\underset{\underset{CH_3}{\mid}}{N}-CH_2-CH_3$	
Amidas	$-C(=O)NH_2$	Butan**amida,** $CH_3-CH_2-CH_2-\overset{\overset{O}{\Vert}}{C}-NH_2$	N-metilpropan**amida,** $CH_3-CH_2-\overset{\overset{O}{\Vert}}{C}-\underset{\underset{H}{\mid}}{N}-CH_3$
Nitrilos	$-C\equiv N$	Metano**nitrilo** o cianuro de hidrogeno, $H-C\equiv N$	2-metilpropano**nitrilo,** $CH_3-\overset{\overset{CH_3}{\mid}}{CH}-CN$

Actividades

8. Busca en Internet tres ejemplos de aminas, amidas y nitrilos. Representa sus fórmulas en tu cuaderno y nómbralos adecuadamente.

5. Compuestos orgánicos de interés

De entre la gran cantidad de compuestos orgánicos que existen, describiremos en este apartado algunos de los más importantes, dada la repercusión que tienen en nuestras vidas.

5.1. Compuestos de interés biológico: las macromoléculas naturales

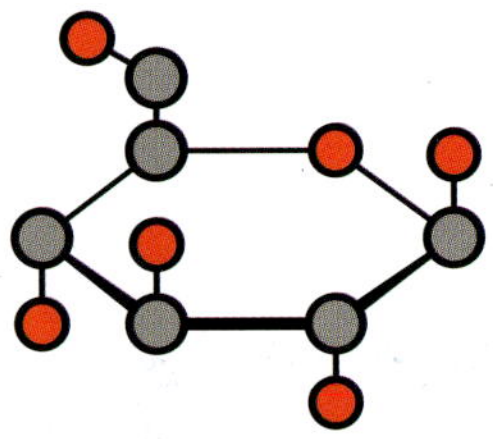

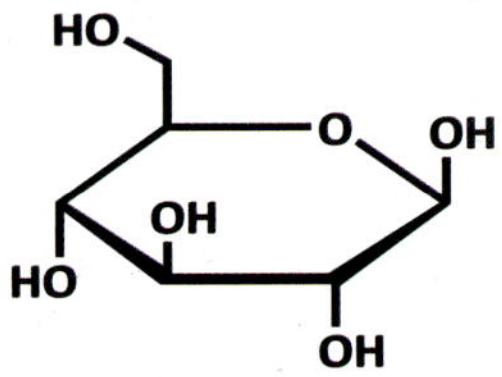

Glucosa

CARBOHIDRATOS O GLÚCIDOS

— Macromoléculas constituidas por átomos de **carbono, hidrógeno** y **oxígeno.**

— Aportan energía a las células y forman **estructuras resistentes.**

— Uno de los más simples es la glucosa, cuya fórmula molecular es $C_6H_{12}O_6$. Se encuentra en la mayoría de las frutas y pertenece a la categoría de los **monosacáridos.**

— Cuando se unen dos monosacáridos, dan lugar a los **disacáridos,** como la sacarosa. También se pueden unir más de dos monosacáridos, y se forman entonces los **polisacáridos,** como la celulosa, que constituye la pared celular de las células vegetales.

LÍPIDOS

— Biomoléculas compuestas por átomos de **carbono, hidrógeno** y **oxígeno.**

— Constituyen una **reserva de energía,** forman estructuras protectoras y regulan el metabolismo (temperatura, hormonas, etc.).

— Entre las clases de lípidos, destacan las grasas procedentes de los animales, y los aceites y las ceras, producidos, normalmente, por las plantas.

Colesterol

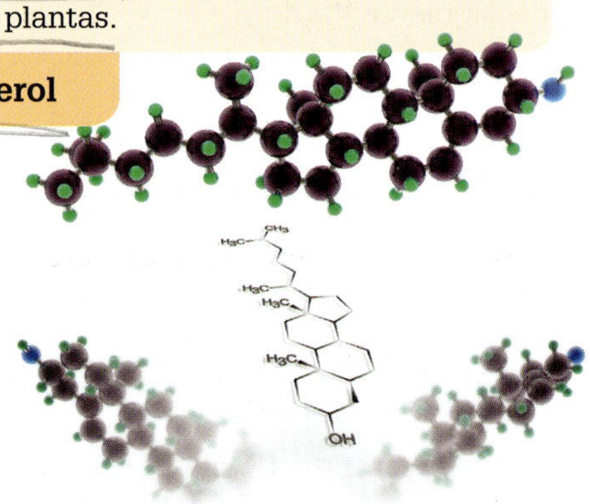

PROTEÍNAS

— Macromoléculas formadas por cadenas de **aminoácidos** (presentan grupo amino y carboxilo). Están compuestas por átomos de **carbono, hidrógeno, oxígeno, nitrógeno** y **azufre.**

— Se encargan de, prácticamente, todas las **funciones biológicas:** catálisis, regulación hormonal, defensa, transporte, etc.

— Todas las proteínas del cuerpo humano están formadas por la unión de aminoácidos de los que existen hasta veinte distintos.

Hemoglobina

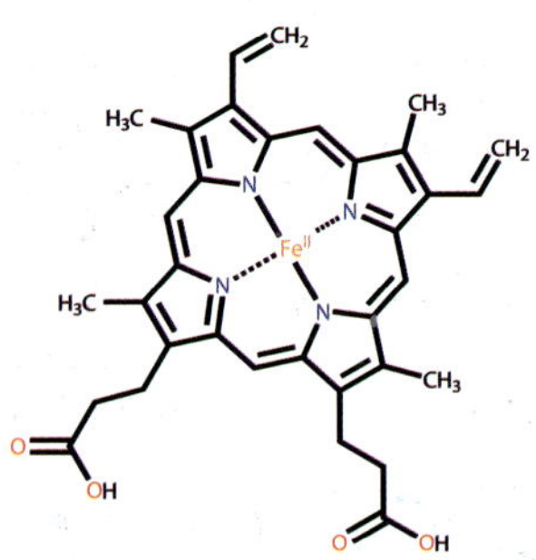

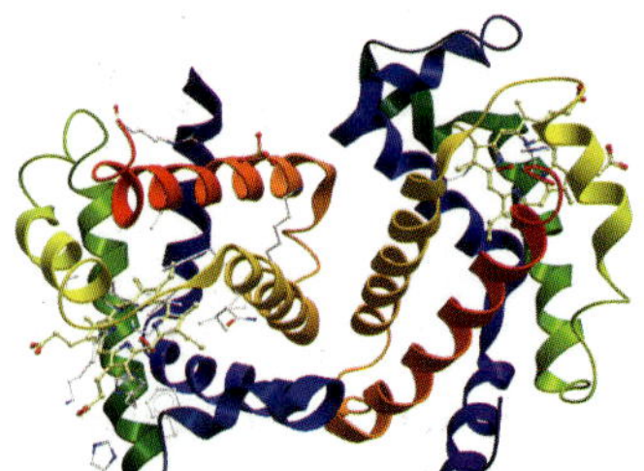

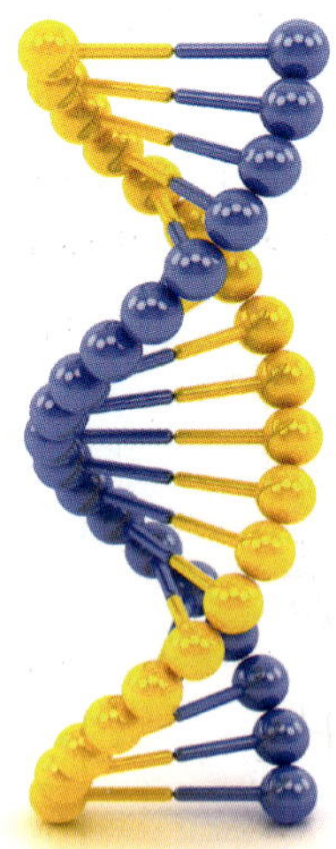

ÁCIDOS NUCLEICOS

— Macromoléculas constituidas por átomos de **carbono, hidrógeno, oxígeno, nitrógeno** y **fósforo.** Las unidades que los forman son los nucleótidos.

— Almacenan la **información genética** y son responsables de la transmisión hereditaria.

— Hay dos tipos de ácidos nucleicos: ADN (ácido desoxirribonucleico) y ARN (ácido ribonucleico).

ADN

Actividades

@ **9.** Infórmate sobre la insulina. Indica si se trata de un glúcido, un lípido, una proteína o un ácido nucleico, y explica la función que cumple dentro del organismo.

5.2. Compuestos de interés industrial: los polímeros

Uno de los productos más fabricados por la industria, dadas sus innumerables aplicaciones, son los plásticos. Estos están formados por grandes moléculas, denominadas **polímeros.**

> Los **polímeros** son macromoléculas constituidas por la unión sucesiva de moléculas más pequeñas llamadas **monómeros.**

Los polímeros pueden ser **naturales,** como el almidón, la celulosa o el caucho natural, o **sintéticos,** como el polieteno (PE) o el policloroeteno (más conocido como policloruro de vinilo o PVC).

La reacción mediante la cual se obtiene un polímero, a partir de sus monómeros, se denomina **polimerización.**

Ejemplo 7

Observa la reacción de polimerización del PVC:

Cloroeteno (Monómero)

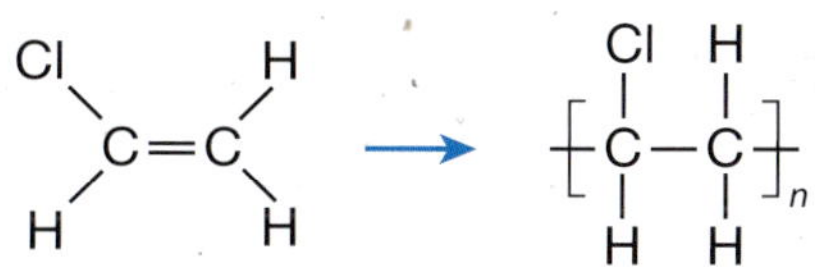

Policloroeteno (Polímero)

Los polímeros y el medio ambiente

Los plásticos, dada su gran versatilidad, presentan muchas ventajas. Sin embargo, debemos ser conscientes del **impacto ambiental:**

— Por un lado, se genera gran nivel de **contaminación** durante su producción en la **industria química.**

— Por otra parte, el **uso desmesurado** que se hace actualmente de estos compuestos genera gran cantidad de **residuos.**

Los residuos plásticos tienen un tiempo de descomposición de cientos de años. Por eso, debemos emplear **plásticos biodegradables,** que se destruyen por la acción de los microorganismos.

Cada tipo de polímeros cuenta con un código de identificación plástico (PIC):

Observa el proceso de reciclado de plásticos:

Actividades

10. Organizad un debate en clase sobre cómo podemos disminuir el impacto ambiental de los plásticos. Pensad tanto en medidas a nivel individual como colectivo.

El grafeno: un material revolucionario

Ya hemos visto que el grafeno es una de las formas alotrópicas del carbono. En este apartado, nos centraremos en su estudio que muchos consideran el material del futuro.

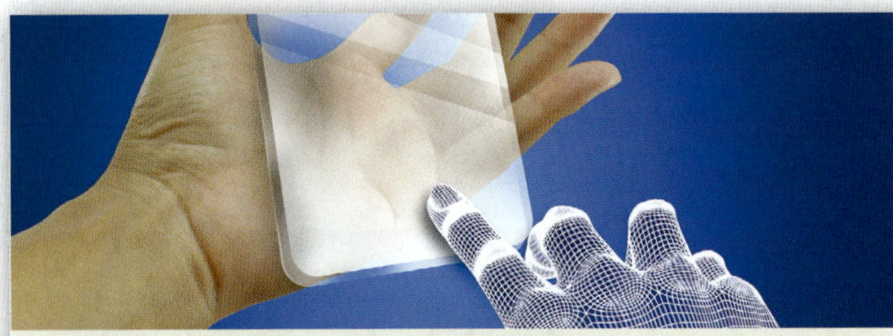

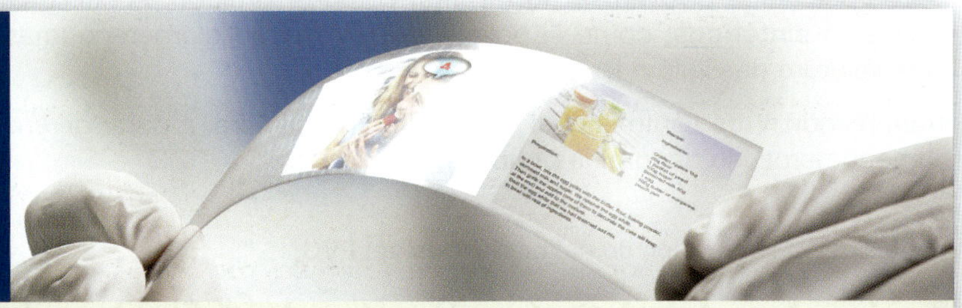

GRAFENO

Se le atribuyen propiedades milagrosas con un sinfín de usos, que van a revolucionar desde la electrónica hasta la medicina.

¿QUÉ ES?

Es una sustancia compuesta por carbono puro, que tiene una lámina de átomos de espesor (tres millones de láminas tendrían un espesor de 1 mm). Los átomos están fuertemente unidos en una estructura de panal de abeja de dos dimensiones.

PRINCIPALES CAMPOS DE APLICACIÓN

- Electrónica
- Informática
- Telefonía móvil
- Energía
- Industrias automovilística y aeronáutica
- Industria agroalimentaria
- Tratamiento de aguas

BENEFICIOS

100 veces más fuerte que el acero

Mayor conductividad eléctrica que el cobre

Más duro que el diamante

Podría sustituir al silicio en electrónica.

Tan flexible como el caucho

1 % de grafeno puede convertir al plástico en conductor de la electricidad.

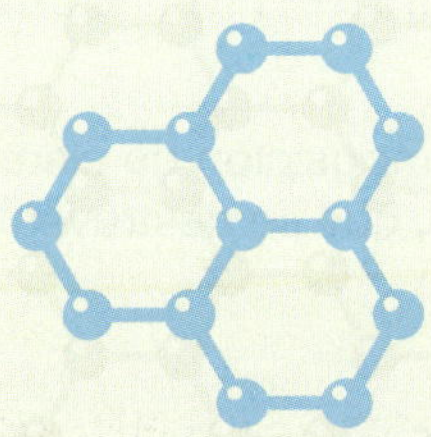

LOS DESCUBRIDORES

ANDRE GEIM y KONSTANTIN NOVOSELOV

Ganadores del Premio Nobel de Física en 2010

ALGUNOS DE SUS USOS

- Dispositivos móviles y pantallas: más rápidos, delgados y flexibles
- Dispositivos electrónicos transparentes y flexibles
- Digitalización de ropa o envases
- Tarjetas de crédito con la misma capacidad de procesado que un teléfono móvil
- Carrocería de coches, neumáticos y fuselajes
- Dentaduras postizas más resistentes
- Baterías de mayor duración

EL PROBLEMA

Las propiedades solo se han podido demostrar a una escala minúscula y, en la opinión de algunos expertos, falta mucho tiempo para la fabricación en serie.

SABÍAS QUE...

Ya existen productos fabricados con algún porcentaje de grafeno: raquetas, esquís, focos, etc. Algunas empresas tecnológicas están empleando este material en la creación de nuevos dispositivos.

Actividades

11. Después de observar la infografía de la página anterior, completa en tu cuaderno la siguiente tabla sobre el grafeno:

GRAFENO	
Composición	
Estructura	
Descubridores	
Propiedades	

12. Infórmate sobre las aplicaciones actuales y futuras del grafeno. Puede resultarte útil consultar este enlace:

http://grafeno.com/

— Elabora una lista en tu cuaderno y clasifícalas por campos.

13. ¿Supondrá el grafeno una revolución tecnológica? ¿Marcará una nueva era en la electrónica? ¿Y en la nanotecnología? ¿Será tan revolucionario como lo fue el plástico?

— Para reflexionar sobre estas cuestiones y otras similares que se os planteen sobre el grafeno, organizaos en grupos y aplicad en clase la **técnica cooperativa** *Parada de tres minutos*. ¿A qué conclusiones habéis llegado?

Cre@ctividad: Creamos una nube de palabras interactiva con *Tagxedo*

Vamos a buscar noticias recientes sobre el grafeno. Para ello, entra en Google, teclea la palabra clave «Grafeno» y haz clic en «Noticias»:

— Accede a la que te parezca más interesante.

— A su vez, entra en este enlace y haz clic en «Start now»:

http://www.tagxedo.com/

— Clica en «Load» e introduce la web y el texto de la noticia que habías seleccionado.

— Al pulsar en «Submit», la aplicación generará una nube de palabras sobre la noticia.

¡Podéis cambiar los colores, el fondo, introducir palabras y formas...!

En práctica: **Comparación de propiedades entre los compuestos orgánicos e inorgánicos**

¿Cómo podemos diferenciar una sustancia orgánica de una sustancia inorgánica sin conocer su composición? ¡Investiguémoslo! En grupos, aplicaremos el método científico para resolver esta cuestión.

PLANTEAMIENTO DEL PROBLEMA

Nos preguntamos qué diferencia a una sustancia orgánica de una sustancia inorgánica.

FORMULACIÓN DE HIPÓTESIS

Entre todos los miembros del grupo, redactamos una hipótesis:

«Las propiedades físicas y químicas de las sustancias orgánicas son diferentes a las de las sustancias inorgánicas».

COMPROBACIÓN DE LA HIPÓTESIS

Para poder comprobar la hipótesis, debemos **planificar el experimento** que vamos a realizar:

Objetivos

— Identificar sustancias orgánicas e inorgánicas por sus propiedades.

Material

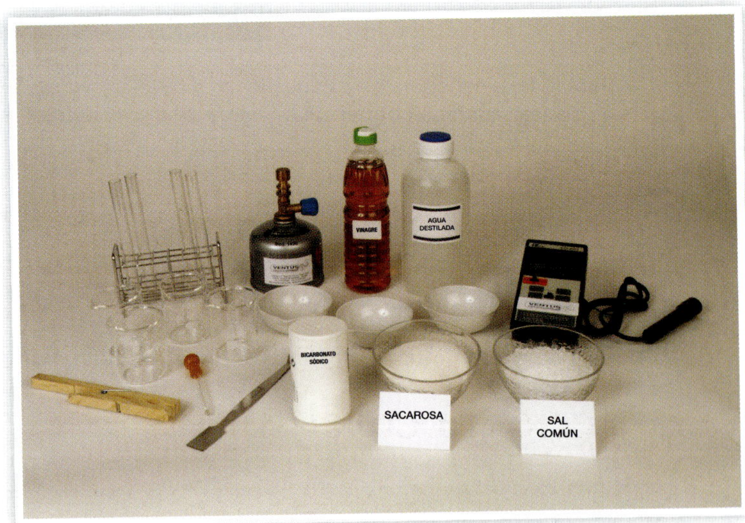

— Cuatro tubos de ensayo y gradilla.

— Agua destilada.

— Sacarosa, sal común, vinagre y bicarbonato de sodio.

— Espátula y cuentagotas.

— Cuatro vasos de precipitados.

— Conductivímetro.

— Tres cápsulas de porcelana.

— Mechero de Bunsen.

— Pinzas.

Experimentación

Llevad a cabo estas tres experiencias:

Comprobación de la solubilidad en agua

— Coged los tubos de ensayo y llenad cada uno hasta la mitad con agua destilada. Añadid una pequeña cantidad de la muestra sólida y agitad la mezcla.

— Con la espátula, agregad al primer tubo una pequeña cantidad de sacarosa.

— Haced lo mismo con la sal común en el segundo tubo.

— En el tercer tubo, añadid unas gotas de vinagre con la ayuda del cuentagotas.

— Por último, en el cuarto tubo poned una pequeña cantidad de bicarbonato de sodio.

— Numerad los tubos y agitadlos para intentar mezclar cada sustancia con el agua. ¿Qué ocurre?

Comprobación de la conductividad eléctrica

— Preparad en los vasos de precipitados cuatro disoluciones acuosas: una con cada una de las muestras.

— Medid la conductividad eléctrica de cada disolución con el conductivímetro. ¿Qué valores habéis obtenido? ¿En qué unidades están expresados?

Comprobación de la temperatura de fusión

— Con la espátula, agregad en la primera cápsula de porcelona una pequeña cantidad de sacarosa, en la segunda una pequeña cantidad de sal común y en la tercera de bicarbonato de sodio.

— Coged cada cápsula con las pinzas y calentadlas con el mechero de Bunsen. Observad si se derriten o no, y el tiempo que tardan.

Obtención de datos

Describid el estado físico y las propiedades organolépticas de las cuatro sustancias (color, olor y textura):

1. ______________________________

2. ______________________________

3. ______________________________

4. ______________________________

Completad la siguiente tabla en vuestro cuaderno:

Muestra	Solubilidad en agua ✗/✓	Conductividad eléctrica ✗/✓	Temperatura de fusión (Alta o baja)
1			
2			
3			
4			

Análisis de datos

Informaos sobre las propiedades generales de los compuestos orgánicos e inorgánicos y, según la tabla anterior, clasificad cada una de las sustancias como orgánicas o inorgánicas:

Muestra 1: ______________ **Muestra 2:** ______________ **Muestra 3:** ______________ **Muestra 4:** ______________

Comprobad si vuestra **hipótesis es cierta.** En caso negativo, formulad una nueva hipótesis y repetid el proceso.

EXTRACCIÓN DE CONCLUSIONES

¿A qué conclusiones habéis llegado? ¿Qué propiedades diferencian una sustancia orgánica de una inorgánica?

COMUNICACIÓN DE RESULTADOS

Por último, redactad un **informe** de la práctica que responda a las distintas etapas del método científico y exponedlo en clase. Para ello, podéis elaborar una presentación en formato digital.

Sigue investigando

Buscad en Internet las fórmulas de cada una de las sustancias anteriores. ¿Por qué tipo de átomos están formadas? ¿Concuerdan con los resultados obtenidos en la práctica anterior? Nombrad correctamente cada una de ellas.

SÍNTESIS

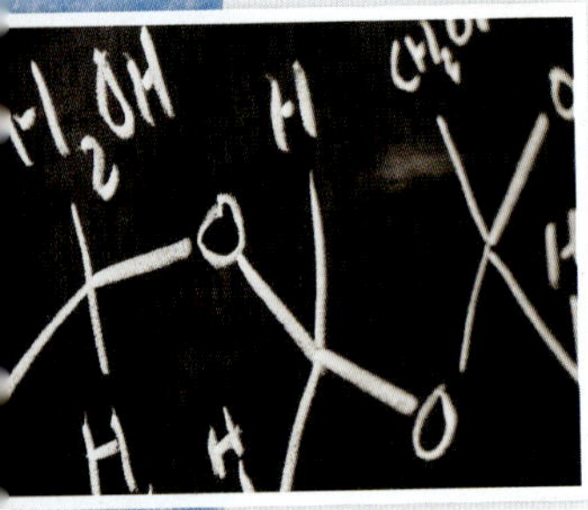

Química del carbono

- **El carbono en la naturaleza**
  - Constituyente esencial de los seres vivos
  - Formas alotrópicas
    - Grafito
    - Diamante
    - Fullerenos
    - Nanotubos
    - Grafeno
- **El átomo de carbono y sus enlaces**
  - Puede formar hasta cuatro enlaces covalentes con otros átomos, que pueden ser
    - Simples
    - Dobles
    - Triples
  - Da lugar a cadenas carbonadas y macromoléculas
  - Las fórmulas empleadas para representar los compuestos del carbono son
    - Fórmula molecular
    - Fórmula semidesarrollada
    - Fórmula desarrollada
    - Fórmula tridimensional
- **Hidrocarburos**
  - **Alifáticos**
    - De cadena abierta
      - Saturados — Alcanos
      - Insaturados — Alquenos, Alquinos
    - De cadena cerrada
      - Saturados — Cicloalcanos
      - Insaturados — Cicloalquenos, Cicloalquinos
  - **Aromáticos**
- **Grupos funcionales**
  - Derivados halogenados
  - Compuestos oxigenados → – Alcoholes – Éteres – Aldehídos – Cetonas – Ácidos carboxílicos – Ésteres
  - Compuestos nitrogenados → – Aminas – Amidas – Nitrilos
- **Compuestos orgánicos de interés**
  - Biológico
    - Glúcidos
    - Lípidos
    - Proteínas
    - Ácidos nucleicos
  - Industrial
    - Polímeros
      - Obtención
      - Aplicaciones
      - Implicaciones medioambientales

Recuerda lo que has aprendido

14. Cita una aplicación de cada forma alotrópica del carbono.

15. Representa la fórmula de un compuesto orgánico que tenga, al menos, un enlace simple, otro doble y otro triple.

16. ¿Qué es un hidrocarburo? Formula y nombra un alquino y un cicloalcano.

17. Enumera los grupos funcionales que conoces.

18. Explica la importancia de los polímeros en nuestra sociedad.

1. El carbono en la naturaleza

19. ★☆☆ Enumera las formas alotrópicas del carbono que conoces.

— Describe la estructura y las propiedades de cada una de ellas.

20. ★★☆ Cita ejemplos de compuestos naturales procedentes del carbono, y de compuestos sintéticos.

21. ★★☆ Observa el ciclo del carbono en la naturaleza:

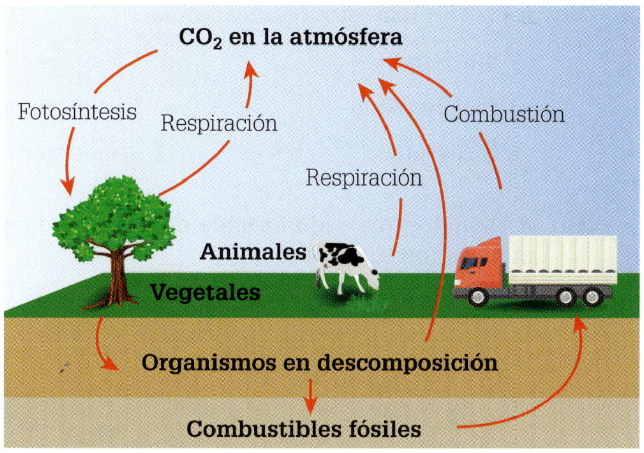

a) ¿De dónde procede el carbono que utilizan los vegetales para formar su materia viva?

b) ¿Cómo pasa el carbono desde los vegetales a los animales?

c) Describe las distintas formas por las que el dióxido de carbono vuelve a la atmósfera.

22. ★★☆ Busca en Internet la abundancia de carbono en la corteza terrestre.

— Exprésala como tanto por ciento en masa.

23. ★★★ Visionad en clase el siguiente documental sobre el carbono:

http://links.edebe.com/ta9

Después, responded a estas preguntas:

a) ¿Qué es la fibra de carbono? ¿Cuáles son sus propiedades?

b) ¿Qué es el aerogel? ¿Cuáles son sus propiedades?

c) Citad algunas de las aplicaciones del carbono y sus derivados.

d) ¿Qué problemas provoca el uso del carbón?

2. El átomo de carbono y sus enlaces

24. ★☆☆ Razona los motivos por los que los compuestos del carbono son tan numerosos.

25. ★☆☆ Justifica si las siguientes afirmaciones son verdaderas o falsas. Corrige las falsas.

a) El carbono puede formar un máximo de cuatro enlaces covalentes.

b) Se denomina carbono terciario a aquel que está unido a tres átomos de carbono.

c) La fórmula molecular de un compuesto orgánico representa la proporción en la que se unen sus elementos.

d) Si queremos representar en el espacio todos los enlaces de una molécula orgánica, emplearemos su fórmula desarrollada.

26. ★★☆ Pon un ejemplo de compuesto de carbono que presente enlaces simples, otro que tenga al menos un enlace doble y otro un enlace triple.

27. ★★☆ Cataloga las siguientes cadenas carbonadas como lineales, ramificadas o cíclicas:

a) 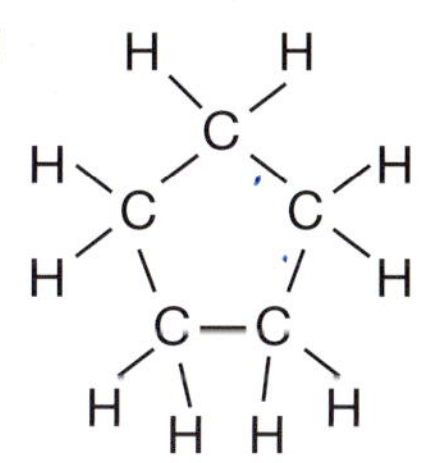

b) 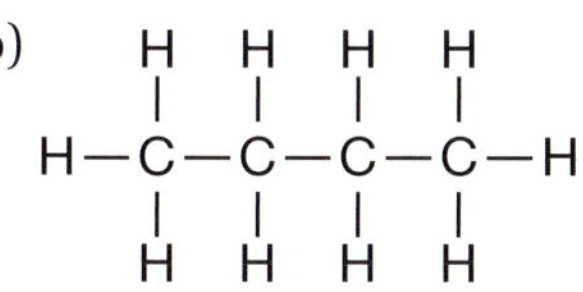

c) 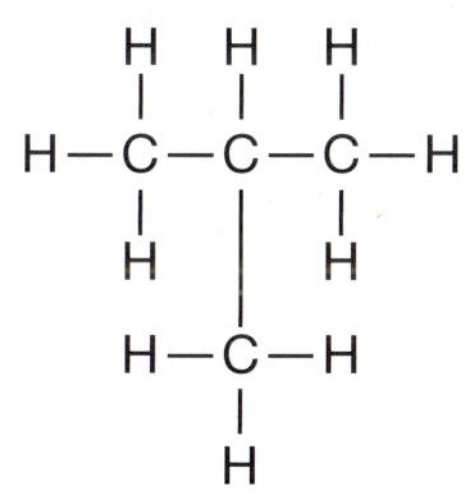

— Después, clasifica los átomos de carbono de cada una de ellas como primarios, secundarios, terciarios o cuaternarios.

28. ★★☆ Observa el siguiente compuesto orgánico:

$$CH_3-CH_2-\underset{\displaystyle CH_3}{\underset{|}{CH}}-CH=CH_2$$

a) Escribe su fórmula molecular.

b) Representa su fórmula desarrollada.

c) Clasifica los tipos de enlace que presenta.

29. ★★★ Observa la disposición en el espacio de los átomos de esta molécula:

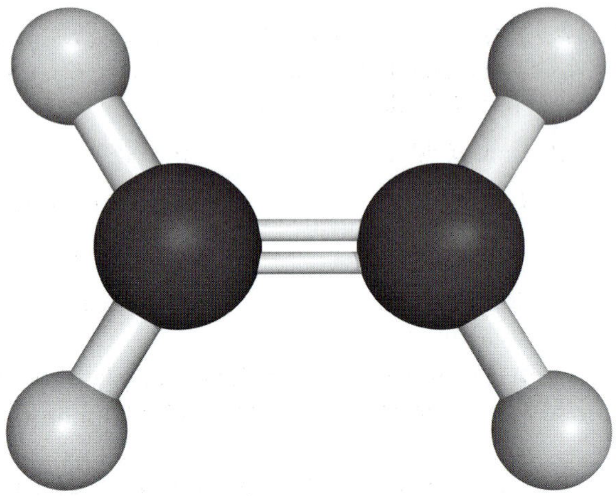

a) Describe los enlaces que presenta.

b) Sabiendo que las esferas negras corresponden al carbono y las esferas grises al hidrógeno, representa su fórmula tridimensional.

30. ★★★ En parejas, analizad la siguiente figura:

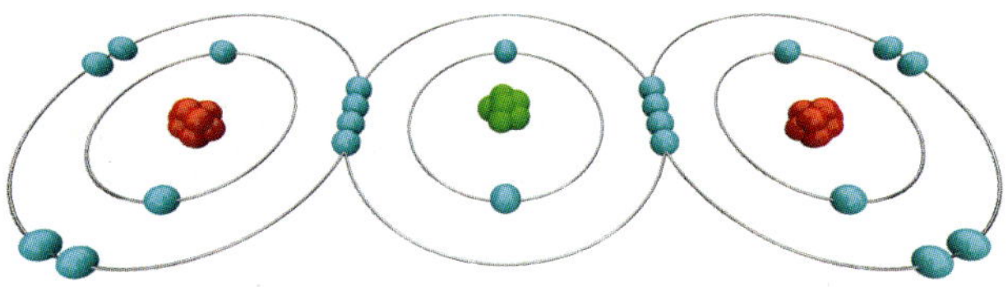

a) ¿Qué representa?

b) Interpretad la información que contiene.

c) ¿Sabríais decir qué molécula representa?

d) Poned en común vuestra respuesta en clase y comprobad si todos habéis llegado a la misma conclusión.

3. Hidrocarburos

31. ★☆☆ ¿Verdadero o falso? Razona tu respuesta.

a) Un hidrocarburo solo puede contener átomos de carbono e hidrógeno.

b) Un alcano es un hidrocarburo de cadena abierta insaturado.

c) Los alquinos son hidrocarburos alifáticos cíclicos.

d) Un hidrocarburo saturado contiene al menos un enlace doble o uno triple.

32. ★☆☆ Clasifica los siguientes hidrocarburos de cadena abierta en alcanos, alquenos o alquinos, e indica si son saturados o insaturados:

a) $CH_3-CH=CH-CH_3$

b) $CH\equiv CH$

c) $CH_3-CH_2-CH_3$

d) $CH_3-CH(CH_3)-CH_2-CH_2-CH_3$

33. ★★☆ Nombra cada uno de los hidrocarburos de la actividad anterior.

34. ★★☆ Formula estos hidrocarburos:

a) but-2-ino

b) Cicloheptano

c) Ciclobuteno

d) Ciclopenta-1,3-dieno

e) Ciclohexino

f) 5-metilhex-2-ino

35. ★★☆ Relaciona cada fórmula de estos compuestos aromáticos con su nombre:

a) 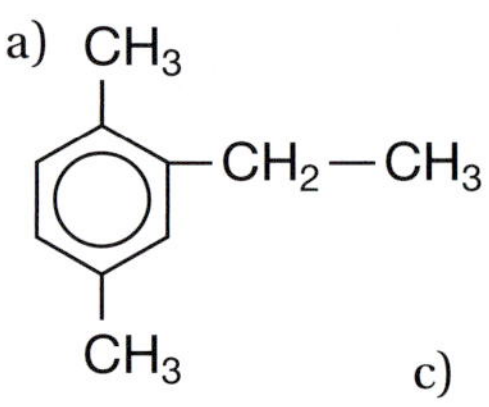

b) 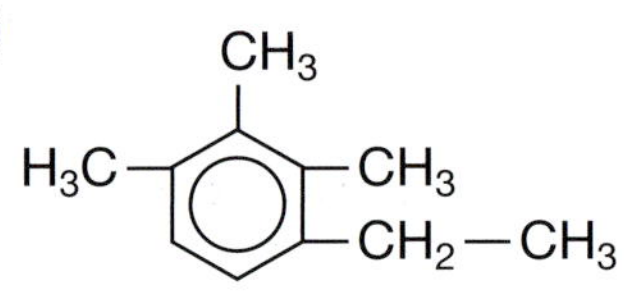

c) 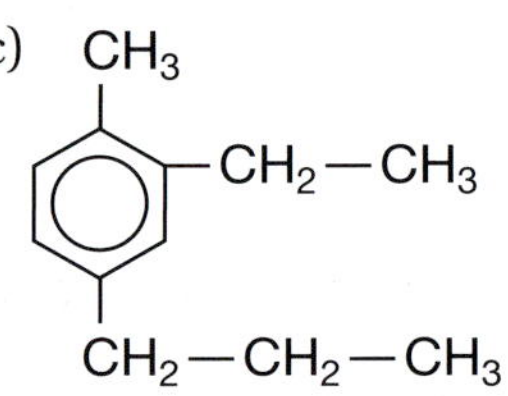

a) 1-etil-2,3,4-trimetilbenceno

b) 2-etil-1,4-dimetilbenceno

c) 2-etil-1-metil-4-propilbenceno

36. ★★★ Las bolas de naftalina empleadas para ahuyentar a las polillas contienen naftaleno.

a) Busca la fórmula química de este compuesto y su estructura.

b) ¿Es alifático o aromático?

4. Grupos funcionales

37. ★☆☆ Clasifica los siguientes compuestos como halogenados, oxigenados o nitrogenados:

a) $CH_3-CH=CH-NH_2$

b) 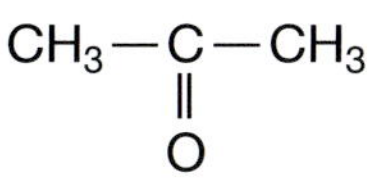

c) 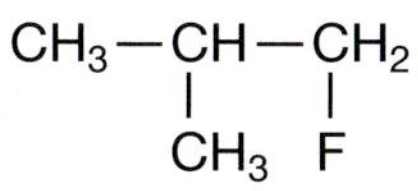

38. ★☆☆ Identifica la familia a la que pertenece cada uno de los compuestos de la actividad anterior.

39. ★★☆ Completa esta tabla en tu cuaderno:

Familia	Grupo funcional
Éteres	
	$-OH$
Aldehídos	
	$-NH-$
Ácidos carboxílicos	
	$-O-$
Nitrilos	

40. ★★☆ Formula en tu cuaderno los siguientes compuestos:

a) Etoxipropano

b) Propan-1-ol

c) 3-etilhexanonitrilo

d) Metanoato de etilo

e) 1-cloro-2-bromo-1-heptino

f) Ácido butanoico

41. ★★☆ Nombra estos compuestos:

a) $CH_3-CH_2-CH_2-O-CH_2-CH_2-CH_3$

b) $(Br)_3CH$

c) $CH_3-CO-NH_2$

d) $CH_3-CH_2-C{\equiv}N$

42. ★★★ Practica en este enlace la formulación de forma interactiva:

http://links.edebe.com/v5u8y

5. Compuestos orgánicos de interés

43. ★☆☆ Relaciona cada uno de los siguientes términos con la macromolécula a la que corresponde (glúcidos, lípidos, proteínas o ácidos nucleicos):

a) Aminoácidos

b) Nucleótidos

c) ARN

d) Hemoglobina

e) Polisacáridos

f) Aceites vegetales

g) Glucosa

h) Colesterol

44. ★☆☆ Pon ejemplos de productos de plástico e indica si están compuestos de polímeros naturales o sintéticos.

45. ★★☆ Infórmate sobre los siguientes alimentos e indica si son ricos en glúcidos, lípidos o proteínas:

a) Huevos

b) Margarina

c) Aceite de oliva

d) Pasta alimenticia

e) Marisco

f) Pan

46. ★★☆ Completa las siguientes cuestiones sobre los polímeros:

a) ¿Cómo se llama la unidad básica que los componen?

b) Explica en qué consiste una reacción de polimerización.

c) ¿Qué repercusiones tiene su utilización sobre el medio ambiente?

d) Enumera los procesos que intervienen en el reciclado del plástico.

47. ★★★ La baquelita fue el primer polímero sintetizado de forma artificial.

a) Busca la siguiente información en Internet: creador, proceso de síntesis, propiedades y aplicaciones.

b) Redacta un informe en formato digital.

Pon a prueba tus competencias

Vivimos rodeados de compuestos de carbono. Vamos a identificar algunas sustancias orgánicas cotidianas, así como sus propiedades y sus aplicaciones.

48. Resulta curioso que tanto el diamante como el grafito tengan la misma fórmula química: C. Mientras que el primero se utiliza sobre todo en joyería y solo unos pocos lo tienen a su alcance, el grafito nos acompaña día a día en las minas de los lápices.

a) Describe las estructuras del diamante y del grafito. Apoya tu descripción con un esquema que refleje la unión entre átomos en cada uno de ellos.

b) Elabora una tabla comparativa que distinga las propiedades de ambas formas alotrópicas del carbono.

c) Escribe la configuración electrónica del carbono y explica por qué puede formar un número tan elevado de compuestos.

49. El polipropeno (PP) es un polímero que se obtiene mediante la polimerización del propeno. Se emplea en una gran variedad de productos, como juguetes, vasos de plástico, fundas, piezas, etc.

a) ¿Cuál es entonces su monómero? Represéntalo mediante su fórmula semidesarrollada, desarrollada y molecular.

b) Di qué tipo de hidrocarburo es según la clasificación que hemos estudiado en la unidad e indica además si es saturado o insaturado.

c) ¿Qué indica este símbolo?

50. Los perfumes contienen muchos aldehídos que les aportan frescura y perdurabilidad.

a) Representa en tu cuaderno el grupo funcional de esta familia de compuestos.

b) ¿Son compuestos halogenados, oxigenados o nitrogenados?

c) Pon el ejemplo de uno de ellos, escribiendo su fórmula semidesarrollada y su nombre.

51. La acetona, empleada como disolvente, tiene por fórmula CH_3COCH_3.

a) Representa su fórmula desarrollada e identifica el grupo funcional que presenta.

b) Escribe su nombre según la IUPAC.

52. ¿Conoces la diferencia entre las grasas saturadas e insaturadas?

— Infórmate sobre este tema y describe las repercusiones que tiene cada una de ellas sobre la salud.

Diario de aprendizaje

Reflexiona

— ¿Te resulta interesante la química orgánica? ¿Eras consciente de la existencia de tantos compuestos del carbono?

— ¿Cómo has aprendido a formular y nombrar los compuestos orgánicos?

— ¿Crees que quedan muchos compuestos orgánicos por descubrir?

BLOQUE 3

Los cambios químicos

» En este bloque, comprenderás qué son las reacciones químicas, aprendiendo a interpretar el mecanismo por el que transcurren y las leyes relacionadas con ellas.

» Describirás con precisión la influencia de los diversos factores que afectan a la velocidad de una reacción, poniendo ejemplos concretos y realizando experiencias prácticas en el laboratorio.

» Serás capaz de describir una ecuación termoquímica, interpretando si la reacción que representa es endotérmica o exotérmica.

» Utilizarás con autonomía los cálculos estequiométricos para resolver problemas reales y contextualizados sobre reacciones químicas.

» Aprenderás a distinguir diferentes tipos de reacciones, describiendo la importancia de cada una de ellas en los sectores energético, industrial, biológico o doméstico, y explicando con espíritu crítico las consecuencias que tienen sobre el medio ambiente.

UD 7. Las reacciones químicas

7 Las reacciones químicas

» CONTENIDOS

1. ¿Qué son las reacciones químicas?
2. Leyes fundamentales de la química
3. Tipos de reacciones químicas
4. Velocidad y energía de las reacciones químicas
5. Cálculos estequiométricos
6. La industria química en la sociedad

Visión 360°
La industria de los alimentos: los aditivos

Cre@ctividad
Creamos un *collage* sobre química y alimentación con *MyScrapNook*

Ciencia a tu alcance
Volumetría ácido-base

Rutina de pensamiento

VEO, PIENSO, ME PREGUNTO

— Lee el título de la unidad y observa con atención las imágenes de estas dos páginas.

— Responde a estas preguntas: ¿Qué es lo que ves? ¿Qué piensas sobre este tema? ¿Qué te preguntas?

— Poned en común vuestras respuestas en clase y anotadlas en forma de tabla en la pizarra. ¿De cuántas formas distintas habéis interpretado las imágenes? ¿Han surgido muchas ideas sobre las reacciones químicas?

8:20

1. ¿Qué son las reacciones químicas?

Sabemos que en la naturaleza existen dos tipos de cambios:

— **Cambios físicos.** Se modifica el aspecto de las sustancias que intervienen, pero no cambia su composición química.

— **Cambios químicos.** Unas sustancias se transforman en otras diferentes, con naturaleza y propiedades distintas.

Ejemplo 1

Clasifica los siguientes cambios como físicos o químicos:

Disolución de azúcar en agua

Oxidación de los metales

— La disolución de azúcar en agua es un cambio físico, ya que la mezcla resultante tiene la misma composición. No se forma ninguna sustancia nueva.

— La oxidación de los metales es un cambio químico, puesto que cambia su composición química, formándose una capa de óxido rojiza sobre el metal.

Los cambios químicos se describen por medio de **reacciones químicas:**

Una **reacción química** es un proceso mediante el cual una o varias sustancias iniciales, llamadas **reactivos,** se transforman en otras distintas a estas, denominadas **productos.**

1.1. Mecanismo de una reacción química

Entra en este enlace y descárgate el *applet:*

http://links.edebe.com/fbzkx

» **Ejecútalo y observa la reacción de síntesis del agua a nivel molecular.**

En toda reacción química las entidades moleculares de los reactivos (átomos, moléculas o iones) chocan entre sí y sus átomos se reorganizan. Los enlaces entre los átomos de los reactivos se destruyen y se forman nuevos enlaces, que dan lugar a los productos.

Sin embargo, no todos los choques conducen a la obtención de productos. Para que un **choque** sea **eficaz** y se formen los productos, debe reunir dos requisitos:

— **Energía suficiente** para que se rompan los enlaces entre átomos de reactivos. La energía mínima necesaria para que se produzca la reacción se llama **energía de activación (E_a).**

— **Orientación adecuada** para que, al romperse los enlaces, los átomos libres se puedan unir de la manera que requiere la formación de productos.

Esta explicación del mecanismo por el que transcurre una reacción química se denomina **teoría de las colisiones.**

Ejemplo 2

Observa los choques que pueden producirse entre las moléculas de bromo e hidrógeno.

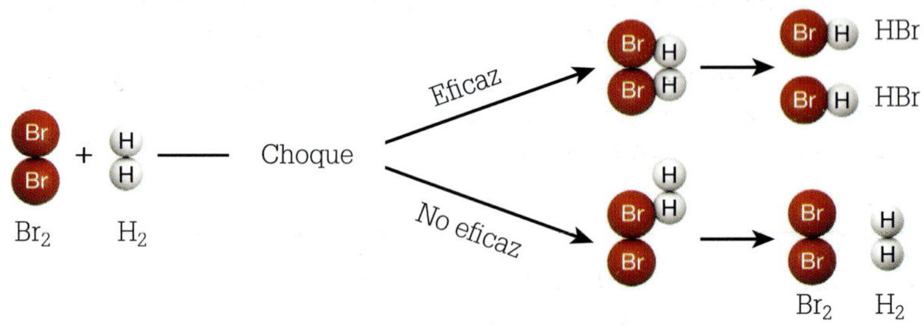

— Si los choques son eficaces, darán lugar a la formación de los productos; en este caso, bromuro de hidrógeno.

— Si los choques no son eficaces, no se formarán los productos.

1.2. Ecuaciones químicas y su ajuste

Para describir las reacciones químicas y sus características (sustancias que intervienen, estado físico, energía intercambiada, etc.), se emplean **ecuaciones químicas:**

> Una **ecuación química** es la representación escrita y abreviada de una reacción química.

Ejemplo 3

La siguiente ecuación química representa la reacción entre el carbonato de calcio en estado sólido y el ácido clorhídrico en disolución:

$$CaCO_3(s) + 2\,HCl(aq) \rightarrow CaCl_2(aq) + H_2O(l) + CO_2(g)\uparrow$$

Como productos se forman cloruro de calcio en disolución y agua en estado líquido, y se desprende dióxido de carbono gaseoso.

Una ecuación química nos proporciona tanto información cualitativa como cuantitativa de la reacción que representa. Para poder interpretar la ecuación de forma cuantitativa, debe estar **ajustada:**

> **Ajustar una ecuación química** consiste en asignar a cada fórmula un coeficiente para que haya el mismo número de átomos de cada elemento en ambos miembros.

Ejemplo 4

Ajusta la siguiente reacción química, correspondiente a la combustión del propano:

$$C_3H_8(g) + O_2(g) \rightarrow CO_2(g) + H_2O(g)$$

COMPRENSIÓN. Identificamos los distintos tipos de átomos que intervienen: C, H y O.

RESOLUCIÓN. Contamos el número de átomos que hay de cada elemento en ambos miembros de la ecuación. Siempre que podamos empezaremos por los átomos que no aparecen en sustancias elementales, dejando estos últimos para el final. En este caso, comenzaremos por el C, seguiremos por el H y dejaremos el O para el final.

— C: hay tres átomos a la izquierda y uno a la derecha. Escribimos un tres delante del dióxido de carbono. Así, habrá tres átomos de C en cada miembro.

$$C_3H_8(g) + O_2(g) \rightarrow 3\,CO_2(g) + H_2O(g)$$

— H: hay ocho átomos a la izquierda y dos a la derecha. Escribimos un cuatro delante del agua. Así, habrá ocho átomos de H en cada miembro.

$$C_3H_8(g) + O_2(g) \rightarrow 3\,CO_2(g) + 4\,H_2O(g)$$

— O: hay dos átomos a la izquierda y diez a la derecha. Escribimos un cinco delante del oxígeno molecular. Así, habrá diez átomos de O en cada miembro.

$$C_3H_8(g) + 5\,O_2(g) \rightarrow 3\,CO_2(g) + 4\,H_2O(g)$$

COMPROBACIÓN. Contamos nuevamente el número de átomos de cada elemento para asegurarnos de que la ecuación está correctamente ajustada.

Ejemplo 5

Observa la interpretación cuantitativa de la ecuación que hemos ajustado en el ejemplo anterior:

— **Relación molar:** un mol de propano reacciona con cinco moles de oxígeno y producen tres moles de dióxido de carbono y cuatro moles de agua.

— **Relación atómico-molecular:** una entidad molecular de propano reacciona con cinco entidades moleculares de oxígeno y producen tres entidades moleculares de dióxido de carbono y cuatro entidades moleculares de agua.

Actividades

1. La electrólisis del agua consiste en la descomposición de agua en hidrógeno y oxígeno moleculares:
   a) Razona por qué la electrólisis del agua es un cambio químico.
   b) Describe, según la teoría de las colisiones y por medio de un esquema, el mecanismo de la reacción.
   c) Ajusta la ecuación química correspondiente.

2. Leyes fundamentales de la química

En el siglo XVIII tuvieron lugar grandes avances en el campo de la química. Entre ellos está el descubrimiento de las relaciones entre sustancias que se cumplen en una reacción química.

2.1. Ley de conservación de la masa

Lavoisier (1743-1794) estudió las reacciones de combustión, oxidación de metales y descomposición de materia orgánica en recipientes cerrados, y midió la masa de las sustancias encerradas en el recipiente antes y después del proceso.

Experimenta

Deducimos la ley de conservación de la masa

En grupos, realizad el siguiente experimento en el laboratorio:

— Introducid diversas frutas peladas en un recipiente cerrado herméticamente y pesad el conjunto con una balanza electrónica.

— Dejad pasar varios días y observad el contenido del recipiente. ¿Qué aspecto tiene? ¿Ha cambiado?

— Pesadlo de nuevo y comprobad si ha aumentado o disminuido la masa total. ¿Qué ha pasado? ¿Qué conclusiones podéis extraer?

Lavoisier comprobó que la masa total de las sustancias que intervenían en cada proceso no experimentaba variación, y que el oxígeno del aire encerrado en el recipiente era el causante de las transformaciones estudiadas. Como resultado de estas observaciones, en 1774 enunció la **ley de conservación de la masa:**

> En una **reacción química,** la **suma** de las **masas** de todas las sustancias que intervienen se mantiene **constante.** Es decir, la suma de las masas de los reactivos es igual a la suma de las masas de los productos.

2.2. La hipótesis de Avogadro

Avogadro (1776-1856) intuyó que debía existir una relación numérica simple entre la cantidad de partículas de gas y el volumen que ocupan, proponiendo en 1811 lo que conocemos como **hipótesis de Avogadro:**

> **Volúmenes iguales** de cualquier gas, medidos en las mismas condiciones de presión y temperatura, contienen el **mismo número de moléculas.**

Ejemplo 6

Observa la relación entre los volúmenes de las sustancias gaseosas que intervienen en la formación de agua:

$$2\ H_2(g) + O_2(g) \rightarrow 2\ H_2O(g)$$

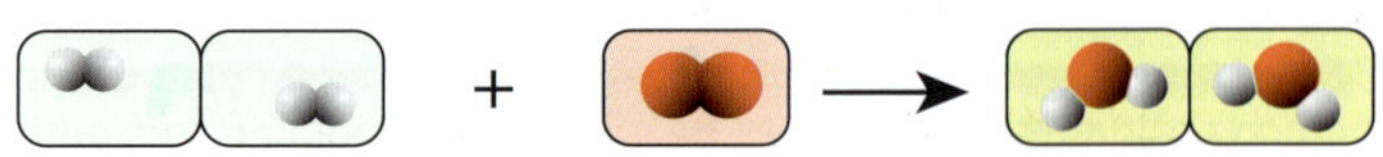

Hidrógeno 2 V + Oxígeno 1 V → Vapor de agua 2 V

Actividades

2. En la reacción de combustión de 16 g de $CH_4(g)$ con $O_2(g)$ en exceso, se forman 44 g de $CO_2(g)$ y 36 g de $H_2O(g)$. Determina cuánto oxígeno ha reaccionado.

   — Elabora un esquema de la reacción según la hipótesis de Avogadro.

3. Tipos de reacciones químicas

Las reacciones químicas se pueden clasificar atendiendo a diversos criterios:

TIPOS DE REACCIONES QUÍMICAS

Según el mecanismo de intercambio

De síntesis

$O_2(g) + 2\ H_2(g) \rightarrow 2\ H_2O(g)$

Dos o más reactivos sencillos se combinan para formar un producto más complejo.

De descomposición

$2\ H_2O(l) \rightarrow O_2(g)\uparrow + 2\ H_2(g)\uparrow$

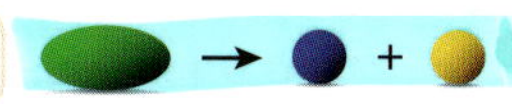

Una sustancia se descompone en otras más sencillas.

De desplazamiento o sustitución

$Mg(s) + 2\ HCl(aq) \rightarrow MgCl_2(aq) + H_2(g)\uparrow$

Un elemento es sustituido por otro en un compuesto, y da lugar a un compuesto diferente.

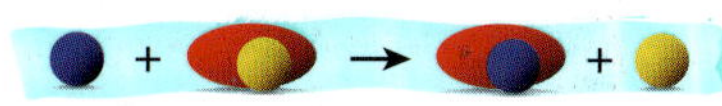

De doble desplazamiento

$H_2SO_4(aq) + 2\ NaOH(aq) \rightarrow Na_2SO_4(aq) + 2\ H_2O(l)$

Dos elementos intercambian sus posiciones y forman dos nuevos compuestos.

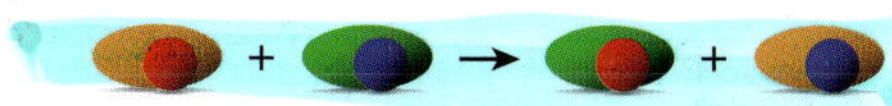

Según las partículas intercambiadas

Ácido-base o de neutralización

$HNO_3(aq) + NaOH(s) \rightarrow NaNO_3(aq) + H_2O(l)$

Transferencia de cationes de hidrógeno (H^+), denominados hidrones, desde un ácido a una base. Se obtienen como productos una sal y agua:

Ácido + Base $\rightarrow$ Sal + Agua

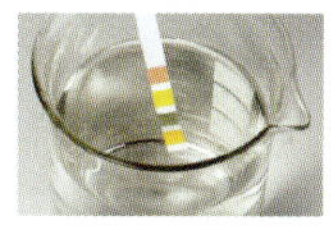

Oxidación-reducción (redox)

$2\ Na\underset{-1}{I}(aq) + \underset{0}{Cl_2}(g) \rightarrow 2\ Na\underset{-1}{Cl}(aq) + \underset{0}{I_2}(s)$

Transferencia de electrones entre los reactivos. Tienen lugar un proceso de oxidación y otro de reducción.

De precipitación

Transferencia de iones en disolución entre dos compuestos iónicos solubles para formar una sal insoluble llamada precipitado.

$2\ KI(aq) + Pb(NO_3)_2(aq) \rightarrow 2\ KNO_3(aq) + PbI_2(s)\downarrow$

Combustión

Caso particular de reacción redox en la que una sustancia (combustible) reacciona con oxígeno (comburente) y genera dióxido de carbono y vapor de agua.

$2\ C_4H_{10}(g) + 13\ O_2(g) \rightarrow 8\ CO_2(g) +$ ~~$10\ H_2(g)$~~ $10\ H_2O(g)$

Actividades

3. Clasifica las siguientes reacciones químicas en función del mecanismo de intercambio y según las partículas intercambiadas:

a) $FeS(s) \rightarrow Fe(s) + S(s)$

b) $N_2(g) + 3\ H_2(g) \rightarrow 2\ NH_3(g)$

c) $HCl(aq) + NaOH(aq) \rightarrow NaCl(aq) + H_2O(l)$

d) $C_3H_8(g) + 5\ O_2(g) \rightarrow 3\ CO_2(g) + 4\ H_2O(l)$

3.1. Reacciones ácido-base: neutralización

A diario, empleamos ácidos y bases en nuestra vida cotidiana.

Ejemplo 7

Observa las siguientes sustancias cotidianas:

— El zumo de limón y el vinagre tienen un sabor ácido o agrio, y reaccionan con algunas sustancias desprendiendo hidrógeno. Son ácidos.

— La lejía y el amoníaco disuelven las grasas y tienen un tacto jabonoso. Son bases.

@ En este enlace, puedes estudiar la evolución de las distintas teorías que explican el comportamiento de los ácidos y de las bases (teoría de Arrhenius y teoría de Brönsted-Lowry):

http://links.edebe.com/kb2ytn

» **¿Qué diferencias encuentras entre ellas?**

Acido + Base = Sal + agua

En la siguiente tabla, podemos ver las propiedades que distinguen un ácido de una base:

Propiedad	Ácidos	Bases
Sabor	Ácido o agrio	Amargo
Tacto	Punzante	Suave
Reactividad	— Reaccionan con las bases y producen sales. — Reaccionan con algunos metales como el Zn o el Fe y desprenden hidrógeno.	— Reaccionan con los ácidos y producen sales. — En general, no reaccionan con los metales.
Conductividad eléctrica	Conducen la electricidad en disolución acuosa.	Conducen la electricidad en disolución acuosa.

La **neutralización** es una reacción en disolución acuosa en la que una sustancia llamada **ácido** cede hidrones (H^+) a otra sustancia denominada **base.**

+
— Cuando un ácido cede un hidrón, se convierte en su **base conjugada,** puesto que podría volver a aceptarlo.

— Cuando una base acepta un hidrón, se convierte en su **ácido conjugado,** ya que podría volver a cederlo.

Los ácidos y las bases pueden ser fuertes o débiles:

— **Ácidos y bases fuertes.** Si tienen mucha tendencia a ceder o aceptar hidrones, respectivamente.

— **Ácidos y bases débiles.** Si tienen poca tendencia a ceder o aceptar hidrones, respectivamente.

Si en la reacción de neutralización participan un ácido y una base fuertes, dan lugar a una sal y agua:

$$\underbrace{HCl(aq)}_{\text{Ácido}} + \underbrace{KOH(s)}_{\text{Base}} \rightarrow \underbrace{KCl(s)}_{\text{Sal}} + \underbrace{H_2O(l)}_{\text{Agua}}$$

Escala de pH

¿Cómo podemos saber si una sustancia tiene carácter ácido o básico? Podemos medir la concentración de hidrones en disolución acuosa. Para ello, se emplea el concepto de pH.

> El **pH** es una medida de la acidez o basicidad (alcalinidad) de una disolución.

El pH de una disolución se define como el logaritmo negativo de la expresión numérica de la concentración, en mol/L, de hidrones.

$$pH = -\log [H^+]$$

La escala de pH va de 0 a 14, como vemos en esta figura:

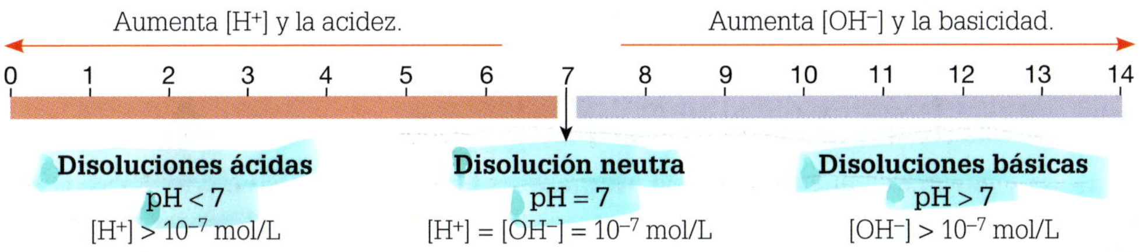

Indicadores

En el laboratorio existen unas sustancias que permiten medir el pH de forma aproximada. Son los indicadores:

> Los **indicadores** son sustancias que cambian de color según sea el pH de la disolución a la que se añaden.

Veamos los indicadores que se utilizan con más frecuencia en el laboratorio:

Indicador	Color de la forma ácida (HA)	Color de la forma básica (A−)	Intervalo de viraje (pH inferior y pH superior)
Rojo congo	Azul	Rojo	3,0 - 5,0
Azul de bromofenol	Amarillo	Azul violeta	3,0 - 4,6
Naranja de metilo	Rojo	Amarillo	3,2 - 4,4
Verde de bromocresol	Amarillo	Azul	3,8 - 5,4
Rojo de metilo	Rojo	Amarillo	4,8 - 6,0
Azul de bromotimol	Amarillo	Azul	6,0 - 7,6
Rojo fenol	Amarillo	Rojo	6,6 - 8,0
Rojo cresol	Amarillo	Rojo	7,0 - 8,8
Azul de timol	Amarillo	Azul	8,0 - 9,6
Fenolftaleína	Incoloro	Rosa fucsia	8,2 - 10,0
Amarillo de alizarina	Amarillo	Rojo	10,1 - 12,0

Actividades

@ **4.** Investiga qué ácidos o bases están presentes en las sustancias del ejemplo 7. Escribe en tu cuaderno la fórmula y el nombre de cada uno.

@ **5.** Busca en Internet el pH de estas sustancias:

Jugo gástrico Agua Vinagre Leche

@ Observa en estos enlaces algunas reacciones ácido-base de interés biológico:

http://links.edebe.com/27by

http://links.edebe.com/6a6

\+ El instrumento empleado para medir el pH de una disolución se denomina **pH-metro.**

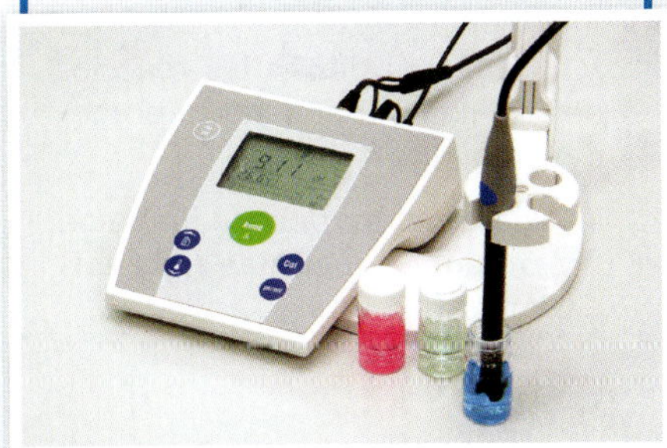

pH-metro digital.

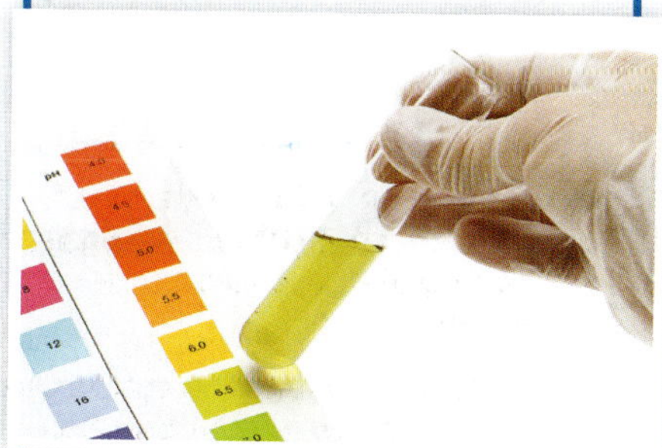

Tiras indicadoras de pH.

3.2. Reacciones de combustión

Como hemos visto en la clasificación de las reacciones químicas, las reacciones de combustión son reacciones de oxidación-reducción, también llamadas redox.

La **combustión** es una reacción redox en la que una sustancia llamada **combustible** reacciona con oxígeno, denominado **comburente,** y genera dióxido de carbono y vapor de agua.

Biocombustibles

Combustibles de origen biológico obtenidos a partir de restos orgánicos. Son una fuente de energía renovable y respetuosa con el medio ambiente.

Ejemplo 8

El componente mayoritario de la gasolina es el octano. La ecuación química ajustada que representa la combustión del octano es la siguiente:

$$2\ \underbrace{C_8H_{18}(g)}_{\text{Combustible}} + 25\ \underbrace{O_2(g)}_{\text{Comburente}} \rightarrow 16\ CO_2(g) + 18\ H_2O(g)$$

Para que tenga lugar una reacción de combustión, son necesarios tres elementos, que forman el conocido **triángulo del fuego:** combustible, comburente y energía de activación. La energía de activación de la reacción se proporciona por medio de una llama o de una chispa eléctrica. Una vez iniciada la combustión, continúa por sí misma.

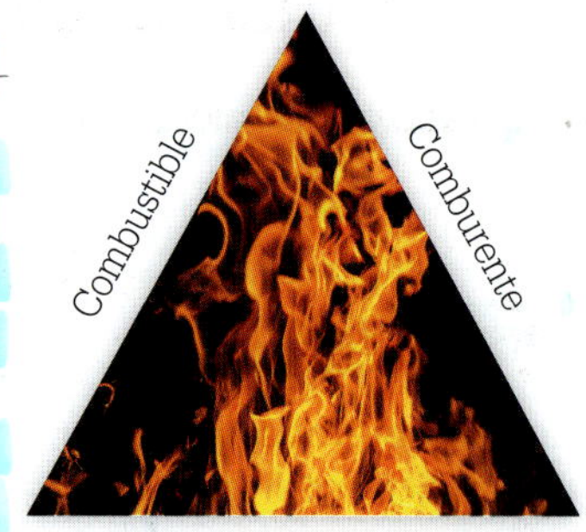

Como las reacciones de combustión constituyen una fuente de energía, cuentan con **numerosas aplicaciones,** entre las que destacan las siguientes:

- Generación de electricidad en centrales térmicas.
- Fuente de energía de los motores de los automóviles.
- Respiración celular para suministrar energía a las células del cuerpo.
- Fuente de energía doméstica: calefacciones, cocinas, estufas, etc.

Ágora

¿Qué efectos tienen las reacciones de combustión sobre el medio ambiente?

» **Organizad un debate en clase y proponed medidas para minimizarlos.**

Experimenta

En la combustión se produce CO_2

En grupos, llevad a cabo el siguiente experimento en el laboratorio:

- Recopilad este material: un plato hondo, un vaso, una vela, un mechero y agua u otro líquido.
- Llenad el plato con 2 cm de agua, colocad la vela dentro y encendedla.
- Tapad la vela encendida con el vaso. ¿Qué ocurre?

El volumen de $CO_2(g)$ producido es menor que el volumen de $O_2(g)$ que se consume. Esto hace que disminuya la presión en el interior del vaso y que suba el agua hasta que la presión interior sea igual a la exterior.

Actividades

6. En parejas, elaborad una lista con los combustibles que conozcáis. Clasificadlos en sólidos, líquidos y gaseosos.

7. Investiga qué es el índice de octanos de una gasolina. ¿Qué efectos tiene sobre la combustión del motor?

4. Velocidad y energía de las reacciones químicas

Las reacciones de combustión que acabamos de estudiar son reacciones que podríamos calificar como rápidas, es decir, su velocidad de reacción es elevada:

> La **velocidad de una reacción** es la rapidez con la que se combinan los reactivos o la rapidez con la que se forman los productos.

No todas las reacciones ocurren a la misma velocidad. Cuanto más fuertes sean los enlaces que deben romperse en los reactivos, más tiempo tardará la reacción en transcurrir.

4.1. Factores que modifican la velocidad de una reacción

Una reacción química, ¿transcurre siempre a la misma velocidad?

Experimenta

¿Qué modifica la velocidad de reacción?

— Acceded a este enlace y visionad en clase los cuatro experimentos:

@ http://links.edebe.com/ppu7

¿Qué conclusiones podéis extraer?

— Después, dividid la clase en cuatro grupos y reproducid los experimentos anteriores en el laboratorio. Cada grupo debe encargarse de uno de ellos. ¿Habéis llegado a los mismos resultados que en el vídeo?

Inhibidores o catalizadores negativos

Sustancias que cuando se añaden a una reacción reaccionan con uno de los reactivos y disminuyen la velocidad de reacción.

Vamos a analizar el efecto de los distintos factores capaces de cambiar la velocidad de una reacción química:

Factor	Relación con la teoría de colisiones	Efecto sobre la velocidad de reacción
Temperatura de la reacción	Al **aumentar la temperatura** de la reacción, incrementa la velocidad de las partículas y como consecuencia se producen más choques entre las partículas.	**Aumenta.**
Concentración de los reactivos	Al **aumentar la concentración de los reactivos,** hay más partículas en el mismo espacio, con lo que habrá más colisiones.	**Aumenta.**
Grado de división de los reactivos sólidos	Al **aumentar el grado de división** de los reactivos sólidos, se facilita el contacto entre los reactivos y, por tanto, el número de choques eficaces.	**Aumenta.**
Presencia de **catalizadores**	Los catalizadores son sustancias que modifican el mecanismo de reacción, **cambiando** la **energía de activación** y con ello la velocidad de la reacción. (Se mantienen inalteradas al finalizar la reacción).	**Aumenta.**

Actividades

@ **8.** Completa estas dos actividades interactivas:

@ http://links.edebe.com/zxe9p

4.2. Transferencia de energía en las reacciones químicas

Las combustiones son reacciones exotérmicas. Por ejemplo:

$$CH_4(g) + 2\ O_2(g)$$
$$\downarrow$$
$$CO_2(g) + 2\ H_2O(l)$$
$$Q = 890\ kJ$$

En una reacción química, siempre tiene lugar un intercambio de energía entre las sustancias que intervienen y el medio en que se encuentran. Generalmente, se intercambia energía en forma de calor.

Según sea el sentido del intercambio de energía, distinguimos dos tipos de reacciones:

Las reacciones **endotérmicas** tienen lugar con **absorción** de energía en forma de **calor.**

Las reacciones **exotérmicas** transcurren con **desprendimiento** de energía en forma de **calor.**

El calor intercambiado durante una reacción química recibe el nombre de **calor de reacción, *Q*.** Su unidad en el SI es el julio (J), aunque suele expresarse en kilojulios (kJ), y se refleja en la ecuación química correspondiente, que pasa a denominarse **ecuación termoquímica.**

Por convenio, seguimos el siguiente criterio:

— Si $Q > 0$, la reacción es **endotérmica.**

— Si $Q < 0$, la reacción es **exotérmica.**

Entalpía, ΔH

Calor de reacción cuando esta transcurre a presión constante.

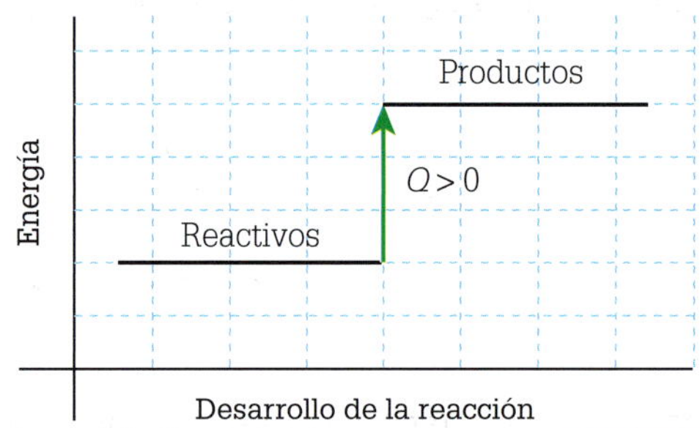

Diagrama de energía de una reacción endotérmica.

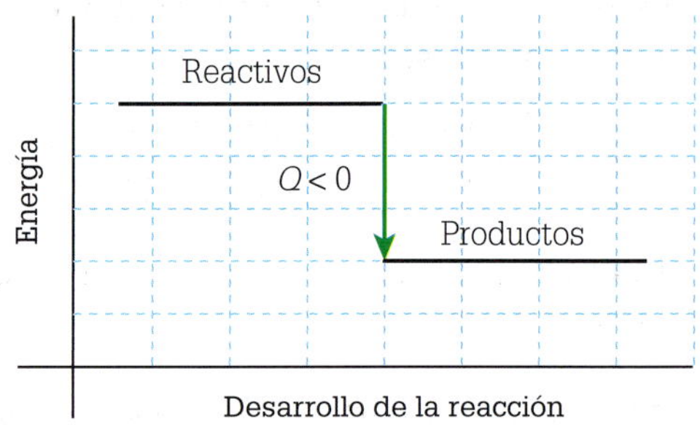

Diagrama de energía de una reacción exotérmica.

Para comprender por qué unas reacciones consumen energía mientras que otras la liberan, debemos prestar atención a la reorganización atómica que tiene lugar. Así, la ruptura de los enlaces de los reactivos siempre transcurre con consumo de energía, mientras que la formación de los enlaces de los productos acontece con liberación de energía.

Ejemplo 9

Observa las ecuaciones termoquímicas de formación y descomposición del agua, y explica su carácter energético:

$$2\ H_2(g) + O_2(g) \rightarrow 2\ H_2O(g) \qquad Q = -483\ kJ$$

$$2\ H_2O(l) \rightarrow 2\ H_2(g) + O_2(g) \qquad Q = 571\ kJ$$

— La reacción de formación del agua es exotérmica, puesto que su calor de reacción es negativo.

— La reacción de descomposición del agua es endotérmica, ya que su calor de reacción es positivo.

Actividades

9. Razona si la siguiente reacción es endotérmica o exotérmica:

$$N_2(g) + O_2(g) \rightarrow 2\ NO(g) \qquad Q = 180{,}6\ kJ$$

@ **10.** Infórmate sobre el carácter energético de la reacción de fotosíntesis. Escribe la ecuación termoquímica correspondiente.

5. Cálculos estequiométricos

Si conocemos la masa o el volumen de alguno de los reactivos o productos que intervienen en una reacción, podremos calcular la masa o el volumen de las demás sustancias. Para obtener esta información cuantitativa, efectuamos **cálculos estequiométricos,** que resolveremos aplicando **factores de conversión.**

Procedimiento para efectuar cálculos estequiométricos	
1.	Escribimos y ajustamos la ecuación química correspondiente.
2.	Convertimos a moles el dato de partida.
3.	Aplicamos la **relación molar** entre la sustancia conocida y la que queremos conocer, según los coeficientes de la ecuación química ajustada.
4.	Calculamos la masa o el volumen de la sustancia requerida.

La constante de Avogadro (N_A) representa el número de partículas que hay en un mol de sustancia. Este valor es constante: **6,022 · 10^23^** → **$6{,}022 \cdot 10^{23}$.**

— Un mol de átomos equivale a $6{,}022 \cdot 10^{23}$ átomos.

— Un mol de moléculas equivale a $6{,}022 \cdot 10^{23}$ moléculas.

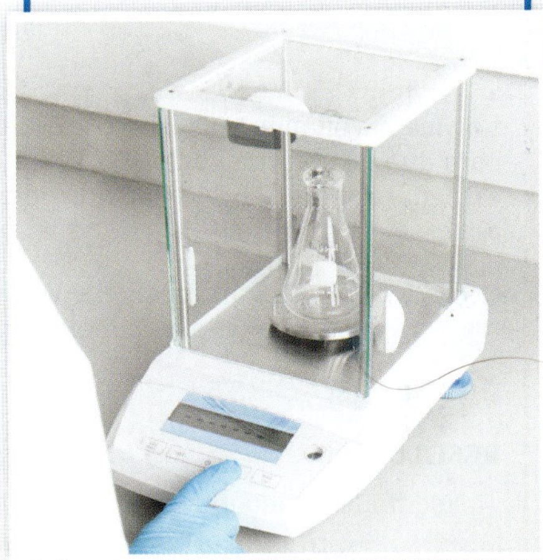

5.1. Cálculos con masas

Para determinar la masa de un reactivo o producto, conocida la masa de otro, debemos tener en cuenta la **masa molar,** que relaciona la **cantidad de sustancia,** cuya unidad es el **mol,** con la **masa:**

> La **masa molar, *M*,** es la masa de un mol de sustancia.

Se mide en **g · mol^{-1}** y su valor numérico coincide con el de la **masa molecular relativa (*M_r*)** en el caso de compuestos, o la **masa atómica relativa (*A_r*)** si se trata de elementos. Por ejemplo:

$$M_r\,(H_2O)\text{: } 2 \cdot A_r\,(H) + 1 \cdot A_r\,(O)$$

$$M_r\,(H_2O)\text{: } 2 \cdot 1{,}01 + 1 \cdot 16{,}00 = 18{,}02 \quad \rightarrow \quad M\,(H_2O)\text{: } 18{,}02\ \text{g} \cdot \text{mol}^{-1}$$

Veamos el procedimiento para efectuar cálculos estequiométricos con masas en el siguiente ejemplo.

Ejemplo 10

El óxido de cromo(III) en estado sólido reacciona con el silicio, también en estado sólido, y da lugar a cromo y dióxido de silicio, ambos en estado sólido. Calcula la cantidad de cromo formada al reaccionar 45,8 g de óxido de cromo(III) con cantidad suficiente de silicio.

COMPRENSIÓN. Tenemos como dato de partida la masa de uno de los reactivos (Cr_2O_3) y queremos hallar la masa formada de uno de los productos (Cr).

DATOS. $m\,(Cr_2O_3) = 45{,}8$ g; $A_r\,(Cr) = 52{,}00$; $A_r\,(O) = 16{,}00$

RESOLUCIÓN.

— Escribimos y ajustamos la ecuación química:

$$2\ Cr_2O_3 = 3\ Si(s) \rightarrow 4\ Cr(s) + 3\ SiO_2(s)$$

— Hallamos la masa molar del Cr_2O_3:

$$M_r\,(Cr_2O_3)\text{: } 2 \cdot 52{,}00 + 3 \cdot 16{,}00 = 152{,}00$$

$$M\,(Cr_2O_3)\text{: } 152{,}00\ \text{g} \cdot \text{mol}^{-1}$$

$$A_r\,(Cr)\text{: } 52{,}00;\ M\,(Cr)\text{: } 52{,}00\ \text{g} \cdot \text{mol}^{-1}$$

— Calculamos la cantidad de la sustancia conocida:

$$45{,}8\ \cancel{\text{g } Cr_2O_3} \cdot \frac{1\ \text{mol } Cr_2O_3}{152{,}00\ \cancel{\text{g } Cr_2O_3}} = 0{,}301\ \text{mol } Cr_2O_3$$

— Determinamos la cantidad de Cr que se obtiene a partir de la **relación molar** entre el Cr_2O_3 y el Cr:

$$0{,}301\ \cancel{\text{mol } Cr_2O_3} \cdot \frac{4\ \text{mol Cr}}{2\ \cancel{\text{mol } Cr_2O_3}} = 0{,}602\ \text{mol Cr}$$

— Transformamos la cantidad de Cr a masa:

$$0{,}602\ \cancel{\text{mol Cr}} \cdot \frac{52{,}00\ \text{g Cr}}{1\ \cancel{\text{mol Cr}}} = 31{,}3\ \text{g Cr}$$

Observa que podemos colocar los factores de conversión de forma consecutiva:

$$45{,}8\ \cancel{\text{g } Cr_2O_3} \cdot \frac{1\ \cancel{\text{mol } Cr_2O_3}}{152{,}00\ \cancel{\text{g } Cr_2O_3}} \cdot \frac{4\ \cancel{\text{mol Cr}}}{2\ \cancel{\text{mol } Cr_2O_3}} \cdot \frac{52{,}00\ \text{g Cr}}{1\ \cancel{\text{mol Cr}}} = 31{,}3\ \text{g Cr}$$

COMPROBACIÓN. Verificamos que el resultado es correcto y obtenemos las unidades deseadas.

Condiciones estándar

Presión de 10^5 Pa y temperatura de 273 K.

5.2. Cálculos con volúmenes

En el caso de que tengamos un reactivo o producto en estado gaseoso y queramos averiguar su volumen, conociendo el volumen del otro, se procede de forma similar a la que hemos visto.

Sin embargo, es importante que recordemos el concepto de volumen molar:

> El **volumen molar, V_M,** de un gas es el volumen que ocupa un mol de gas. En condiciones estándar:
>
> $$V_m = 22{,}7\ \text{L} \cdot \text{mol}^{-1}$$

Es decir, en condiciones estándar 1 mol de gas ocupa 22,7 L. Veamos el procedimiento para efectuar cálculos estequiométricos con volúmenes en el siguiente ejemplo.

Ejemplo 11

Calcula el volumen de sulfuro de hidrógeno gaseoso necesario para que, al reaccionar con el oxígeno gaseoso en condiciones estándar, forme 12,5 L de dióxido de azufre gaseoso y vapor de agua.

COMPRENSIÓN. Partimos del volumen de uno de los productos y queremos hallar el volumen de uno de los reactivos.

DATOS. $V(SO_2) = 12{,}5$ L

RESOLUCIÓN.

— Escribimos y ajustamos la ecuación química:

$$2\ H_2S(g) + 3\ O_2(g) \rightarrow 2\ SO_2(g) + 2\ H_2O(g)$$

— Partiendo del volumen de SO_2, hallamos el volumen de H_2S que reacciona. Para ello, tenemos en cuenta la **relación molar** y el **volumen molar:**

$$12{,}5\ \text{L}\ SO_2 \cdot \frac{1\ \text{mol}\ SO_2}{22{,}7\ \text{L}\ SO_2} \cdot \frac{2\ \text{mol}\ H_2S}{2\ \text{mol}\ SO_2} \cdot$$

$$\cdot \frac{22{,}7\ \text{L}\ H_2S}{1\ \text{mol}\ H_2S} = 12{,}5\ \text{L}\ H_2S$$

COMPROBACIÓN. Verificamos que el resultado es correcto y obtenemos las unidades deseadas.

Ley de los gases ideales

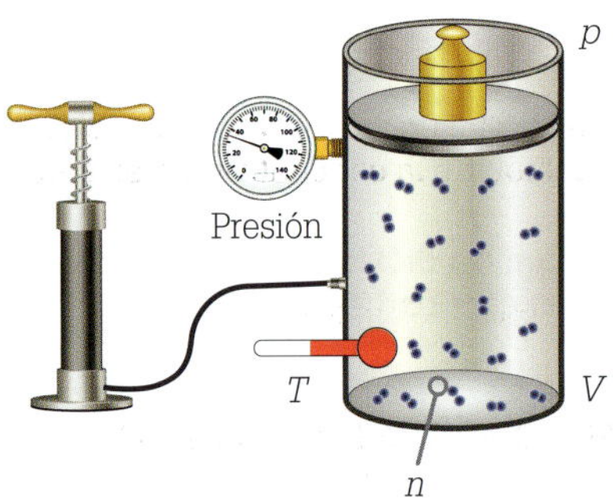

Cuando las condiciones no sean estándar, emplearemos la ley de los gases ideales, que relaciona la cantidad de sustancia y el volumen del gas en unas condiciones dadas de presión y temperatura:

> $$pV = nRT$$
>
> p = Presión (Pa)
>
> V = Volumen (m^3)
>
> n = cantidad de sustancia (mol)
>
> R = constante de los gases ideales en el SI = 8,31 Pa · $m^3 \cdot K^{-1} \cdot mol^{-1}$
>
> T = Temperatura (K)

Actividades

11. Una pieza de hierro de 2 540 g se oxida a la intemperie al reaccionar con el oxígeno atmosférico. Halla la masa de óxido de hierro(III) que se habrá formado.

12. Se queman 25 L de pentano en presencia de oxígeno y en condiciones estándar. Calcula el volumen de dióxido de carbono gaseoso y de vapor de agua que se recogerán.

13. En parejas, resolved el ejemplo 11 considerando ahora que la reacción tiene lugar a 10^5 Pa y 293 K.

— Comparad vuestro resultado con el de otros compañeros y compañeras. Tened en cuenta la hipótesis de Avogadro para extraer conclusiones.

14. Determina la cantidad de sustancia que hay en 2,5 · 10^{24} moléculas de agua.

— ¿Cuántos átomos hay de oxígeno?

0 °C → 293 K
P = 10^5 Pa
T = 293 K
V = $12{,}5 \cdot 10^{-3}$ m^3
$10^5 \cdot 12{,}5 \cdot 10^{-3} = n \cdot 8{,}31 \cdot 293$
n = 0,51 moles SO_2 · 2 mol H_2S / 2 mol SO_2 =
0,51 moles H_2S
$10^5 \cdot V = 0{,}51 \cdot 8{,}31 \cdot 293$
V = 0,012 m^3
V = 12 L

5.3. Cálculos con reactivos en disolución

En algunas reacciones químicas se emplean reactivos en disolución acuosa. En este caso, para poder determinar la cantidad de reactivo, debemos conocer la concentración de la disolución.

Una disolución está formada por dos componentes:

— **Soluto:** sustancia que se disuelve y se encuentra en menor cantidad.

— **Disolvente:** sustancia que está en mayor cantidad y disuelve al soluto.

En la práctica no todos los reactivos se transforman en productos y, por tanto, el **rendimiento** de las reacciones siempre es inferior al 100 %.

La concentración de la disolución nos indica la relación entre sus dos componentes. Existen diversas formas para expresarla:

Concentración	Fórmula
Concentración de cantidad de sustancia o molaridad	$c = \dfrac{n_{soluto}}{V_{disolución}\ (L)}$
Porcentaje en masa	$\%\ \text{en masa} = \dfrac{m_{soluto}}{m_{disolución}} \cdot 100$
Porcentaje en volumen	$\%\ \text{en volumen} = \dfrac{V_{soluto}}{V_{disolución}} \cdot 100$
Fracción molar	$\chi = \dfrac{n_{soluto}}{n_{totales}}$

El procedimiento para efectuar cálculos estequiométricos es el mismo que hemos visto antes, con la salvedad de que para convertir a moles el dato de partida, debemos aplicar previamente la expresión de la concentración de la disolución dada.

Ejemplo 12

Hacemos reaccionar 12,5 mL de una disolución de ácido clorhídrico de concentración de 2,5 mol/L con hidróxido de sodio sólido, para producir cloruro de sodio en disolución acuosa y agua líquida. Calcula la masa de cloruro de sodio que obtendremos.

COMPRENSIÓN. Partimos del volumen de uno de los reactivos, que se encuentra en disolución, y queremos hallar la masa de producto formada.

DATOS. $V\,(HCl) = 12{,}5\ mL = 1{,}25 \cdot 10^{-2}\ L$; $c\,(HCl) = 2{,}5\ mol/L$; $A_r\,(Cl) = 35{,}45$; $A_r\,(Na) = 22{,}99$

RESOLUCIÓN.

— Escribimos y ajustamos la ecuación química:

$$HCl(aq) + NaOH(s) \rightarrow NaCl(aq) + H_2O(l)$$

— Hallamos la masa molar del NaCl:

$$M_r\,(NaCl): 1 \cdot 22{,}99 + 1 \cdot 35{,}45 = 58{,}44$$

$$M\,(NaCl): 58{,}44\ g \cdot mol^{-1}$$

— Calculamos la cantidad de HCl que hay en la disolución, teniendo en cuenta la expresión de la concentración en cantidad de sustancia:

$$c = \frac{n_{soluto}}{V_{disolución}\ (L)};\ n_{soluto} = c \cdot V_{disolución}\ (L)$$

$$n_{soluto} = 2{,}5\ \frac{mol}{\not{L}} \cdot 1{,}25 \cdot 10^{-2}\ \not{L} = 3{,}1 \cdot 10^{-2}\ mol\ HCl$$

— Aplicamos los factores de conversión adecuados:

$$3{,}1 \cdot 10^{-2}\ \cancel{mol\ HCl} \cdot \frac{1\ \cancel{mol\ NaCl}}{1\ \cancel{mol\ HCl}} \cdot \frac{58{,}44\ g\ NaCl}{1\ \cancel{mol\ NaCl}} = 1{,}8\ g\ NaCl$$

COMPROBACIÓN. Verificamos que el resultado es correcto y obtenemos las unidades deseadas.

Actividades

15. ¿Qué volumen de disolución de H_2SO_4, cuya concentración es de 1,3 mol/L, se requiere para reaccionar con calcio en estado sólido y originar 25 g de $CaSO_4$?

6. La industria química en la sociedad

La industria química desempeña un papel fundamental en nuestra sociedad actual. Gracias a la investigación y el desarrollo, cada día se fabrican productos nuevos que mejoran nuestra calidad de vida.

6.1. Procesos industriales

En la industria química, se procesan las materias primas y se transforman en otras sustancias distintas mediante reacciones químicas. Veamos algunos de los procesos industriales más importantes, dadas sus numerosas aplicaciones:

@ En este simulador de la síntesis de Haber, fija la temperatura y la presión, inicia el proceso y descarga el reactor cuando se alcance el equilibrio:

http://links.edebe.com/ieymu3

» **¡Modifica la presión y la temperatura hasta conseguir una conversión cercana al 50 %!**

SÍNTESIS DEL AMONÍACO

El amoníaco es un gas incoloro, con un olor agudo muy penetrante. Se obtiene a partir de sus elementos, hidrógeno y nitrógeno, por el método descubierto por Fritz Haber, denominado **síntesis de Haber.**

La **reacción** de producción industrial del amoníaco es la siguiente:

$$N_2(g) + 3\,H_2(g) \rightleftarrows 2\,NH_3(g)$$

El amoníaco se utiliza en la elaboración de productos de limpieza, fertilizantes, tintes textiles, refrigerantes, explosivos, etc.

SÍNTESIS DEL ÁCIDO SULFÚRICO

El ácido sulfúrico se produce mediante el denominado **proceso de contacto,** que se basa en el uso de un catalizador para convertir el SO_2 en SO_3, del que se obtiene ácido sulfúrico por hidratación.

Las **reacciones** del proceso son las siguientes:

$$2\,SO_2(g) + O_2(g) \rightarrow 2\,SO_3(g)$$

$$SO_3(g) + H_2O(l) \rightarrow H_2SO_4(aq)$$

El ácido sulfúrico se emplea como **producto intermedio** en la fabricación de otros productos finales. Entre sus aplicaciones como producto final, destacan las baterías y los detergentes.

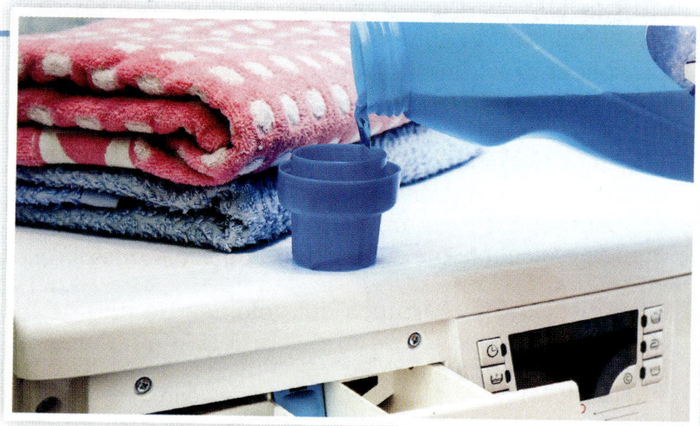

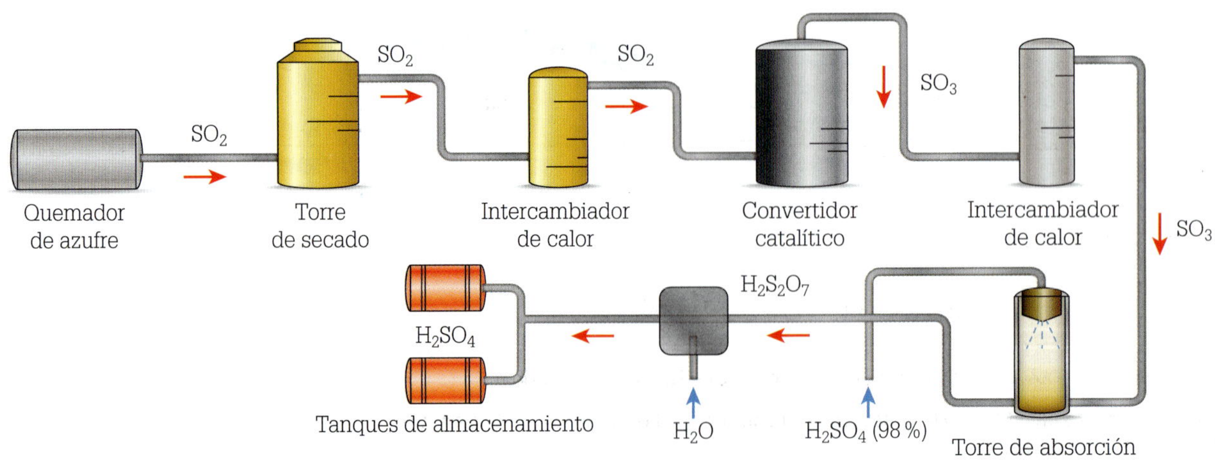

6.2. Industria química y medio ambiente

Sin duda, la industria química ha supuesto grandes avances para nuestra sociedad. Sin embargo, también debemos ser conscientes de su efecto negativo sobre el medio ambiente para así contribuir a minimizarlo.

Concretamente, los gases que se producen en las **reacciones de combustión** contribuyen al agravamiento de problemas medioambientales como el **efecto invernadero** y la **lluvia ácida.**

Hoy en día, debemos tender hacia un modelo de **desarrollo sostenible** que satisfaga las necesidades de las generaciones presentes sin comprometer las de las generaciones futuras.

Así, gracias a la investigación, la industria química está desarrollando nuevos productos y procesos más respetuosos con el medio ambiente. Algunos de ellos son los siguientes:

Biocombustibles: derivados de la biomasa (residuos orgánicos, agrícolas y forestales) que se emplean como fuente de energía respetuosa con el medio ambiente.

Bioplásticos: materiales plásticos biodegradables fabricados a partir de recursos naturales como las plantas.

Aislamiento: el desarrollo de nuevos y mejorados materiales aislantes está dando lugar a viviendas y edificios más eficientes energéticamente.

Polímeros de baja densidad: contribuyen a reducir el consumo de combustible de los coches y los aviones.

Pilas de combustible: empleadas en vehículos, las pilas de combustible de hidrógeno producen vapor de agua en lugar de dióxido de carbono.

Nuevas tecnologías de alumbrado: como los diodos LED, que producen más luz con menos electricidad.

Turbinas de viento y paneles solares: producen energía renovable. Están fabricadas de poliéster reforzado con fibra de vidrio para resistir las inclemencias meteorológicas.

Actividades

16. Investiga mediante qué reacción química se obtiene el ácido acetilsalicílico:

a) Escribe en tu cuaderno la ecuación química correspondiente.

b) Describe sus aplicaciones.

17. En grupos, entrad en el siguiente enlace:

http://links.edebe.com/ps8b9

a) Buscad noticias relacionadas con el impacto ambiental de la industria química.

b) Aplicad la **destreza** *Lluvia de ideas* para proponer medidas que contribuyan a un desarrollo sostenible.

La industria de los alimentos: los aditivos

En los alimentos está muy presente la química. La industria alimentaria es la que se encarga de transportar, almacenar, procesar y conservar los alimentos de consumo humano y animal. En muchas ocasiones, esta industria hace uso de los denominados **aditivos alimentarios.** ¿Sabes qué son y para qué sirven?

Aditivos ALIMENTARIOS

¿QUÉ ES UN ADITIVO ALIMENTARIO?

Un aditivo alimentario es toda sustancia que, sin constituir por sí misma un alimento ni poseer valor nutritivo, se agrega intencionadamente a los alimentos y bebidas en cantidades mínimas, con objeto de modificar sus características organolépticas, o bien facilitar o mejorar su proceso de elaboración o conservación.

TIPOS DE ADITIVOS ALIMENTARIOS

Colorantes (E1)
Pueden ser naturales o artificiales.
Uso: para dar color atractivo al alimento.
Se emplean en caramelos, refrescos, helados, patés, embutidos, etc.

Antioxidantes (E3)
Uso: para evitar la oxidación de las grasas por efecto de la luz, la temperatura y los metales, y así desechar sabores no deseados (rancio).
Utilizados en margarinas, quesos fundidos, bollería, etc.

Conservantes (E2)
Uso: impiden el desarrollo de bacterias, hongos y levaduras. No se pueden usar para disimular defectos debidos a un proceso productivo o para enmascarar materias primas de baja calidad.
Se utilizan en productos cárnicos, mermeladas, yogures, etc.

Estabilizantes y emulsionantes (E4)
Uso: para mejorar la textura del producto o estabilizar una emulsión, evitando que se licue.
Se emplean en helados, mayonesas, productos cárnicos, etc.

Edulcorantes (E9)
Uso: para reducir las calorías de un alimento, ya que tienen mucho más poder endulzante que el azúcar.
Se utilizan en productos *light* y para diabéticos.
Su empleo solo está permitido en alimentos sin azúcares añadidos y en productos de bajo contenido energético.

Actividades

18. Completa en tu cuaderno la siguiente tabla:

Tipo de aditivo	Función	Aplicaciones

19. Responde a estas cuestiones sobre los aditivos:

a) ¿Tienen los aditivos una finalidad nutritiva? Razona tu respuesta.

b) ¿Qué clases de aditivos están relacionados con la velocidad de las reacciones químicas?

c) Describe las reacciones sobre las que intervienen y el efecto que producen.

20. ¿Son seguros los aditivos alimentarios? ¿Qué efectos tienen sobre nuestra salud? Para dar respuesta a estas preguntas, organizaos en grupos y seguid estas pautas:

a) Informaos primero en el siguiente enlace:

@ **http://links.edebe.com/bgbbrd**

b) Acceded ahora a esta noticia y leedla atentamente:

@ **http://links.edebe.com/vuj**

c) ¿A qué se debe esta controversia? Organizad un debate en clase sobre la seguridad de los aditivos alimentarios y su repercusión sobre nuestra salud. ¿A qué conclusiones habéis llegado?

Cre@ctividad: Creamos un *collage* sobre química y alimentación con *MyScrapNook*

Busca información sobre la presencia de la química en la alimentación y elabora un creativo *collage* en el que puedas plasmar tus ideas:

— Accede a este enlace:

@ **http://www.myscrapnook.com/**

— Haz clic en «Crear nuevo proyecto» y «*Collage* y tarjetas».

— Elige una plantilla de fondo y ve añadiendo fotografías, dibujos, vídeos, etc.

Cuando hayas terminado tu *collage*, ¡podrás compartirlo en las redes sociales, imprimirlo o enviarlo por correo electrónico!

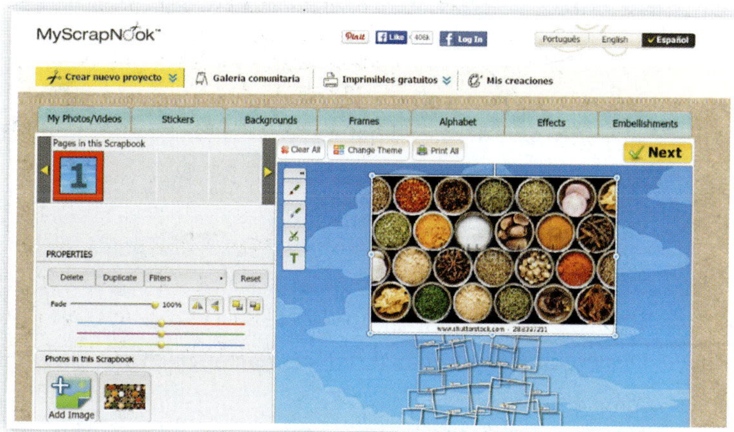

En práctica: **Volumetría ácido-base**

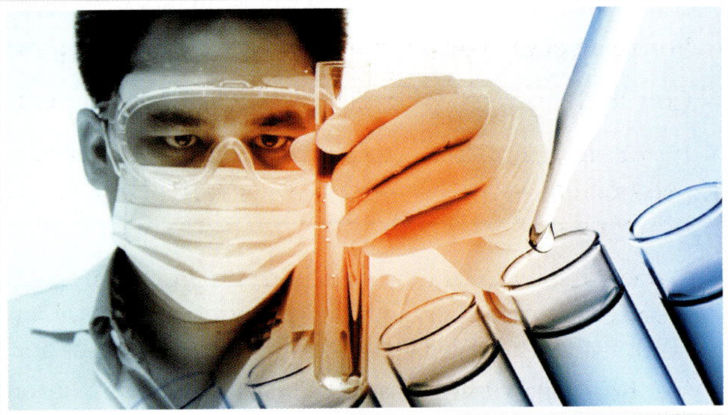

Una **volumetría** es una técnica analítica que consiste en medir el volumen necesario de una sustancia de concentración conocida *(disolución patrón)* que reacciona completamente con otra sustancia, de la que queremos saber su concentración.

En el caso de una **volumetría ácido-base o de neutralización,** el objetivo es saber la concentración de una disolución de un ácido que puede ser neutralizado por medio de una base de concentración conocida, o viceversa, saber la concentración de una base que puede ser neutralizada por una disolución de ácido de concentración conocida.

En toda volumetría, se cumple la siguiente expresión:

$$V_1 \cdot c_1 = V_2 \cdot c_2$$

(La ecuación anterior se cumple siempre que la estequiometría de la reacción de neutralización sea 1:1. En caso contrario, deberemos tener en cuenta los coeficientes estequiométricos de la ecuación ajustada).

En grupos, vamos a llevar a cabo el siguiente trabajo de investigación.

PLANTEAMIENTO DEL PROBLEMA

Nos preguntamos cómo calcular la concentración de una disolución de salfumán (ácido clorhídrico) que se encuentra en el laboratorio y de la que desconocemos su composición.

FORMULACIÓN DE HIPÓTESIS

Entre todos los miembros del grupo redactamos una hipótesis:

«Como el ácido clorhídrico es un ácido fuerte, podemos determinar la concentración de la disolución de este ácido mediante una volumetría, valorándolo con una base fuerte».

COMPROBACIÓN DE LA HIPÓTESIS

Para poder comprobar la hipótesis, debemos **planificar el experimento** que vamos a realizar:

Objetivos

— Averiguar la concentración desconocida de una disolución de ácido clorhídrico.

Material

— Bureta de 25 mL.

— Erlenmeyer de 500 mL.

— Vaso de precipitados de 100 mL.

— Pipeta aforada de 10 mL.

— Probeta de 100 mL.

— Soporte, pinza y nuez.

— Disolución de NaOH 0,1 mol/L.

— Disolución de salfumán de concentración desconocida.

— Agua destilada.

— Azul de bromotimol.

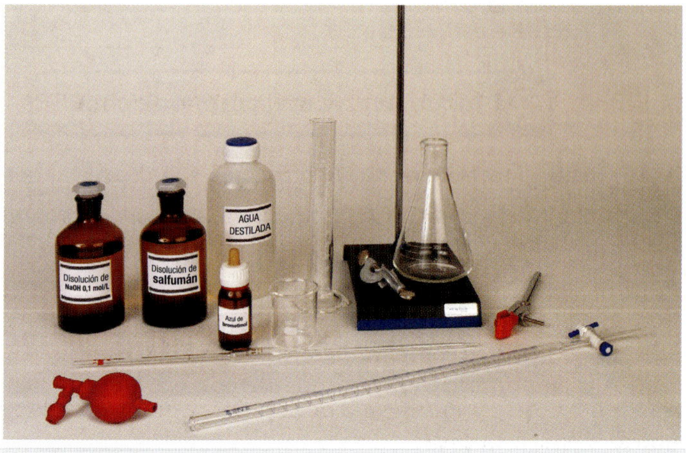

Experimentación

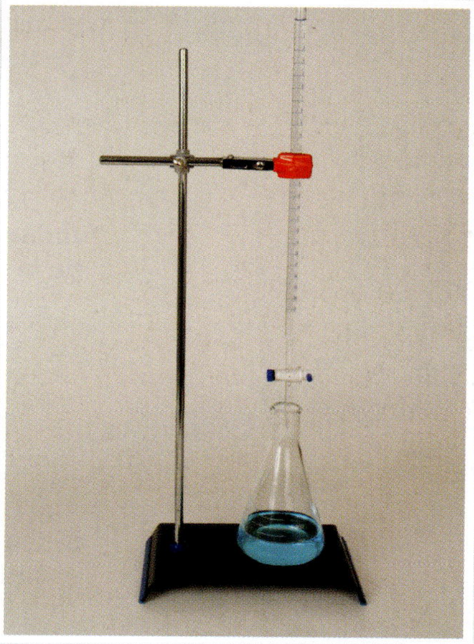

Seguid estos pasos:

— Poned en el vaso de precipitados unos 50 mL de la solución 0,1 mol/L de NaOH.

— Con cuidado, verted esta disolución en la bureta y enrasadla a cero.

— Introducid 10 mL de la disolución de salfumán, medidos con la pipeta, en el Erlenmeyer. Añadid 100 mL de agua destilada, medidos con la probeta, y dos gotas de azul de bromotimol.

— Dejad caer gota a gota, y agitando constantemente, la disolución de NaOH sobre la disolución de salfumán y agua, hasta que una gota haga aparecer una coloración débilmente azulada. (Para ver mejor el viraje del indicador, podéis colocar bajo el Erlenmeyer una hoja de papel blanco).

— Leed en la bureta el volumen de NaOH añadidos (en mL).

Obtención de datos

Completad la siguiente tabla en vuestro cuaderno:

Volumen de NaOH (mL)	*c* (disolución de NaOH) (mol/L)	Volumen de HCl (mL)

Análisis de datos

Escribid la ecuación química de la reacción que ha tenido lugar:

Aplicad la equivalencia que se cumple en la volumetría para calcular la concentración en cantidad de sustancia de la disolución de salfumán y expresad correctamente el resultado obtenido:

$$V_{NaOH} \cdot c_{NaOH} = V_{HCl} \cdot c_{HCl}$$

Comprobad si la **hipótesis** que habíamos enunciado **es cierta.** En caso negativo, formulad una nueva hipótesis y repetid el proceso.

EXTRACCIÓN DE CONCLUSIONES

¿Qué tipo de reacción se ha producido? ¿Cuál ha sido el indicador que habéis empleado? Explicad las conclusiones a las que habéis llegado.

COMUNICACIÓN DE RESULTADOS

Por último, redactad un **informe** de la práctica que responda a las distintas etapas del método científico y que un miembro de cada grupo lo exponga en clase.

SÍNTESIS

- **Las reacciones químicas**
  - **Las reacciones químicas**
    - Mecanismo de una reacción química
      - Teoría de las colisiones
        - Energía suficiente
        - Orientación adecuada
    - Ecuaciones químicas
      - Ajuste
        - Interpretación
          - Cualitativa
          - Cuantitativa
  - **Leyes fundamentales de la química**
    - Ley de conservación de la masa de Lavoisier
    - Hipótesis de Avogadro
  - **Tipos de reacciones químicas**
    - Según el mecanismo de intercambio
      - De síntesis
      - De descomposición
      - De desplazamiento o sustitución
      - De doble desplazamiento
    - Según las partículas intercambiadas
      - Ácido-base o neutralización
        - Escala de pH
          - Indicadores
      - Oxidación-reducción (redox)
        - Un caso particular son las
          - Combustiones
      - De precipitación
  - **Velocidad y energía de las reacciones químicas**
    - Factores de los que depende la velocidad de una reacción química
      - Temperatura
      - Concentración de los reactivos
      - Grado de división de los reactivos sólidos
      - Presencia de catalizadores
  - **Cálculos estequiométricos**
    - Transferencia de energía en las reacciones químicas
      - Calor de reacción
        - Si $Q > 0$ — Reacción endotérmica
        - Si $Q < 0$ — Reacción exotérmica
    - Cálculos con masas
    - Cálculos con volúmenes
      - Ley de los gases ideales
    - Cálculos con reactivos en disolución
  - **La industria química en la sociedad**
    - Procesos industriales
      - Síntesis del amoníaco
      - Síntesis del ácido sulfúrico
    - Industria química y medio ambiente

Recuerda lo que has aprendido

21. Cita un ejemplo de reacción química y escribe la ecuación química ajustada correspondiente.

22. Enuncia la ley de Lavoisier y la hipótesis de Avogadro.

23. Elabora en tu cuaderno un esquema en el que clasifiques las reacciones químicas.

24. Describe el procedimiento general para efectuar cálculos estequiométricos.

25. ¿Qué tipos de procesos industriales conoces? ¿Qué repercusiones tienen sobre el medio ambiente?

26. Explica la importancia de los polímeros en nuestra sociedad.

Actividades finales

1. Las reacciones químicas

27. ★☆☆ Indica, razonando tu respuesta, si los siguientes cambios son físicos o químicos:

a) Trituración de hielo.

b) Fusión del hielo.

c) Acción de un ácido sobre el mármol.

d) Combustión de butano en una cocina.

28. ★☆☆ ¿Verdadero o falso? Justifica tu respuesta.

a) Una ecuación química solo proporciona información cuantitativa sobre la reacción química correspondiente.

b) Para que una reacción química tenga lugar, solo es necesario que las partículas que forman los reactivos choquen con orientación adecuada para romper los enlaces.

c) Una ecuación química se puede interpretar en moles y en entidades moleculares.

d) En una ecuación química siempre se especifica el estado físico de los reactivos.

29. ★★☆ Interpreta el significado de la siguiente figura:

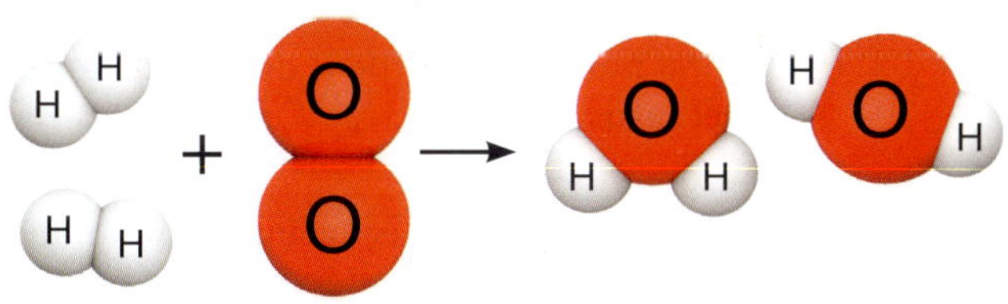

30. ★★☆ Identifica los reactivos y los productos de la siguiente reacción y escribe la ecuación química correspondiente:

El monóxido de nitrógeno gaseoso se obtiene mediante la combinación de nitrógeno y oxígeno diatómicos, ambos en estado gaseoso.

31. ★★☆ Ajusta las siguientes ecuaciones químicas e interprétalas en términos molares y en términos atómico-moleculares:

a) $Zn(s) + HCl(aq) \rightarrow ZnCl_2(aq) + H_2(g)\uparrow$

b) $KClO_3(s) \rightarrow KCl(s) + O_2(g)$

c) $C(s) + O_2(g) \rightarrow CO(g)$

d) $Pb(NO_3)_2(aq) + KI(aq) \rightarrow KNO_3(aq) + PbI_2(s)\downarrow$

32. ★★★ Practica el ajuste de ecuaciones químicas en el siguiente enlace:

@ **http://links.edebe.com/pd9u**

¡Sigue las instrucciones!

2. Leyes fundamentales de la química

33. ★☆☆ Enuncia la ley de Lavoisier y la hipótesis de Avogadro, y aplícalas a una reacción química concreta.

34. ★★☆ Ajusta la siguiente ecuación química y completa la tabla en tu cuaderno:

$$CO(g) + O_2(g) \rightarrow CO_2(g)$$

	$CO(g)$	$O_2(g)$	$CO_2(g)$
m (g)	25 g		38 g
V (L)		150 L	

35. ★★★ En grupos, diseñad un experimento que os permita comprobar la ley de conservación de la masa. Debéis redactar un procedimiento que recoja el material necesario y los pasos que deben seguirse en la experimentación.

— Después, poned en común vuestros experimentos en clase.

36. ★★★ Busca en Internet la biografía de Amadeo Avogadro y enumera sus principales contribuciones a la ciencia.

— Estructura la información en un breve informe en formato digital.

3. Tipos de reacciones químicas

37. ★☆☆ Clasifica las reacciones químicas presentadas en la actividad 31 atendiendo a estos criterios:

a) Según el mecanismo de intercambio.

b) Según las partículas intercambiadas.

38. ★☆☆ Señala si las siguientes sustancias son ácidas o básicas:

a) Vinagre, pH = 3

b) Café, pH = 5

c) Agua pura, pH = 7

d) Agua de mar, pH = 8

e) Jabón de lavavajillas, pH = 10

f) Zumo de naranja, pH = 3

39. ★★☆ Para que tenga lugar una combustión, ¿qué elementos son necesarios?

a) Explica cuáles son los productos que se originan en cualquier reacción de combustión y pon un ejemplo.

b) Diseña una experiencia de laboratorio que demuestre que en toda reacción de combustión se produce dióxido de carbono.

40. ★★☆ Completa las siguientes ecuaciones químicas, correspondientes a reacciones de neutralización:

a) $HNO_3(aq) + KOH(aq) \rightarrow$ _____ (aq) + _____ (l)

b) _____ (aq) + $Ca(OH)_2(aq) \rightarrow CaCl_2(aq) +$ _____ (l)

— ¿Qué diferencia el comportamiento de un ácido del de una base? Razona tu respuesta basándote en alguna de las teorías estudiadas.

41. ★★★ @ En las plantas de tratamiento de aguas residuales, una de las etapas corresponde a la neutralización del agua.

— Infórmate sobre cuáles son las sustancias que se agregan al agua y cuál es su función.

42. ★★★ @ Busca la ecuación química que representa cada uno de los siguientes procesos:

a) Respiración celular.

b) Combustión de gasóleo en una caldera de calefacción doméstica.

c) Combustión de carbón en una central térmica para generar energía eléctrica.

4. Velocidad y energía de las reacciones químicas

43. ★☆☆ Pon ejemplos de reacciones rápidas y lentas que se dan en nuestra vida cotidiana.

44. ★☆☆ Explica la diferencia entre una reacción endotérmica y una reacción exotérmica.

— Representa el diagrama de energía que acompaña a cada una de ellas.

45. ★★☆ Describe el efecto que tendrán sobre la velocidad de una reacción química las siguientes acciones:

a) Calentar los reactivos con un mechero de Bunsen.

b) Triturar los reactivos.

c) Diluir los reactivos.

d) Añadir un catalizador.

e) Añadir un inhibidor.

46. ★★☆ Observa la siguiente ecuación termoquímica:

$$S(s) + O_2(g) \rightarrow SO_2(g) \qquad Q = -296{,}4\ kJ$$

a) La reacción que representa, ¿es endotérmica o exotérmica? ¿Por qué?

b) Indica la cantidad de energía que se intercambia en forma de calor.

c) Razona por qué absorbe o desprende energía, según sea el caso.

47. ★★☆ Escribe y ajusta la ecuación termoquímica correspondiente a la formación del óxido de nitrógeno(I), sabiendo que:

a) Tiene lugar al combinarse nitrógeno y oxígeno diatómicos en estado gaseoso.

b) Durante el proceso, se absorben 163,2 kJ.

48. ★★★ @ Las reacciones de neutralización son generalmente exotérmicas.

— Busca en Internet el valor del calor de reacción asociado a alguna reacción de neutralización y escribe su ecuación termoquímica.

49. ★★★ @ Investiga cuáles son los productos de una combustión incompleta y si se libera más o menos energía en forma de calor que en una combustión completa.

5. Cálculos estequiométricos

50. ★☆☆ Indica las unidades de las siguientes magnitudes:

a) Masa molar.

b) Masa molecular relativa.

c) Volumen molar.

d) Concentración de una disolución en cantidad de sustancia o molaridad.

51. ★★☆ El óxido de hierro(II) es un sólido que, al reaccionar con el monóxido de carbono gaseoso, origina hierro en estado sólido y dióxido de carbono gaseoso.

a) Escribe y ajusta la ecuación química correspondiente.

b) Si han reaccionado 647,8 g de óxido de hierro(II) con cantidad suficiente de monóxido de carbono, calcula la masa de hierro que se habrá formado.

52. ★★☆ Determina el volumen de nitrógeno, $N_2(g)$, y de hidrógeno, $H_2(g)$, medidos en condiciones estándar, que se necesitan para obtener 250 L de amoníaco, $NH_3(g)$, medido en las mismas condiciones.

53. ★★☆ Calcula la masa de magnesio sólido que reaccionará con 500 mL de una disolución 3,5 mol/L de ácido nítrico para producir nitrato de magnesio en disolución. Ten en cuenta que en la reacción también se desprende hidrógeno diatómico gaseoso.

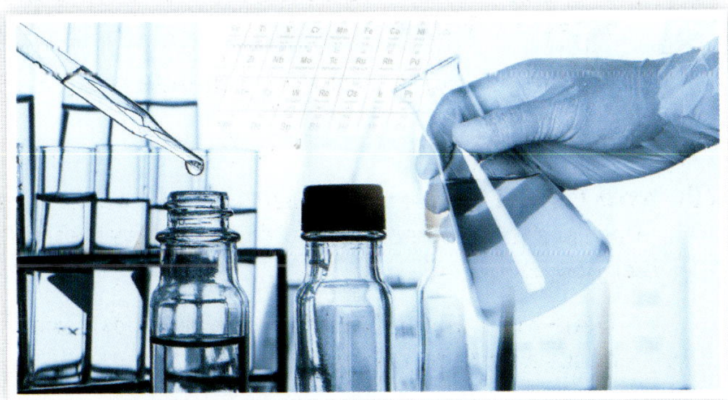

54. ★★☆ Calcula el volumen de aire necesario para producir la combustión completa de 400 L de hexano. Ten presente que el aire contiene un 21 % de oxígeno.

55. ★★★ En grupos, investigad el procedimiento que debéis seguir para resolver este problema e intentad solucionarlo:

«La composición centesimal de cierto óxido de nitrógeno es de 36,84 % de N y 63,16 % de O. Determina su fórmula empírica».

— Poned en común vuestro resultado en clase y entre todos consensuad cuál es la respuesta correcta.

6. La industria química en la sociedad

56. ★☆☆ Indica el nombre del proceso de obtención industrial de cada una de las siguientes sustancias:

a) H_2SO_4 b) NH_3

57. ★☆☆ Define los siguientes términos:

a) Desarrollo sostenible.

b) Impacto ambiental.

58. ★★☆ Cita ejemplos de productos y procesos innovadores que se estén desarrollando en la actualidad y que sean respetuosos con el medio ambiente.

59. ★★☆ Elige uno de los siguientes biocombustibles y busca su proceso de producción industrial:

Bioetanol Biodiésel Biogás

— Elabora un esquema en tu cuaderno.

60. ★★☆ Investiga qué gases contaminantes se producen en los procesos de combustión y elabora una lista.

— ¿Cuáles son los más perjudiciales para el medio ambiente?

61. ★★★ Infórmate sobre la lluvia ácida:

a) Explica en qué consiste.

b) Escribe en tu cuaderno las ecuaciones químicas que representan las reacciones relacionadas con este fenómeno.

c) ¿Cuáles son sus causas?

d) Describe las consecuencias que tiene sobre el medio ambiente. ¿Qué medidas se pueden tomar para prevenir estas consecuencias?

e) Elabora una presentación en PowerPoint para exponerla en clase.

Pon a prueba tus competencias

Las reacciones químicas desempeñan un papel muy importante en nuestras vidas. Utilizamos algunas de ellas para obtener energía o fabricar nuevas sustancias. Otras son fundamentales para el funcionamiento de nuestro organismo. Analicemos algunos casos concretos.

62. El gas natural es una mezcla de hidrocarburos gaseosos que se forma por la descomposición, a lo largo de miles de años, de materia orgánica que se encuentra a grandes profundidades. Constituye una fuente de energía de origen fósil con numerosas aplicaciones en los sectores industrial y doméstico.

El principal componente del gas natural comercial es el metano, que habitualmente supera el 90 % de su composición.

a) Sabiendo que el calor de combustión del metano tiene un valor de –890 kJ por cada mol de metano que se quema, escribe y ajusta la ecuación termoquímica de combustión del metano.

b) Indica los reactivos y los productos de la reacción química.

c) Dibuja en tu cuaderno un diagrama que represente el mecanismo por el que transcurre la reacción según la teoría de colisiones.

d) Razona si se trata de una reacción endotérmica o exotérmica. Dibuja un diagrama energético de la reacción.

e) ¿Qué efecto tendría sobre la velocidad de esta reacción que disminuyésemos la temperatura? Justifica tu respuesta.

f) Comenta brevemente las repercusiones medioambientales que tiene esta reacción química.

63. Una de las aplicaciones del gas natural son las calderas de calefacción domésticas. Partiendo de la ecuación química ajustada de la actividad anterior, efectúa los cálculos estequiométricos necesarios para determinar los siguientes datos:

a) El volumen de dióxido de carbono que se genera por cada 10 L de metano quemados.

b) El volumen de oxígeno necesario para reaccionar con esos 10 L de metano.

c) La cantidad de sustancia a la que equivalen los dos volúmenes anteriores.

d) El número de moléculas de metano que reaccionan.

e) La masa de agua líquida que obtendríamos al condensar el vapor de agua formado en la reacción.

f) El volumen de gas natural que quema la caldera, sabiendo que el gas natural que utiliza tiene un 95 % en volumen de metano.

64. Nuestro cuero cabelludo tiene un pH que oscila entre 4,5 y 5,5.

a) Razona si tiene un carácter ácido o básico.

b) Un champú que tiene un pH de 8, ¿resulta adecuado para el cabello?

c) ¿Qué podríamos hacer para disminuir el pH de este champú?

Reflexiona

Diario de aprendizaje

— Antes de estudiar la unidad, ¿eras consciente de la presencia de reacciones químicas en nuestra vida? ¿Qué has aprendido de nuevo sobre ellas?

— ¿Has sido capaz de efectuar cálculos estequiométricos? ¿Te parecen sencillos?

— ¿Crees que la industria química será cada vez más respetuosa con el medio ambiente?

Evaluación de competencias de química

1. Durante una determinada investigación científica, un grupo de I+D+i de un centro tecnológico ha obtenido los siguientes resultados:

Solubilidad vs. temperatura para varias sales

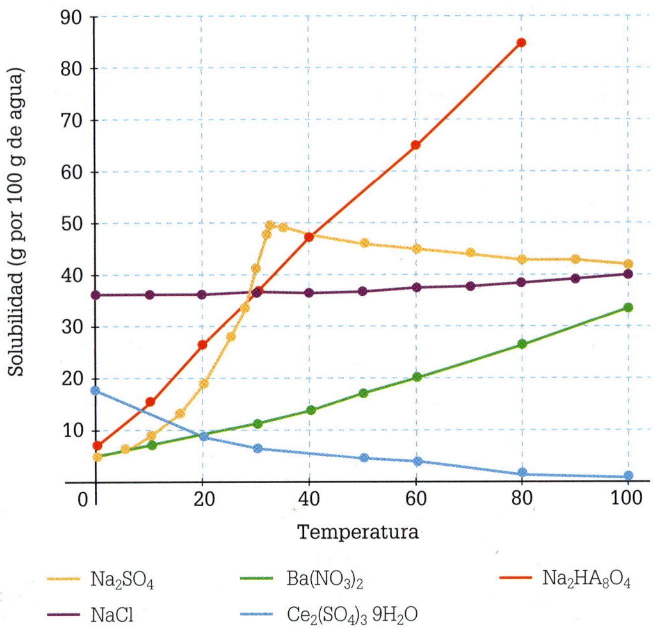

a) ¿Qué representa esta gráfica?

b) Indica las magnitudes que intervienen, así como sus unidades de medida. Si no están expresadas en el SI, señala a qué unidades deberíamos transformarlas.

c) Clasifica cada una de las magnitudes anteriores como fundamental o derivada, y como escalar o vectorial:

Magnitud	Fundamental / derivada	Escalar / vectorial

d) ¿En qué etapa del método científico se encontraba el grupo de I+D+i cuando obtuvo esta gráfica?

e) Extrae las conclusiones a las que crees que llegaron los diversos componentes del grupo.

f) Nombra cada una de las sustancias que se representan en la gráfica.

g) ¿Cuál es la solubilidad del cloruro de sodio a 40 °C? Si el valor real es de 0,39 $\frac{\text{kg NaCl}}{\text{kg } H_2O}$, calcula los errores absolutos y relativos cometidos en esta medida.

2. Observa las fórmulas químicas de las siguientes sustancias:

CH_4 $CaBr_2$ Ag

a) Clasifícalas como inorgánicas u orgánicas, y nombra cada una de ellas.

b) Indica el tipo de enlace que contiene cada una de ellas y explica cómo se forma. Para ello, consulta los datos que necesites en la Tabla Periódica.

c) Completa de forma cualitativa en tu cuaderno esta tabla:

Propiedad	CH_4	$CaBr_2$	Ag
Estado físico a $T_{ambiente}$			
Dureza			
Puntos de fusión y ebullición			
Solubilidad			
Conductividad eléctrica			

d) Razona si entre dos moléculas de metano se establecerán o no uniones intermoleculares.

e) Dibuja en tu cuaderno la estructura interna de un átomo de calcio según todos los modelos atómicos que conozcas. Ordénalos de forma cronológica.